U0626907

梦想 照亮生活

——盲人穆孟杰和他的特教学校

李朝全 著

河北出版传媒集团

河北教育出版社

图书在版编目（CIP）数据

梦想照亮生活 ：盲人穆孟杰和他的特教学校 ／ 李朝
全著． ——石家庄 ：河北教育出版社，2014.3（2022.10 重印）
ISBN 978—7—5545—1100—8

Ⅰ．①梦… Ⅱ．①李… Ⅲ．①报告文学－中国－当代
Ⅳ．①I25

中国版本图书馆CIP数据核字（2014）第060009号

书　　　名	**梦想照亮生活**	
	——盲人穆孟杰和他的特教学校	
作　　　者	李朝全	
策　　　划	杨　才　　郝建国	
责任编辑	高树海　　王艳荣	
	姬璐璐　　杨　乐	
封面设计	于　越	
出版发行	河北出版传媒集团	
	河北教育出版社　http://www.hbep.com	
	（石家庄市联盟路705号，050061）	
印　　　制	保定市铭泰达印刷有限公司	
开　　　本	787mm×1092mm　　1/16	
印　　　张	15.75	
字　　　数	219千字	
版　　　次	2014年3月第1版	
印　　　次	2022年10月第2次印刷	
书　　　号	ISBN 978—7—5545—1100—8	
定　　　价	35.00元	

序

一个盲人的梦想

穆孟杰是河北省邢台市平乡县平乡镇东辛寨村的一位普通农民，1965年出生，今年四十九岁。自七岁起双目就完全失明，从小便被人讥讽为"瞎子""傻子"，受尽了歧视，也培养起了他自尊、自强、争气、能吃苦的优秀品质。

穆孟杰没上过一天学。小时候，他的梦想是成为一个不被人轻视、不被人瞧不起的有用的人。从十三岁开始，他挂着一根竹竿，独自一人外出流浪，经历过乞讨、说唱卖艺，体验到了人间的种种炎凉和辛酸。在流浪求生的过程中，他渐渐认识到：只有靠真本事才能在社会上立足，所以，必须学到真本领、真能耐。他想进盲人学校读书，却因家境贫寒无力支付学费而作罢。因此，他发誓：将来自己有了钱，一定要为盲人办一所自己的学校，免费教他们本领。

穆孟杰没有放弃任何拜师学艺的机会。通过最原始的、民间化的"拜师傅"当学徒的方式，他相继学会了拉弦说书、针灸按摩、心理咨询等。由于刻苦用功，执着努力，他终于成了石家庄、保定等地区远近闻名的说书艺人。运用自己掌握的技能，他成功地掘到了人生的第一桶金，从此在赚钱谋生、发家致富的路上越走越远。

穆孟杰成功了。人们敬重他、钦佩他，认为他比一个健全人都强得多。许多姑娘爱慕他、追求他。他为父母翻盖了新房，娶上了漂亮的妻子，生儿育女，又为自己的小家建起了平乡县头一份的砖瓦房……用自己的奋斗、拼搏，他为自己、也为盲人赢得了尊严。

20世纪90年代，穆孟杰成了百万富翁，他却毅然放弃了卖艺赚钱的丰厚收入，回到了自己的家乡。因为，在他心中，那个更大的梦想始终在召唤——为盲人创办一所属于他们自己的特殊教育学校。

穆孟杰，一位盲人农民，以自己坚定不移的意志、不屈不挠的毅力和勤勤恳恳的努力，历经百般苦难，终于在两三年之后，成功地建起了自己的学校。他一步一步地践行着自己的诺言：为盲人办学，帮盲人自立。他最见不得盲人被人遗弃和蔑视，成为社会和家庭的负担。他要以一己之力，竭尽所能地去帮助盲人，把他们从不被公正对待乃至被虐待、被轻视、被侮辱的境遇中解救出来。

十几年来，穆孟杰始终坚定地走在实现自己宏大愿景的道路上。他的学校向所有的盲人开放，不设入学门槛，不收任何费用，一直到学会本领后才让盲生毕业……一位盲人用自己纯洁无瑕的心灵行善，他的心意和善行，恩泽了许许多多的盲人及其家庭。二百四十七名盲人从这所学校学成毕业，众多盲人走上了自强自立的道路，不仅靠自己养活自己，甚至还成了家庭的顶梁柱。

所有这一切，都是穆孟杰希望看到的，也正是他为之奋斗了半生的理想和抱负。

四十多岁的他，头发过早地斑白了，身体也出现了一些毛病。原先的百万富翁变成了举债八十多万元的"百万负翁"……他的付出、奉献和牺牲，实在是太大了！

然而，穆孟杰觉得，这一切都值得！因为，他是盲人，"盲人就该帮盲人"。如果盲人自己都不自尊自强，自己都不帮自己，那么，这个社会，谁还会来帮盲人？

在穆孟杰高尚品行的感召下，妻子、儿女、亲人们众星拱月，共同成全穆孟杰的美梦。盲人教师、健全教师、志愿者，纷纷加入穆孟杰的教育团队。政府部门、各级领导、社会各界，竞相伸出援手。众人拾柴火焰高，孟杰盲人学校走上了中央电视台《焦点访谈》栏目，穆孟杰被评为"全国自强模范"……各种荣誉，各种支持，潮水般涌来。

　　穆孟杰没有晕头转向，更没有陶醉自满。如今的他，又有了一个更大的梦想：要把学校办成全国盲人特教中心或培训基地，办成中国的"百年名校"！

　　这是一位普通中国农民的梦想，这是一位平凡盲人的梦想。他的梦想，或许只是一个人的梦想，一个盲人的梦想。但是，正是因为中国拥有千千万万同他一样爱做梦、敢追梦、肯拼搏、能奋斗、埋头苦干、甘于奉献牺牲的普普通通的人，中华民族伟大复兴的中国梦，才能美梦成真，心想梦圆！

目 录
CONTENTS

梦想照亮生活
——盲人穆孟杰和他的特教学校

引子

眼睛看不见，心可以看见

世界上的人，按照性别划分，可分为男人和女人；按照年龄区分，则有老年人、中年人、青年人和少年儿童；若按照身体健全与否，则可以分为健全人和残疾人。

在残疾人群体中，又可分为盲人、聋人、哑巴、肢残人、智残人、精神病人等。根据全国人大常委会1990年12月28日通过的《中华人民共和国残疾人保障法》第二条的规定：残疾人是指在心理、生理、人体结构上，某种组织、功能丧失或者不正常，全部或者部分丧失以正常方式从事某种活动能力的人。残疾人包括视力残疾、听力残疾、言语残疾、肢体残疾、智力残疾、精神残疾、多重残疾和其他残疾的人。

全世界大约有百分之十的人口即六亿五千万人是残疾人。他们是世界上最大的"少数群体"。世界卫生组织称，残疾人的数量随着人口的增长、医疗的进步以及老龄化正在持续增长。在预期寿命超过七十岁的国家中，平均每个人有八年、约百分之十一点五的生命是在残疾状态中度过的。

　　根据第六次全国人口普查我国人口总数及第二次全国残疾人抽样调查我国残疾人占全国总人口的比例和各类残疾人占残疾人总人数的比例推算，2010年末我国残疾人总人数为8502万人。其中，各类残疾人的人数分别为：视力残疾为1263万人，听力残疾为2054万人，言语残疾为130万人，肢体残疾为2472万人，智力残疾为568万人，精神残疾为629万人，多重残疾为1386万人。各残疾等级人数分别为：重度残疾2518万人，中度和轻度残疾5984万人。

　　我国有8500多万残疾人！这个庞大的人群生活在我们健全人身边，与我们朝夕相处，但多数健全人往往看不到他们，更体会不到他们生活的难处，理解不了他们。只有在类似盲人按摩院这样的场所，健全人似乎才能真正接触到残疾人。提起残疾人，健全人想到的很可能是马路边瘸腿少胳膊的乞讨者或是在地铁里卖艺的乞丐。于是乎，健全人与残疾人，似乎分属于两个不同的世界。

　　在我们的生活中，有许多残疾人专用设施，譬如城市中大街小巷随处可见的黄色盲道。但是健全人常常视而不见，随便占用。

　　视力残疾人约占残疾人总数的七分之一。视力残疾是指由于各种原因导致双眼视力障碍或视野缩小，而难以做到一般人所能从事的工作、学习或其他活动。视力残疾包括盲和低视力两类。其中"盲"又分为一级和二级。一级盲指好眼的最佳矫正视力低于0.02，或视野半径小于5度。二级盲指好眼的最佳矫正视力等于或优于0.02，而低于0.05或视野半径小于10度。低视力也分为一级和二级。一级低视力指好眼的最佳矫正视力等于或优于0.05，而低于0.1。二级低视力指好眼的最佳矫正视力等于或优于0.1，而低于0.3。

　　全盲的人，常常被人们不无贬义或轻蔑地称为"瞎子"。他们是一个尤其不幸的残疾人群体。他们生活在"黑暗"里，他们的世界没有光明，因此海伦·凯勒这位又盲又聋又哑的女孩儿始终向往光明，并用生命写下了自传《假如给我三天光明》。这本自传一百年来感动了无数的人，与欧文·斯通的《渴望生活——梵高传》、艾芙·居里的《居里夫人传》被誉为世界"最激励人的三大传记"。

盲人失明的原因有先天性和后天性两种。先天性失明的盲人，由于从来没有"看见"过事物，"看见"过颜色，因此没有"看见"的体验或感受，对于颜色或事物的具体形状、存在状态没有"看见"的感受。因此，他们的世界是无边的黑色。而后天失明的盲人，因为曾经"看见"过事物和色彩，失明后记忆里还保存着关于事物形状和色彩的印象。但是随着时间的推移，这种"看见"的记忆会日渐消磨，最终也会逐渐丧失对色彩的体验或感受，他们的世界也终将陷入混沌的黑暗。对于视力正常的人来说，恐怕很难体会失明者的生活滋味。

然而，盲人群体，未必像健全人想象的那样悲惨或不幸。虽然双眼看不见，"心灵的窗户"紧闭，但是他们完全可以与健全人拥有相同的智商和情商，同样可以平静、自足、快乐地生活。外在的眼睛看不见，内在的心灵有时反而会更加丰盈和充实。在失去一个五彩缤纷的世界的同时，他们也可能拥有一个更加简单却不失丰富的世界。有时候，我们健全人也会感叹，"眼不见为净""视若无睹"或"熟视无睹"，在面对生活的错综复杂的时候，有时也想闭上眼睛，希望内心清静下来、平和而安详。在这种时候，健全人也许会羡慕盲人。可见，失明犹如塞翁失马，上帝在关闭一些人的某些机能之后，却给他们打开了另一扇窗户。盲人在失却身体部分机能的同时，或许也会有异样的独特的收获——内心的充实与丰盈。许许多多盲人，由于宁静所以致远，由于专注专心，所以能够做成很多健全人都未必能够做到或者做好的事情。他们不能用眼睛去看，但可以用心灵去"看"，去观察和思考，可以在心灵中"看见"美丽，"看见"真善美。

我们每一个人来到世间，都是独一无二的，都是不可替代的。盲人以及其他的残疾人，或许是残缺的，不完美的，是"被上帝咬过的苹果"，但是，我们每一个健全人，又何尝不是有缺陷的、不完美的？俗语说：金无足赤，人无完人。我们每个人包括残疾人，都可以用有缺陷的不完美的身心，去追求美好，追求崇高，追求永恒。残缺也是一种美。身体是上帝的选择，生活却是我们自己的选择。我们每个人都可以选择自己的生活，都可以生活得很美。

2011年，作家毕飞宇描写盲人生存状态的长篇小说《推拿》获得第八届茅盾文学奖。2013年，这部小说被改编成电视剧，在央视热播，引发了观众对于盲人生活的关注，也使大家更好地接近和了解了盲人。盲人，并非我们的异类，他们就生活在我们身边。他们的生活与我们别无二致。如有不同，那只是，我们用眼睛看，他们用心去看。

第一章 孟杰盲人学校的孩子们

走进盲人学校

与大多数健全人一样，我对盲人的了解十分肤浅。我一直以为，他们生活的是黑暗的世界，永远需要健全人的搀扶帮助，才能实现生活自立或自理。2013年初夏，我应邀到河北省一些县市采访"善行河北"的事迹。朋友们建议我第一站就去平乡县采访盲人穆孟杰创办的特教学校。

专为盲人办的特教学校，而且是由一位双目完全失明的人创办和管理的！

怀着几分好奇、几分忐忑的心情，6月4日上午11时我们坐车来到了平乡县。

中共平乡县委宣传部一位干练的女部长范燕惠接待了我们。她几乎没有寒暄，便热情地介绍起来："一个盲人办学呀，真是酸甜苦辣都尝遍了。现在一共有八十七名盲人学生，学校管吃管住，想学什么就教什么，全部免费。我时常去看他。老穆这个人很有思路，也很有条理。他的小院建得好，早年在地面上铺的水泥，中间嵌上钢筋。顺着一根钢筋走能走到宿舍，顺着两根钢筋走能走到水龙头。这些设施对盲人特别实用。操场上建的跑道也很特别，边上都围起半尺来高的牙子，跑步时往边上偏出一步就会踢到砖，盲人就知道自己跑偏了。老穆的儿子是在南京学特教专业的，前年毕业，毕业后就被他爸留在

◎ 操场跑道

学校里教书。老穆做的是善事，我们县里就做他的后盾，每年县里给担起一部分办学经费，冬季取暖供煤，装了变压器，还专门修了一条六里长的水泥路直通到他的学校。有人眼红，说风凉话：老穆还挣钱呢！要我说，我们得看人家把钱用哪儿了。养盲人很不容易，不小心掉沟里了，踩泥里了，拉裤子里了，你都得帮他。可是你到老穆的学校去看看，一个个盲人，都挺乐呵。"

范部长的介绍如行云流水，丝毫不打奔儿。看得出来，她对老穆和他的学校确实很熟悉也很关心。她的话激起了我更大的好奇：一大群盲人整天围在自己身边，不烦死才怪呢！而这些盲人整天还挺乐呵——是穷开心吧？还是无奈的自嘲？

我急于去亲眼看看。

我们在县城匆匆吃过午饭，接着便驱车前往穆孟杰的学校。

学校位于平乡县县城西南十余公里的平乡镇东辛寨村。

平乡镇西与南和县搭界，南连鸡泽、曲周二县。地处海河流域平原，境内有留垒河、滏阳河、小漳河，地势平坦，土壤肥沃。早在秦王政二十五年（前222年）就曾在此设巨鹿郡、巨鹿县，郡、县首府皆位于今平乡镇。古迹有巨鹿郡遗址、建于北齐天统元年（565年）的造像碑（俗称"响铃碑"）等。由此看来，平乡镇历史悠久，文化积淀深厚。在北宋大中祥符年间（1008~1016）将县城迁徙至今平乡镇。20世纪50年代，平乡县县城亦驻扎于此。从历史上看，平乡镇曾长期被作为县城和地域中心。如今，平乡镇已有邢（台）济（南）公路、邢（台）临（清）公路、邢（台）威（县）高速等多条道路过境，交通相当便捷。

从县城行驶不到半小时我们就来到了平乡镇。在主马路边上往北方向果然有一条新修的水泥小岔道，宽仅够两辆小车并行。沿着这条路，大约走了十分钟，我们的车在一道高大的围墙前停了下来。围墙外立面贴上了白色的小瓷砖，略显破旧却很整洁。地里的麦子长得茁壮而蓬勃，已然灌满浆，即将收获。右边的地里是一片金黄的油菜花，花儿开得煞是热闹，引得蜂蝶也来赶集。穆孟杰的学校就紧挨着这一片金黄的麦田和油菜花地。校门朝南。有点儿生锈的铁门上方，挂着的还是学校旧的名称——平乡县特教学校，几个镀金大字很是醒目。

守门的师傅听清我们的来意后，打开大门让我们进去。我们今天的到访是中共平乡县委宣传部提前一天跟穆孟杰校长打过招呼的，要不然的话，进校门需向主管老师通报或联系，征得同意后方可入内。看得出来，学校平时的治安管理相当严格。后来，我了解到，在校的学生如果要外出，必须向教导主任报告，同意后从他那里领一个小牌牌才能出校门，而且，全盲的学生必须由老师或有残余视力的同学陪同方被准许外出。外出归来后，必须及时将小牌牌交还给教导主任，就像请销假一样严格、有序。

学校规模不小，占地有十五亩。从校门进去就是一条水泥路，左边的空地里种着菠菜、白菜、茄子、豆角、辣椒等蔬菜，有一块地还用细竹片搭起了豆角架子。右边是一片槐树林。树林下用砖块砌成了一道道宽约一米的跑道。学生们早操或者上体育课有时就在这片树林里跑步。水泥路两侧都围上了十多厘米高的小栅栏状的牙子。这是为

◎ 作者与穆孟杰

了防止盲人学生跑步时偏出跑道——当他们的脚碰触到这些"小栅栏"时，就知道已经到了跑道的边缘，自然就会调整自己的方向，往里收一点儿。水泥大道向前，是一个中央建有假山水池的操场，水池两侧植有松树两株，池前矗立的旗杆上悬挂着一面五星红旗。旗杆已然有些破旧，而旗杆上飘扬着的国旗就不只是旧了，而是有些残破。天长日久，风吹日晒，这面始终飘扬着的红旗都有些"老"了，何况为这所学校操碎了心的校长穆孟杰呢！

穆校长闻声从里院赶出来。他用一根简易的竹盲杖一边往前探路，一边应着我们的声音快步走上来。我紧紧握住了他的手。

"幸会！幸会！"

"欢迎！欢迎！"

他宽厚的手抓得很紧，很暖和。这是一位声音洪亮、底气十足的中年人。身着浅灰色T恤衫，深灰色裤子，眼睛是亮的，好像健全人的眼睛。眯着双眼，看起来像是在微笑，一副慈眉善目的神情。如果不是朋友提前告知，又看见他点着盲杖走过来，我怎么也无法将他和盲人联系起来。他留着发梢略微有点儿卷的短发，前额的头发已然花白，但他的脸却是那么的白皙、饱满和年轻。如果把头发染黑，他看起来大概只有二十郎当岁。事实上，他今年也才四十八岁，过多的用心和劳累让白发过早地爬上了他的鬓角。

他满脸都是喜气，让人感觉心情舒畅。俗语说，相由心生。因此他的脸长得像菩萨一样安详、喜气，也必然有着菩萨一样的心肠。

一番寒暄过后，他便领着我们参观他的学校。操场正对面是一排外墙贴满了白色小瓷砖的两层高教学楼。大楼朝南，楼前栽着一排高

— 8 —

大的杨树。教学楼中间留出一道通往后院的大门。教学楼由此分成东西两半，每一面有五间教室。整栋教学楼可以设置二十间教室，起码可以容纳八百名学生。教室里学生们正在上课，有的学二胡或唱歌、有的在上数学课、有的在上盲文课……教室里相当安静，只有老师的讲课声或是音乐声，听不见杂音。学生们大多在专心听讲。因为目盲，他们并不知道教室外面正有客人在参观，我们也放低了声音，尽量不去打搅老师们上课。如果不细心观察，我一定会把这里当成一所普通的中小学校。教室里秩序井然，老师认真教授，学生聚精会神听课或高声咏唱校园歌曲。——这，不就是我们在任何一所普通学校所看到的景象吗？

目前，学校共有八十七名盲学生，所以只有几间教室在使用。多数的教室关着门。近年来，为了加强教学设施，改善办学条件，学校设立了电脑教室、音乐教室、钢琴教室、图书室等。只要学生肯学、愿学，穆孟杰希望自己的学校都能够满足他们的愿望，让他们接受同

◎ 操场和教学楼

健全学生一样的教学服务。

从新教学楼中间的门洞儿穿过去，还有一个不小的后院。后院也别有洞天。这是孟杰盲校早期的教学楼和宿舍。这里共有两排外墙刷成黄色的平房教室。现在这些房子被分别改造成了教师和学生的宿舍，并且还有相当的富余。在南面那一排宿舍中间也修了一个门洞儿。门洞儿两侧的墙上刷着美术体的两行大字：

勤劳俭朴团结互助

诚实守信文明守纪

紧挨着这个门洞儿两侧，分别设置了学生食堂和厨房。打开左首食堂的门，里面的景象令我感到前所未见：

这是一个狭长的大房间。地面上分别砌有两张约一米宽的水泥案台，长度估计有十几米。案台上包裹着一层粉红色的塑料布，两边分别摆放着二十多副不锈钢的碗勺餐具。饭碗摆放得十分整齐有序。案台的两侧，分别砌起约半米高、十厘米宽的当作座位的水泥台，就像两道低矮的围墙，表面刷上了黄色的油漆。

穆孟杰介绍说："孩子们就餐时每个人的座位都是固定的。每次就餐，只要一个人坐对了位置，其他人只需挨着坐就不会乱套，进来时喊一声自己相邻的伙伴，对方一答应就能准确无误地走到自己的座位上。这也是为了适应盲人的特殊需要而设置的。"

他还很高兴地说——像要向我们报告喜讯一样："我们学校得到了省里和邢台市特别的关照，在有关部门的资金支援下，正在建新的食堂。新食堂就建在操场的南侧，面积要大得多，更高大更宽敞，条件也会大大改善。"

这所学校就是穆孟杰的命根子，学生就是他的亲生子女，亲眼

◎ 学生食堂一景

看着学校在自己的手中一点儿一点儿地改善设施，他的心里，充满了无尽的欢喜和快乐。

在两排黄色宿舍中间的院子里，种着一些梧桐树，大约有碗口那么粗，显然是在盖房子的同时种植的，如今全都长得郁郁葱葱。在树木中间拉起了一些绳子，学生们用来晾晒衣服。院子的地面上铺满了砖头，中央砌出十字交叉的水泥小路。小路上埋设有小钢管。如果踩到一根钢管往前，往左就能找到宿舍，往右就能找到厕所。如果踩到了两根钢管，顺着往前走就找到了水龙头。这样，盲学生都可以很快地适应自己的生活环境，基本上不用他人帮助，就能做到生活自理。

◎ 两根铁管通往水龙头

"这都是我自己琢磨出来的，对盲人特别实用呢。"老穆不无自豪地说。

每间学生宿舍的面积大致在二十平方米左右，通常住六至八名学生。床铺有单人的，也有通铺，大家的被子、褥子等都铺在各自的位置上。房间里还为每位学生配备了专门的柜子等。地板虽然有些破旧，但却收拾得干干净净，看不到一点儿垃圾。学生们的被褥大多比较旧。

北面那排黄色房间是教师宿舍。一般是两名老师一间屋，如果结婚了就安排住单独房间。

◎ 一根铁管通往宿舍或厕所

大操场的西南角还有一条道，通往左首边又是一处院子。这是穆孟杰最早办学的地方。院子里栽满了梧桐和槐树，左首的几间教室如今一直空着，右首则用作女生宿舍。全校所有的女生都住在这里。北面的正屋是穆孟杰平时的会客厅、办公室和家属宿舍。会客厅里摆着一排黄色木质靠背椅。墙上挂满了大大小小的照片，记录着穆孟杰曾经获得过的各种荣誉以及各级领导前来盲校视察的照片等。房间内布置简洁。儿子穆华飞的卧室里除了床之外，还放进了电脑和电视，显得有点儿拥挤。老穆的办公室更是窄小，一张书桌，一张单人床，一把椅子，就是全部的家具了。可见，他对自己和家人生活上的要求几乎到了能省就省、能减就减的地步，过着一种几近清贫或清苦的生活。

在老穆的以身作则下，学校教师的生活也很简单。教导处主任张建立的宿舍，也是一张床、一个带音箱的电脑、一台小尺寸（大约20英寸）的彩电、一只柜子、一个书架和一只脸盆架。除此之外别无他物。平时的娱乐大概还可以听听收音机。

然而，正是这些生活简朴、清苦的人，十几年如一日，坚持做着一件有益于盲人的大善事、大好事。

快乐的小鸟

2013年9月底，我再次来到了孟杰盲人学校。第二天正好是星期天。学校的规定是一周上六天学，星期天休息。每次来到这里，无论是在上课，还是在放假，孩子们都是一样的快乐。

到了校园，看到盲学生们三个一群两个一组分散在操场上，感觉就像羊群放养在草原上一般。有些孩子在玩游戏，有三四个孩子坐在低矮的旗杆台上，其中一个在拉着二胡，一个在唱歌，还有两个在安静地倾听。二胡拉得还不太流畅熟练，但拉琴者的态度专注而认真。操场那边，三两个学生或蹲或坐在场地边的牙子上，在细声地交谈着什么。教室门前，一簇簇人在那里轻微地打闹、玩耍。放假了，暂时

闲下来了，只要和同学们在一起，似乎就有无穷无尽的乐趣和快活。没有孤寂和冷漠，人人都相处得融洽而愉快。有那调皮点的学生，感觉到对面有人走过来了，便大声探问：

"你是谁？"

对面的人却不回答。

于是，问者便试探着摸索上去，抓住对方的手或是胳膊，希望对方发出点声响来。——只要对方一出声，问者立马就能叫出他的名字。

然而对方还是不发声。于是——

"你是吴东东？"

"你是康磊！"

"你是刘威！"

…………

根据对方的胖瘦、高矮、皮肤的糙细等，一个个名字试着去猜测。

最后，终于猜对了。于是，双方便都没心没肺地哈哈哈大笑起来。

对于这些盲孩子，这样的乐子就像捉迷藏一样有趣、好玩儿，百玩不厌且彼此都不厌烦。

在教学楼后面宿舍区的院子里，有个学生正在用脸盆洗衣服，打上肥皂，使劲地搓，再在盆里漂洗，把脏水倒掉，到水龙头底下接水。看他的熟练程度，你根本想象不出来会是一个全盲或低微视力者。有的盲学生在树下匆匆走过，很敏捷地避开树间拉着的绳子，踏上进出楼道或宿舍的小坡。他们有的用手轻轻地在身前防护或者探路，但多数人几乎就是凭借本能似的在院子里穿行。有的去厕所，有的去找老师，有的回宿舍。而在宿舍里，也有三三两两的学生。有的还躺在被窝儿里猫着，有的坐在床头上听收音机或是东一句西一句地闲聊。也有个别的同学静坐在那里发呆，是在想念自己的父母？还是在想自己隐秘的心事？

我举起相机，不时地拍下他们的身影，希望留下他们生活中最真实的画面。

这时，陆续地有些学生似乎感觉到了按动相机快门的咔嚓声或是我走动的声响，不断地有人围上来，好奇地向我打听：

"你是谁？"

"你是干什么的？"

"你为什么来我们学校？"

"你在干什么呢？"

问题一个接一个，像鱼儿在水底下冒出的泡泡，汩汩不绝。

他们的眼睛看不见，但他们的表情写在脸上。满脸的问号，满脸的好奇。

我像一位极有耐心的教师，一一解答他们的疑问。

"我叫李朝全。"

"我来自北京。我是写书的。"

"我到你们学校来，就是为了写一本介绍你们穆校长的书。"

"我在拍照片，将来准备放到书里去。"

后来，在采访盲教师闫加威时，他告诉我：你们健全人自我介绍时总是说，我叫什么名字，我是干什么的。然而，我们盲人自我介绍时，就会说：我脸比较瘦，眼睛小，头发短，耳朵长，个子比你高半个头，我上身穿的是带拉链的运动衫，下身穿的是牛仔裤。我喜欢打篮球，看体育比赛和组装电脑。这样，我的学生就可以通过用手摸，亲身感受一下我的长相，并且借此记住我是谁了。

——闫老师如此设身处地为盲学生贴心考虑，是我这般非盲人很难想象的，也是很难做到的。但在心里我是完全认同他的观点的。在我随意拍摄的过程中，好几个同学围到我身边，叽叽嘎嘎地叫嚷开来：

"让我试一试！"

"让我来拍张照片！"

"给我拍个照片吧！"

我努力地想一一去满足他们的愿望。同时，心里又有点儿顾虑：我这台尼康单反相机价值好几千元呢，可不能让这些孩子给摆弄坏了，——毕竟他们的眼睛看不见！

一个孩子紧紧地凑到我身边来。我抓住他的手，放到相机的快门上，帮助他对准拍摄对象，接着告诉他往下摁快门。

咔嚓！

听到声响，拍照的孩子兴奋得跳了起来：

"啊哦，我会拍照片了！"

"啊哦，我会拍照了！"

我打开回放器一看：嘿，拍的什么呀，人是半截的，脑袋是半拉子的。

我实在不忍心告诉他真相，悄悄地将刚拍的照片删去，然后告诉他："来，我们再来拍一张。"

这次，我先帮他对好了焦距和人物，然后再抓着他的手教他摁下快门。

孩子很好奇，接连拍了几张照片。这些照片多数拍得不理想，不是距离人的头部太近拍成了大头照，就是构图不合适，拍得不匀称。

虽然他们看不到自己拍摄的效果，但是他们永远都那么兴奋，那么大惊小叫的——

"呵呵！我会拍照片了！"

"呵呵，我会拍照了！"

那神情，那份快活，就像上天摘下了月亮一般。

听生活

在这群紧跟着我的孩子们中间，数吴东东最热心。这个孩子，大约十四五岁，长得有一米五高，穿着一身褪色的蓝防水衣，裤脚的线都已拆开，脚上趿拉着一双无后跟人字拖鞋。一只脚似乎有点儿残疾，走起路来有点儿罗圈儿腿似的，像是小时候患过小儿麻痹症。脸和身材一样瘦，头发有点儿凌乱。

他的手里捏着一只会自动报时的迷你电子表。电子表呈哨子形，上圆下方，高约五厘米，直径约两厘米。每隔几分钟，他总要按一下按钮，电子表就会自动报时：

"现在时刻13点42分。"

"现在时刻14时整。"

有时他又将电子表凑近自己的眼睛，几乎贴到了眼睑上。认真辨认小小的圆形屏幕上的数字，像是自言自语，又像是在对旁边的人说：

"现在2点5分。"

"现在2点10分。"

他的眼眶有点儿外翻，似乎还有残余的低微视力。他每次都极力地凑近去看时间，然后再按下自动报时的按钮，来印证自己看到的时间是清楚的、准确的。

他捏着自己的小电子表，在同学们中间穿梭，不时地"为大家"报告时间。就像一个小孩儿新得了一件新奇有趣的玩具，于是总要去别的小孩儿面前展示和摆弄。有时，别的同学也会向他提出要求：

"吴东东，你的表借我玩一玩嘛！"

◎ 听生活

　　"吴东东，你手里是什么好东西？让我也玩一下！"

　　这个时候，吴东东就会有点儿自豪又有点儿愉快地把自己把玩了半天的小玩意儿借给同学。他的同学，按过几次按钮，听过几次报时之后，很快便厌倦了这个"玩具"，很干脆地就还给了他。

　　吴东东却并不失落。这，或许始终是他生活中的一大乐趣呢。借此，他可以清楚地感受到时间的存在，看到或感受到时间在一点儿一点儿地过去和流逝。他对自己的电子表似乎总没有玩腻的时候。整个下午，我看到他都在不时地按它和看它。有时候，他又凑到我身边，问：

　　"叔叔，现在几点了？"

　　等我把准确时间告诉了他，他就去校正他的表。令我惊奇的是，尽管他的视力低微，但总是能把调试时间的按钮按对，并且把时间调好。一旦调好了时间，他便又高兴起来，认为自己做了一件了不起的事情。

阳光小男孩儿

　　康磊是一个十岁左右的男孩儿。全盲，穿着灰色夹克衫，脸形方正，眼睛像是眯着的，看起来就像是脸上挂满了笑容。他在水泥道上遇到我。我站在那里，观察盲人们的生活。他似乎感觉到了自己的前面有个人站着。我基本上没有动静，尽量不弄出声响。他或许是通过气息或者气味感觉到了我，于是问：

　　"你是谁？"

　　得到回答后，他又发射连珠炮似的，接连问：

　　"你从哪里来？""你在干什么？"

　　知道我在拍照，他太兴奋了，简直要扑上来抢我的相机。我小心翼翼地护着相机，允许他用手摸索，用手去找寻哪个是镜头，哪里是快门，哪里是取景器……

　　他执着地把相机全身都摸遍了，然后兴奋地叫嚷：

　　"我知道相机了！我知道相机了！"

　　当我教他摁快门拍摄后，他显得特别满意。问我：

　　"我拍的照片好看吗？"

　　我说："拍得不错。"

　　这下他愈加快活了，就像自己一下子就学会了摄影，掌握了一门新本领一样。

　　他坚持要把相机拿过去"研究研究"。

　　我把相机小心地给了他，一面紧紧地拽着相机上系着的带子，生怕机子不慎掉落到地上。

　　其实，我的担忧真是多余。康磊小心翼翼地抱住相机，仿佛那是天上掉下来的一只宝葫芦，一遍遍地摸索、试探。他一定是在猜测，这机器为何那么神奇，居然能把人的影子照下来，画到纸面上去。

　　摸索了老半天，他都没有把相机还给我的意思。我只好开口对他说：

　　"小朋友，不能再让你玩了。叔叔要拍照片。"

他仍有几分不舍，就像一个孩子刚得到一件有趣的玩具却被大人告知这玩具不是给他的。我几乎有点儿像是夺回了自己的相机。

　　康磊没有沮丧，脸上依旧是那副带着笑容的表情。在这个孩子的世界里，几乎就没有烦恼。我想：要不是失明，他一定会是一名优秀的学生，说不定还是出类拔萃的好学生呢。上天就是如此不公，在给了一个孩子完美的外表和聪颖的智力之后，却将他最珍贵的一样东西剥夺了。这是怎样的一种"赋予"呀！

　　这样的感慨在年幼的康磊的世界里或许永远不会有。他的世界里充满了阳光和快乐。真希望这孩子一辈子都不要去长大，都一直这样简单而快乐地生活着！

乐观开朗的女孩儿

　　刘威是一个热情又热心的女孩儿。穿着一件红色毛衣，十二三岁的样子，个头儿有一米五高，长得比较胖，留着齐耳短发，脸上红红的，像是被太阳晒伤了似的。她的一大乐趣是故意碰撞对面的人。

　　穆孟杰告诉我，每天傍晚吃过晚饭后，他喜欢一个人去绕着操场中央的花坛散步，一面观察学生们的情况，一面思考学校的各种事情。这时候，刘威一定会出现在花坛那里，故意去撞到穆校长身上，穆校长一把抓住她怕她跌倒了。对方就半开玩笑似的明知故问：

　　"您是穆校长吧？"

　　穆孟杰从声音里听出来这是小女孩儿刘威。于是应声：

　　"你是刘威吧。你有什么事吗？"

　　"我没事。我就想跟您说说话哩。"

　　这时老穆往往都要停下脚步，停止思考，开始和学生聊起学习或生活上的事情：

　　"今天又学了些什么？"

　　"老师课堂上教的你都会了吗？"

　　得到满意的回答后，老穆总不失时机地夸奖几句。

每天，为了等到和校长"偶然相遇"的机会，刘威总是会准时地出现在花坛边。她告诉我，穆老师对他们可好了，学校这里可好了！

　　学校里新来了一个盲学生叫李子恒。这个小男孩儿已经七岁，但是个子瘦小，大约只有一米一高，因为常年被父母独自关在家里，生活基本不能自理，也不会与人交流。一整天喜欢独自待在那里。有时一个人站在操场边，一站就是半小时、一小时，也不见他移动一下，或是和他人交谈一句。老穆说，多数的盲孩子因为常年被禁锢在家，无人与之交流，很容易丧失语言能力和人际交往能力。李子恒大概就属于这种情形。老师告诉我，这孩子会说话，他就是不愿开口，自闭得很。

　　到了中午吃饭的时间，别的孩子都走进食堂，叮叮当当，一阵碗筷响，大家都自如地吃起饭菜来。只有子恒这个小孩儿一个人孤单单地坐在食堂外面的小椅子上。生活老师给他打了一碗米汤或是汤菜，让他就着馒头吃。但他显然不会吃馒头，拿着一只钢勺，不停地往嘴里舀汤。那些汤汁，一半流进了他的口里，一半则顺着嘴角流回到了碗里。老师告诉我：这个孩子，就喜欢吃粥喝汤，不肯吃馒头。为了让他吃馒头，老师必须将馒头掰成一小块一小块的，然后喂到他的嘴里。好在盲校几位年轻漂亮的女老师都非常有耐心，很仔细地喂他吃饭，希望能慢慢地教会他自己吃。

　　在操场上，也不知是不是有同学撞到了子恒，或是打了他一下，多半只是想逗他玩，或者跟他要游戏，但是，这孩子却哭了起来。哭声越来越大，似乎很伤心。谁也没去注意他，或者，有人听到了他的哭声但似乎已经司空见惯了，没人去理会他、安慰他。

　　这时，刘威，这个胖胖的小姐姐主动地走上前去，抱着子恒的头。没有安慰的话，也不说什么，就那么轻轻地抱着他。——那个情景，极像一个姐姐抱住被人欺负的弟弟，又像一位母亲在抚慰自己受了委屈的孩子。我说不清那是怎样一幅图景。

　　也不知过了多久，也许是子恒哭累了，或是感受到了刘威的关爱，他终于慢慢地止住了哭声。刘威便牵起他的手，向他的宿舍走去。

后来，我在一间宿舍里看到子恒这孩子一直默默地坐在自己的床上，面无表情，但脸上已然没有了泪痕。

刘威这个丫头，又跑到外面"疯"去了。

这一次，她拦住了音乐老师，不停地说：

"史老师，我们可喜欢您上的音乐课了！"

"我真喜欢唱歌！"

音乐老师的眼白有点儿外翻，情不自禁地抱起刘威。他对这个胖胖的小女孩儿一定很喜欢。

这个女孩儿阳光，性格开朗，似乎不知道世界上什么叫烦恼，也不知道有烦恼这回事。她像一只快乐的小鸟，每天穿行在校园的各个角落，带去温馨、安宁和抚慰，带去自己的关爱和热心。

父亲和子女同学

在孟杰盲校，有这么特殊的一家子。父亲、女儿和儿子都是同学。说起来这儿求学的事情，其实都是因为十三岁的小女儿张文君。

张文君一家是河北省邢台市临西县老官寨乡洪官营村的。文君的父亲张名华1975年出生，不到四十岁，头发却已有些花白。因为患过青光眼，仅剩残余视力。原本一家四口人：妻子、儿子和女儿，本可一直过着和和美美的日子。没曾想，张名华的眼睛突然坏掉了，女儿是先天盲，儿子五岁那年因为视神经萎缩，眼睛也瞎掉了。这样一来，一家人的日子就过得紧巴起来。妻子这时大概是熬不住了，跑掉了。好在张名华还有一个哥哥和四个姐姐，他和哥哥住在一个院子里，相互还能帮衬着点。但是，哥哥家里也不富裕。张名华最大的梦想是，通过自己的省吃俭用辛勤做事，能够给儿子打下个基础：有块地，有点儿资本，成家立业。在这位盲父亲的心中，始终深藏着这样的憧憬，希望俩孩子都能自立。倘能如此，他一生的愿望就都实现了。

张名华说：当年，因为爷爷耽误了，没有把两个残疾孩子都及时给政府报上去，家里没弄成低保。后来，他自己到村里去反映家庭情况，村里让他去乡里反映，乡里又让他去县里反映。结果，折腾了五年，也没能补办上低保。这时，有朋友指点他，可以给邢台市市长去信反映情况。于是，2013年7月，张名华便给市长写了一封信，说明自己家庭的真实情况和困难处境。五天后，乡里便来人了，专门给他补办了低保，按照每人每月九十元的标准给付低保。现在，家里的日子好过多了。

张名华有残余视力，自己还能凑合着上网。以前，两个盲孩子就待在家里，什么地方也去不了，什么事都做不成。在网上张名华查到了穆孟杰的盲人特教学校，了解到这所学校口碑特别好，而且学生的学习、食宿费用全免。看到这些信息，他非常高兴却担心人家学校不收他的孩子。怀着忐忑的心情，他直接给穆校长打电话咨询。没想到，穆校长的答复非常简单：只要有残疾证就收。

这，简直是天上掉馅儿饼的大好事！

2013年2月27日，刚过完春节，张名华就把十三岁的小女儿张文君送到学校来了。

刚开始的时候，他心里还老大不踏实。毕竟，这是女儿第一次离家远行，第一次不在自己的保护视野里。何况，她还只是一个小女孩儿呢！一周后，张名华打了个车，专程从临西跑到平乡来看望女儿。看到女儿变瘦了，很是心疼。问问女儿在学校的生活状况。女儿的回答是非常喜欢，在这里，自己就像小鱼儿游进了广阔的湖水里。

在学校里，张名华亲眼看到师生吃的是一样的饭菜。学校给孩子们的伙食虽然说不上有多好，但饭永远管饱。更何况，在盲校，学生们的唯一任务就是好好学习掌握本领，又不用卖力气。学校能做到这一切，确实已是尽了最大努力了，很是不易。张名华开始理解这所学校，并且由衷地感激穆校长。

详细了解了女儿在学校的学习情况，看到女儿脸上洋溢着灿烂的笑容，张名华的心放下了。

以后，他基本上不再来看望女儿了。这是一所好学校，女儿在这里过得很愉快，自己没有什么不放心的。再说了，打一趟车来这里，也得花百八十元的。自己的经济条件并不宽裕哩。

女儿还没有自己的手机。每星期，张名华都要给学校的教导主任打电话，请他代叫文君来接电话。在电话里，他总要详尽了解女儿在学校里的一切情况，询问她需要什么，过得习惯不习惯，身体怎么样，生没生病。知道女儿一切安好，学习不断取得新进步，做父亲的他心里甜丝丝的：孩子正在朝自立的道路迈进，这不正是他的梦想吗？

张名华有时也给穆校长打电话，一面是感谢他对女儿的照顾和教育，一面也想通过校长直接了解孩子在校的各方面情况。在穆校长的心里，装着全校八十七名学生的信息。学生们的进步、变化和各种情况，他的脑子里都了如明镜。

文君这孩子确实让人省心。她从小就能理解父亲的难处，早早地就学会了生活自理，能够自己盛饭、洗漱，还能自己做饭，自己穿衣服。到了孟杰盲人学校，她非常争气，又特别好学。刚开始学盲文，用手摸书。孟老师、汪老师和张文飞老师相继教她，慢慢地，她摸索着练习用针扎点位，扎出一个个神奇的盲文字母。文君非常聪颖，她上的是一年级，待了才三个月就考到了全班第三名。她还跟着老师学习吹葫芦丝，没多久就学会了吹《生日歌》。学校的生活充满了挑战，更充满了无穷无尽的趣味。文君觉得，自己已经深深地爱上了属于自己的这所学校，爱上了这些声音动听的好老师！

放暑假了，父亲打电话给文君："一放假我就来接你回家？"

文君回答："俺不回家，老师要带俺上北京哩！"

"上北京干啥？"

"老师说是去参加一个夏令营呢。"

"要咱们自己掏钱吗？"

"不用，有人帮着报销呢。"

"嗬！还有这样的好事呢！"

女儿这么争气，才上半年学就被学校推选出远门去参加全国性的活动。这，让张名华感到特别的自豪。

2013年7月9日，穆丽飞老师带着张文君和学校的另外两位盲童到北京参加"2013触摸北京·盲童夏令营"。

2013年7月12日，"2013触摸北京·盲童夏令营"在中国盲文图书馆开营。来自西藏、甘肃、贵州、福建、河北的十三名盲童在家长和老师的陪伴下，在首都北京参加此次为期五天的夏令营活动。这项活动是由中国盲文出版社、中国盲文图书馆和民谣音乐代表人物周云蓬发起的"金色推土机帮助贫困盲童计划"联合举办的。在开营仪式上，张文君和其他的盲童们"见到"了央视主持人、新闻评论员白岩松，都非常兴奋，争着要同他合影。事情过去了两个多月，提起自己的北京之行，文君记忆最深刻的还是和白岩松的合影。那天，白岩松叔叔很亲切，热情地拉着小伙伴们的手，让他们相互结识做好朋友，这给了这些盲童们很大的鼓励。

在中国盲文图书馆的触摸博物馆内，张文君和其他两名盲童学生在穆丽飞老师的陪伴下触摸太阳系模型。文君非常激动，一遍遍认真去触摸那些光滑的木星、火星、土星等神奇的星球，感受宇宙的浩瀚与神奇。接着，她们还去触摸了秦始皇兵马俑模型，了解了相关的历史知识。在中国盲文图书馆志愿者的陪伴下，她们试着去触摸触觉语音地图，寻找地图上的家乡。文君又用双手触摸了"鸟巢"模型、蒸汽火车模型等。博物馆的展览为她打开了一个神奇的世界，这是她以前所不了解的。

在剩下的时间里，穆丽飞老师带着文君她们去参观了真正的"鸟巢"——国家体育馆和水立方——国家游泳馆，还来到了天安门广场，感受祖国心脏的跳动。

北京之行虽然短暂，却给文君留下了终生难忘的记忆。回到家后，她为父亲和哥哥一一描述自己的北京之行。大家都为她感到高兴。文君又仔细地向父亲他们介绍了学校教学的情况。她给他们唱自己学会的歌曲，用葫芦丝吹《生日歌》，阅读简单的盲文书。父亲和哥哥都听得出来，她是由衷地爱上了这所学校，她在学校里真的学到了东西。

文君在孟杰盲校的学习和取得的进步激起了张名华一家人极大

的兴趣。大家都觉得这个学上得值，很有收获。连张名华自己都动心了：要不，我们一家人都去那里上学？他心里琢磨着：要是那样的话，一家人在一起，相互还有个照应。我到了学校，还可以进修按摩手法，学习针灸，如果能掌握这两项本领，自己将来外出打工，挣钱岂不就更容易了吗？或许，还可以回家自己开个按摩店呢！

可是，问题出现了。

文君十三岁，上学穆校长肯定接收。儿子十八岁了，学校还有可能收，而我都快四十岁了，穆校长还会收吗？张名华的心里直打鼓。

他这人脸皮薄，不好意思自己去问穆校长。

文君自告奋勇地说："我来给穆校长打电话问问。"

"那合适吗？咱们家已经有你在那里免费食宿就读，我们这一家三口都去，那不给穆校长增加更大负担吗？"张名华心中还是有些忐忑。

"没事的。我们穆校长人好，热心肠。他一定会同意的。"文君一副很有把握的样子。

张名华把手机给了女儿。

文君拨通了穆校长的电话。

"你是谁呀？"手机里传来了亲切的问询声。

"穆校长，我是您的学生文君，张文君哪。"

"文君好！你有什么事吗？"

"有点儿小事呢。穆校长，我想问一下，有的盲人年纪比较大，咱们学校收不？"

"收哇！"停顿了一下，穆校长接着说，"只要他愿意学，咱们学校就愿意教他。"那个人的年纪究竟有多大他连问都没问。

"哦，那太好了！"文君几乎要雀跃了。

"文君，你就转告那个人，等新学期开学了，带着残疾证、身份证到学校来报到好了。"穆校长嘱咐道。

"穆校长，那个人已经三十八岁了，咱们学校也能收他？"

"能收。"

"穆校长，他是我爸爸。我哥哥也是一个盲人，今年十八岁了。

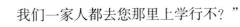

我们一家人都去您那里上学行不？"

"行啊！有什么不行的？我们学校的大门永远向那些愿意学能耐的盲人敞开。"

文君转头告诉父亲：穆校长说行呢！

张名华还不相信，抢过了手机：

"穆校长，我是文君的爸爸。您的学校真的能接收我这么大的学生吗？"

"当然。我们学校还收过更大的呢。有位五十多岁的，也曾在我们这里学习，现在已经毕业了。"

听到穆校长肯定的回答，张名华心中的石头落地了。"谢谢！谢谢！那就太感谢穆校长您啦！"他一连声地道谢。

"你不用谢我，要谢就谢你自己。只要你愿意学能耐，我们学校就管教，包教会。学费、食宿费全免。文君刚才已经跟我说了你们家的情况。欢迎你们一家人开学后都来学校学习。"

这真是天大的喜事！没想到自己这么大年纪了，也能到学校里去学本事。而且，一家人从此又能在一起了。自己活到这么大，似乎还没有遇到比这更大的喜事呢。

一句善意的提醒可能挽救一个人的生命，一个善意的举动可能改变一家人的命运。张名华觉得，自己这一家人的命运从此就要改变了。世界上真的存在着一种只帮人不求回报的善人哪！

2013年9月初，新学期开学。张名华带着儿子、女儿和一家人的生活用品，来到了孟杰盲人学校。在这里，张名华打算先学一年的按摩和针灸技术。因为，虽然学费和食宿费学校全免了，但是一家三口人平常的生活用品，像牙膏、牙刷、肥皂、手机话费都需要钱；因为习惯了像回民一样的饮食，有些食物不能吃或不愿吃，有时还需要买包榨菜或咸菜什么的。俩孩子还小，特别是闺女，有时不想吃食堂的饭想泡包方便面吃，那也得花钱去小卖部买。一个月拉拉杂杂的开支，三个人也得一二百块钱。

"我的钱只够支撑一年。虽然家里有姐姐也能借给我钱，但也得顾虑着姐夫怎么想呢。"张名华告诉我。

"9月10日来到学校，已经花了二百多块。为了录老师讲的《中医理论》买了一套音响花了一百元。8G的内存卡花了四五十元。儿子有手机，学校鼓励女儿给她发了部手机，花了四块五买了个手机卡。平常买咸菜、方便面也花了点钱。"这就是盲人一家子近一个月全部的开支。而其中最大的一项开支，是为了学好按摩针灸手艺。

张名华以前学过按摩，这次进修中医理论，他感觉自己学习的劲头很足，因为在他心里有一个更大的奔头儿。那就是回家开店，开一家属于自己的按摩店。儿子曾经在按摩院学过上手治疗，未学手法。这次来盲校就专学手法。张名华自己也在练习手法，还不时地与同学互相按摩练习，交流心得。他的积蓄不多，他得抓紧时间学会。这样子，他离自己的梦想就更近了一步。

教手法时，不对就改。老师反复讲理论，讲技巧，再让学生们练习。譬如，颈部要按七下，脊柱按十二下，腰按五下，都要严格做到位。

儿子还学盲文。因为他全盲，老师必须抓着他的手，用针一点儿一点儿地去扎，一个字扎六个点。他学得很用心。

张名华说，在盲校里，自己觉得很快乐，每天的任务就是学本事，也不用卖力气。老师们都特别有耐心，学生们素质都很好，按摩什么的都自觉去学，积极去学。"学校给了这么好的条件，如果不好好学，将来后悔的是自己！"

他告诉我，走路时有视力的同学会避让别人，

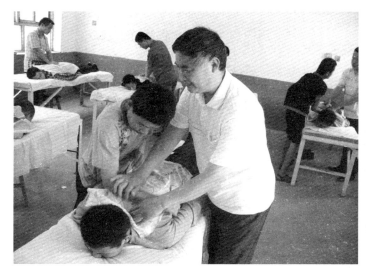

◎ 手把手教按摩

— 27 —

大家喜欢互相帮助。譬如，有残余视力的同学会带全盲的同学出门去买东西。同学们彼此都看不见，都能自觉地避让对方。在宿舍里，备有专门的垃圾桶，大家都不乱扔垃圾，养成了好习惯。因此大家的心情都不错。一个班大的有二十多人，小班也有七八个人。师生打成了一片，一起吃饭一起学习，学校整体素质都很好。他闺女文君喜欢故意站那里不出声，等老师撞上了，问：你是谁，为什么撞我？就这么相互逗着玩。师生关系都这么融洽，像一家人一样。

不愿飞走的凤凰

在特教学校里，年轻的李洁显得格外醒目，因为她常常穿着一件粉红色的小碎花外套。青春的脸上，总是绽放着柔和而娇艳的笑容。她个子不高，一米五几的样子，体形偏瘦但却瘦得恰到好处。留着齐耳短发，别着精致的发卡。脸形匀称，皮肤白里透红，迎面扑来的都是蓬勃的青春气息。这是一个爱美的女生。她始终是温和的、坚定的，像一个很有主见的大人。我相信谁见了她都会喜欢她。

李洁已经毕业了，正在留校实习，一年后将转为正式教师。

她1993年出生，是河北省冀州市人。冀州是上古"九州"之一，历史悠久。河北省简称"冀"亦由此而来。

上苍给了李洁娇美的容貌，却剥夺了她明眸善睐的能力。她的双眼先天性发育不足，现在只有光感，也就是黑黑乎乎、恍恍惚惚能"看见"光或感觉到光，但看不见任何东西。

李洁又是幸运的。

她的父母都是农民。她上面有一个哥哥，已经工作。

李洁从小视力就很差，大约只有0.1，属于弱视。但是那时候家里人都不懂。等到上学后，走进了校园，李洁开始发现自己与其他同学都不同。譬如，做游戏别人都能做好自己却做不好，黑板上的字也看不清，在人多的地方走路，一走快就很容易撞上人。她回家问妈妈：

"为什么我不能同别的小朋友一样呢？"

妈妈搂抱着她，轻轻地叮嘱她："女儿啊，咱眼睛不好，你看东西时要靠近一点儿，做事要慢一点儿。"

以后上学时，老师就把李洁安排坐在第一排。看书写作业的时候，她就用放大镜。就这样，一直坚持上到了六年级。

这时，更大的不幸从天而降。

一天早晨起来，李洁突然感觉眼前的一切都模模糊糊，看不清楚。父母带着她去了石家庄，到了天津，又上了北京，各处寻找好医院好大夫。李洁一口口地服药，然而，视力却依旧一天不如一天，看什么都模糊，甚至连路都看不清了。她不止一次伤心地问妈妈：

"妈妈，我的眼啥时好？我还要参加期末考试呢！"

被痛苦压弯了腰的母亲强忍着内心的苦楚，连声安慰她："没事的，女儿，过一段时间就好！"

其实，妈妈哪里会不知道，女儿的眼病看来是永远也好不了了，她早晚会变成一个瞎子。只是，心痛的母亲实在不忍心把真相告诉女儿，实在不忍心亲手掐灭女儿心中最大的念想！

就在等待眼睛好起来的日子里，妈妈给李洁买了一个新书包。

然而，药一包包地服下去，她的视力却始终未见好转。视力还在下降，看东西更加模糊，甚至连对面站着的人也看不清了。

李洁开始隐隐地感到了恐惧，她真害怕从此再也看不见父母，看不见老师和同学。她固执地躲在家里不敢出门见人。她感觉这个世界已经不属于她了，自己正慢慢地隐入另一个世界，那是一个没有色彩、没有笑声、没有欢乐、没有温度的世界，永远沉浸在黑暗的夜里，没有白昼。在那个世界里，只有无尽的黑暗、孤独和哭泣。这种黑暗，让李洁倍感压抑和憎恨。

"不！这不是我想要的世界！不是我想要的生活！"

原本活泼开朗的李洁性格变得孤僻。她不爱说话，也听不进别人的话，时不时地就要莫名地发一通火。她们家从此失去了温馨和欢乐。每天，家里只剩下父母的哭泣声和李洁无来由的吵闹声。

家里开始到处替她打听学校，但一直都找不到适合盲人的。就这样，她在家里一待就是好几年。

2008年，父亲从电视新闻上看到穆孟杰办的平乡特教学校，觉得这所学校很不错。他偷偷地亲自到学校去考察。穆孟杰亲切地接见了他。他把所有的疑问都倒了出来，老穆都给了他满意的答复。

回家后，爸爸告诉李洁："女儿，爸爸明天就带你去上学！"

"真的吗？您找到我可以上学的地方了？"李洁半信半疑。

"爸爸给你找了一个能上学的地方。"

就这样，在怀疑和迷惘中，李洁被父亲带到了平乡县特教学校。那一年，李洁十五岁，已经出落成一个漂亮的大姑娘。

一路上，迷迷糊糊的李洁只感觉到道路坑坑洼洼，颠簸不平。这似乎与她的人生道路有着某种相似。

穆校长的话语在少女李洁的耳朵里，是那样的浑厚、温和："李洁，今天你就是我们学校的新成员了！"

他的手好大，好有力，紧紧地握住了小女孩儿的小手。从此，这双手就要引领她走上人生的新里程。

刚来时，到了一个完全陌生的新环境，李洁在生活上和心理上都很不适应。她默默地窝在床上，哪里都不敢去。老师和同学们都热心地帮助她，主动带着她到处走，到处转。四五天后，她终于熟悉了学校的环境。但是，突然离开自己熟悉的家，她还是很不习惯，因此，几乎每天都要给家里去电话。女生的生活比男生更复杂，卫生也需要更加讲究，好在老师们对她都很好，为她解除了后顾之忧。

穆校长更是格外关爱这位人生梦想还没来得及起飞便"折翅"了的小女孩儿。看到她整天沉默不爱说话，他就经常找她谈心，给她讲自己的经历，讲刚失明时自己曾经是多么的迷惘和绝望，整个天都坍塌下来了，后来他又是如何一步步地挺过来的。他给李洁讲一个个残疾人自强不息的故事。讲高位截瘫的张海迪，躺在床上，借助镜子的反光苦学英语，练习写作，现在已经是中国残疾人联合会的主席，而且是我国一位著名的作家。他给她讲又聋又哑又盲的小女孩儿海伦·凯勒，如何向往光明，如何在女教师安妮·莎莉文的帮助下走出黑暗，学会了许许多多的本领，还留下了一部世界闻名的自传《假如给我三天光明》……

穆校长的话语，如涓涓细流，滋润着快要干涸了的李洁的心田。听了这么多残疾人的故事，她感触很深。她想：为什么我不能像他们一样，活出精彩呢？

那时，穆孟杰的爱人曹清香是生活老师。她每天都陪李洁上课，晚上都要看着她睡着后才离开。老师们对她无微不至的关心，渐渐融化了李洁内心的冰块。她开始变得开朗起来，慢慢地融进了集体。

刚开始的第一学期，家里人惦记着李洁，始终放心不下。父母和哥哥来得很勤，送东送西，看望她，问寒问暖，关心她在生活和学习中遇到的难处，变天的时候就给她送衣服来。每个月父母给她一百元生活费，用来买日用品什么的。看到李洁确实融进了这所学校，生活上完全能够自理了，家里人放心了，不再像开始时来得那么勤了。李洁在学校里交了一帮好朋友，不仅不再天天给家里打电话，有时十天半个月都忘了给家里打一回电话。常常是父母因为好多天没听到她的声音打来电话。

李洁开始学习盲文。学着用针一样的盲文笔去扎牛皮纸，在纸上扎出一个个盲文的点来。阅读时，则用手去触摸那些点。她不会用笔，老是把手弄疼，或是不小心就扎到手上。但她学习很刻苦，从不叫唤一声。

穆校长看着这孩子这么好学，心里也特别喜欢。他手把手地亲自教她。冬天天

© 穆孟杰

◎ 盲女孩儿李洁在演唱

气冷，孩子的手冻得握不紧笔，他就抓过她的小手，放到自己的胳肢窝下暖热了再让她写。到了上按摩课，为了让李洁亲手实践，掌握手法技巧，穆校长还经常让她在自己身上练习。

李洁很聪明。她学习的范围很宽泛，半年左右就学会了盲文，还同时学语文、数学、电脑、音乐和按摩。她还学会了用洗衣机洗衣服。每逢放假回家，父母看到她能够生活自理，又学会了各种本事，逐渐能做到自食其力，再也不用操心了，心里很是欣慰。

经过几年的刻苦学习，李洁现在已经掌握了用电脑写作文、打印文件和上网的技能。通过默记电脑键盘的键位，运用读屏软件，她可以熟练地使用电脑。如果不是亲眼所见，我一定会认为，一个盲人，熟练操作电脑简直是天方夜谭！

她还学会了保健按摩及按摩治疗，并顺利地考取了中级按摩师资格证。

有一些按摩院等到学校来招聘毕业生，他们非常希望李洁能去他们那里工作——这么漂亮的女孩儿，手法又那么娴熟，而且有中级按摩师资格证书，一定会是一名称职的好员工。

但是，这些伸来的橄榄枝都被李洁谢绝了。

"我要留校！"她早已下定了决心，九头牛也拉不回。

"你为什么要留校任教呢？"我问她。

"我在这里学习了五年，对学校有很深的感情。学校教会了我许多本领，我想去帮助更多的盲人，帮他们学习知识，掌握生存的技能。"

多么朴实无华的话语。而这，却是李洁的心声。学校对她好，她愿意将这份好转嫁给更多的盲人朋友。毕竟，天下盲人一般"黑"。人同此心，心同此理呀！我们盲人就该帮盲人！

2013年下学期起，李洁当起了实习教师。她一边任课，教学生小学数学，一边继续上文化课和电脑课，练习按摩手法。穆校长说，先实习一年，看她的表现，如果表现好，就留下来，转为正式教师。

每到放学后或是周日休息时，穆校长常常同她聊天儿，谈学习、谈理想。穆校长也时常给李洁讲自己当年出门拜师学艺的曲折经历，讲创办学校的坎坷，讲自己是如何渴望知识，后来又如何执着办学，用爱心对待盲人。穆校长一次又一次的谆谆教诲，让李洁学会了坚强、团结、友爱和帮助他人。每当有新同学入学，她总是热心地带着他们熟悉校园环境，帮助他们打水。对那些年纪较小的同学，她还帮着他们洗衣服。这所学校培育出了一个充满爱心的李洁。

如今，李洁已经把孟杰盲人学校当作自己的家了，她再也舍不得离开这个"家"。她说自己在心底里感谢穆校长，是他为盲人学生们创造了一个好环境，给予了大家那么多的关爱；是他教会了自己许多的知识和技能，将她从对人生失去信心的迷惘中拉出来，知道了生活可以有五彩缤纷、人生可以有价值很精彩。她的理想是做一名特教老师，帮助那些对人生失去理想和信心的人走出一条自己的光明的道路。她要用自己的微薄之力，为母校做出贡献。

爱喝水的孩子

在孟杰盲人学校，八十七位学生来自不同的家庭，每个学生都有自己的故事。

在学校里，还有这样一位老太太，大概六十多岁的样子。她不是在这里就读，而是陪孙子就读。她的孙子陈家豪十五岁了，全盲。他们家是河北省任县的。家豪出生后父母就想把他扔掉，是奶奶舍不得，自己收养了他。因此，这孩子从小与奶奶相依为命，奶奶也习惯了和孙子在一起，照料他。

当初送孩子来学校时，奶奶就是不放心。

穆校长跟她说："我们学校各种孩子都有，许多孩子以前生活也都不能自理，到学校后我们安排专门的生活老师照顾，教他们料理生活上的事情。您不用担心。"

老人家还是舍不得："我孙子从来都是在我眼皮底下的。我一时半刻见不到他都不行啊。"

"那咋办呢？"穆校长有点儿为难。别人家送残疾孩子来，大多就像甩掉了一个家庭包袱一样，巴不得学校能把孩子的一切都包起来。

"穆校长，您看能不能这样：您能不能帮忙在村里给我租个房子，房租我自己出，这样我就可以天天陪我孙子读书了。"老太太提出了一个请求。

"老人家，那怎么行呢？您挣点钱也很不容易呀！"穆校长似乎有点儿犹豫。

"要不我跟孩子挤在一张床上睡？"老太太又提出了新的请求。

"这种情况学校以前还没有过呢。"穆校长说。

"您就帮帮我们吧！我知道您是大善人，菩萨心肠。我住在学校里，伙食费我自己交。"老太太接着说。

"您这样子惯着孩子，我担心学校很难把他教好。——何况，对别的同学影响也不好。"穆校长还是有点儿顾虑。

"穆校长，我这小孙子有一个习惯，就是碰到水就要喝。也不管那水是不是脏水，哪怕是洗碗水、刷锅水或者洗衣服的水、洗脚的水。如果有人提到水，或是让他触摸到水，他就要去抢水喝。只要一时半会儿没看住他，他就会拿起各种水来喝。"老太太这才把实情说出来。

"哦，是这样啊。这种情况以前还真没遇到过。到我这学校来的，各种样子的都有，那都是因为家里人老是把孩子困在家里，锁在屋里，不让他与外界接触，也不让孩子和人交流交往，久而久之，孩子就会出现这种疑似智障的状态。像您家孩子这种情况我还从没遇到过。"穆校长也觉得惊异。

"是啊。所以，我必须留下来，时时看着我孙子。"

"那好吧。"穆校长总算松口了，"学校想办法给您安排个房子，您就住在学校里吧。伙食费您也甭交了，平时您帮着学校打扫打扫卫生就行了。"

"谢谢了！太感谢了！"老太太一个劲儿地道谢。

这是孟杰办学以来破天荒允许家长陪读。因为，按照穆校长的教育理念，盲童只有完全脱离了原先的生活环境，融入到学校的生活中来，才能从根本上改变那种事事依赖别人、甚至连生活都无法自理的处境。但是，遇到类似陈家豪这种情况，学校还是开了个口子。而且，从那儿以后，学校干脆更改了原先的规定，允许家长陪读。

从此，老太太便住在学校里，以校为家。平时，除了照料孙子的饮食起居，闲下来时，也主动帮学校扫扫地、择择菜，帮别的盲童学生缝缝补补洗洗，做做杂务。

日子就这样一天天地过去，同学们也都习惯了有这样一位老奶奶同他们在一起。

为了教会陈家豪不乱喝水，生活老师专门给大家上了一节"喝水课"。

"同学们，你们知道吗？我们的身体里，有百分之六七十是水，所以我们每天都要喝水，而且要喝够水。但是，你会喝水吗？"

"会呀。"同学们异口同声地回答。

"那我们一天要喝多少水？每次喝多少呢？"老师接着问。

"一天喝几杯水呗。"

"口渴了就喝呗。"

"每次喝半杯。"

各种回答都有。

"告诉大家，我们每天至少要喝一千五到两千毫升水，也就是六到八杯水。不能等到口渴了再喝水。要备个杯子，白天随时喝水。饭前饭后半小时左右不要喝水，睡前半小时也最好不要喝。因为睡前喝水夜里就得起床上厕所。而吃饭前后喝水，或是一边吃饭一边喝水，就会影响到肠胃的消化。"

"怪不得我每次吃完饭会肚子疼呢，原来吃饭时不能喝水呀！"一个同学恍然大悟地说。

"还有，同学们！我要郑重地提醒大家，一定要喝烧开的水和清洁的水。不能喝脏水，也不能喝没烧开的水。那样也会肚子痛，造成消化不良、拉肚子，严重的还会使人虚脱。"老师接着说。

"陈家豪，你能重复一遍老师的话吗？"同学们都安静了下来。

"一定要喝开水和清洁的水。不能喝脏水和没烧开的水、生水。那样子会肚子痛，拉肚子，严重的还会使人虚脱。"

"对！同学们都记住了，绝不能乱喝水！要喝干净水。"老师顿了一下，接着问，"陈家豪，你能做到吗？"

"能。"家豪小声地回答。

"你说什么，老师没听清。请你大声回答。"

"能！"这一次，孩子提高了声音。

"好！老师相信你！相信你一定能够做到。"

学校有规律的生活，加上老师的耐心教育和奶奶的悉心看护，孩子有了长足的进步。奶奶平时给孙子倒半杯开水放在桌上，让孩子想喝水时就能够得着。也注意把脏水及时倒掉，不让孩子靠近水龙头。慢慢地，陈家豪每天都和同学快乐地游戏、学习，忙得不亦乐乎，似乎也忘了自己爱喝水的习惯，有时还得等到奶奶提醒，他才能想起来喝点水。

我几次到学校去采访，都遇到这位脸上刻满皱纹、布满岁月沧桑的老人家，个子矮小，一副慈祥平和的表情。人生的磨难早已让她将一切视若寻常。谈起在学校的生活，她对自己孙子的进步很满意，对现状也很知足。如果日子就这样一直过下去，学校在，他们就在这里求学。这永远都将是一件让人愉快的事情。

采访手记

教育改变命运

  穆孟杰告诉笔者，许多盲童刚入学时，几乎什么都不会，甚至连穿衣、吃饭、走路这样最简单的生活技能都不会。这些盲孩子不会数数，不会认字，也不会自我表达。不少孩子看起来都很傻很笨的样子，让人不禁要怀疑其智力上存在着缺陷。然而，在他的特教学校里，我却看到，孩子们三五成群，自由活动，无拘无束，乐乐呵呵，或聊天儿，或游戏，或吹拉弹唱，或自娱自乐……大多看起来都很正常，很活泼，没有一丁点儿"傻子"的样子。

  教育改变命运。一个国家的未来和希望，在于教育。盲童的未来和希望，也在于教育。是教育，让孩子们从自闭和自卑的处境中走出来，从黑暗和愚昧中走出来，走到了阳光底下，走到了人群中间。是教育，让一个个盲童树立起了自信，学会了自尊自强，学会了生活的技能和生存谋生的本领。

  一个人的力量虽然有限，但是，穆孟杰这位普普通通的盲人，却希望通过自己的努力，用自己的能量，去激活成百上千盲人的能量，去点亮他们的人生，把他们从黑暗中拯救出来。

  在穆孟杰运用教育这种伟力改变残疾人命运的过程中，许许多多的教师、亲人和朋友，都参加了进来，共同为特教事业添砖加瓦。

第二章　特教学校的老师

教师是人类灵魂的工程师。盲校教师不仅是盲学生的心灵工程师，是他们的人生导师，还是他们的光明和希望，是点亮他们心灵之灯的人。说他们是学生们的挚友、伙伴是对的，说他们是学生们的哥哥姐姐、父亲母亲、至爱亲朋也是准确的。其实，无论我们怎样夸奖他们都不为过。

在孟杰特教学校，有一支相当年轻的教师队伍。这些教师来自河北省各县、市，也有从全国其他地方来的。他们的收入不高，生活简单朴素，但他们都有一个共同的理想和向往，就是把残疾学生培育成对社会有用的人，能自食其力、自立自强的人。

后天失明的教导主任

有谁从小康之家一下子跌落到穷困家庭？有谁从健全人一夜之间完全失明变成残疾人？想当年，鲁迅先生因为家庭的巨大变故，从小备尝人间艰辛和人情淡薄，发愤学习，最终以笔为匕首、投枪，与旧制度、旧人生决裂，成了一名文化斗士和文学大师。类似的厄运同样降落到了青年张建立的身上。

见到张建立，我怎么也无法把他与残疾人画等号。他面目清秀，皮肤白皙，中等偏高个子，长得十分英俊帅气，头发梳理得整洁照人，衣着匀称合体，藏蓝色夹克和西裤，黑色皮鞋，堂堂一表人才。

要不是仔细辨认，我还真看不出来他是一个全盲人。他的举止已然是安详的。即便是安静地坐在那里，他也能让人内心安宁，心情愉悦。如果不是眼睛残疾，相信在他身边定会有成群结队的异性追慕者。

然而，苍天总是如此捉弄人。

张建立是河北省邢台市内丘县人，1981年出生。父母都是健全人。建立出生后视力正常，一直读到高中，突然发生视网膜脱落的变故，他的眼睛一下子看不见了。从此，他就一直退学在家，开始了漫漫的求医之路。突遭如此巨大不幸，张建立自己怎么也不能接受。他是全家人的掌上明珠，家里人感觉天都塌下来了。父母每天都避着他，为这事发愁，长吁短叹的，恨不能替他去生这场病，替他去受这份罪。那些年里，父母带着他出入于各级眼科医院。听说北京同仁医院治疗眼病最权威，父母二话不说，带上家里多年的积蓄，直奔北京。

同仁医院的专家建议做手术治疗。张建立全家似乎看到了光明的一线希望。

做一次手术疗程半年。医生用激光试图将脱落的视网膜打上去。视网膜脱落手术属于眼科大手术。医院采用的是微创玻璃体切割术，创口小，恢复快。医生使用套管针直接穿刺结膜和巩膜进入下玻璃体腔，建立起手术所需的三个通道，并在通道上安放临时用的套管，使结膜和巩膜的穿刺口保持在同一条线上，灌注管和手术器械均通过套管进入眼球，进行视网膜修复。

手术后，建立的双眼被包裹得严严的，在医院住了一个星期。自从突然失明后，有时候他的情绪失控，脾气变得非常暴躁，有时候又特别地自卑和消沉，认为自己看不见了，什么都不如别人了。于是，他逃避出门也不愿出门，逃避与健全人交流或交往，只想退缩到属于自己的狭小角落里。在住院治疗期间，他接触到的都是与自己相似的患者，大家都看不见，彼此在一起，有许多共同的体验和感受，他的心境才稍稍平静下来，开始变得开朗一些。

出院后又在家里休养了一个月，他都不敢出门去，既不能看书，也不能看电视剧，只能听听电视和收音机里的声音。也就是在那时，他第一次听到了茅盾文学奖的消息，知道这个奖项评选出来的都是一些最优秀的小说。

一个月后，去医院拆线、复查。视力没有恢复。

非常可惜，第一次手术失败了！视网膜未能复位。

第二次，第三次，第四次。父母和建立都不甘心，又接连做了三次手术。每次手术，周期都是半年。手术期间家里人总是小心翼翼地呵护着建立。

然而，老天爷最终还是没张开眼。建立的视网膜始终没能复位。

一家人几乎都要绝望了！

这是怎样锥心刺骨的经历呀。整整两年，四次住院，四次满怀希望。家里几乎拿出了全部的积蓄，只为了还年轻的孩子一双明亮的眼睛，还给他一个光明的世界！

太可惜了！

当医生告诉他们，已经没有必要再做手术，就是目前国际上最先进的医疗水平也无法将小建立的眼睛治愈时，一家人几乎全倒下了。他们的世界瞬间坍塌了！

失明，黑暗，这就意味着孩子将永远看不见外面的世界，身边的一切，包括再也看不见自己的亲生父母！这，怎能让人接受得了？

可是，你不接受又能怎样？

医生在手术伊始就明确告知，视网膜复位手术总成功率可达百分之九十，脱落的时间越短越容易复位成功，如果是七天之内的大多都能复位。可是，建立的视网膜脱落何止是七天，那是几十个七天！最好的治疗时机白白地错过了，连医生都表示，只能试一试。那是死马强当活马来医呀！如今，谜底揭开了：视网膜无法复位！

这样的诊断结果，就像一把冰冷的利剑，直刺人的心脏，让人内心流血，却不能哭泣。

"算了吧，孩子。这辈子爸妈养着你！"父母忍痛咬牙劝慰道。

那一瞬间，张建立觉得自己的眼泪从失明的双眼里流淌了出来。

一生一世的眼泪，几乎都流尽了。

以后，以后或许再也不会有这样的伤悲，再无这样尽情流溢的眼泪了！

被宣告失明后，刚开始时，张建立很悲观，感觉这辈子自己就变成了个完全的废人了！

那段时间，真的非常难熬。家里人担心他会想不开，尽量抽出更多的时间来陪伴他，给他讲许多盲人自强的故事来劝慰他，希望他能够从苦难中重新站起来。

失明前，建立有自己远大的理想，他想当科学家去从事发明创造，也想当作家，去写出感人的故事。而现在，他的眼睛看不见了，他不知道自己还能干什么。他像一艘被飓风打坏了船舵的小舟，迷失在人生的瀚海里，找不到方向。

有一天，全家人在看邢台电视台的《同一片蓝天》节目。这是市残联与电视台合办的一档节目，专门服务于残疾人朋友，为他们的工作和生活排忧解难。这天晚上，电视里播出了穆孟杰的事迹，介绍了穆孟杰从小离家出门，说唱坠子书，流浪卖艺，以后又倾尽家产办起了特教学校，为失明的残疾人提供受教育的机会。听电视里介绍，穆孟杰年纪也不大，从小就失明，而人家并没有气馁更没有自暴自弃，相反，却在事业上取得了很大的成功。

这期节目深深地震撼了张建立，仿佛从无边的黑暗中为他撕开了一角的光明，又像是一阵东风吹来，重新鼓起了他的人生风帆。

"人家行，我就不行吗？人家从小就失明，我还是今年才失明的；人家都没念过书，我还念到了高中，难道我还不如穆孟杰吗？难道我的命运比他的还不幸还悲惨吗？"张建立一夜辗转无眠。他的内心在激烈地斗争着。有一个坚定的声音正在从他的心底缓缓升起："我要去见见这位穆校长！我要去他的学校看看！"

决心已定，他把自己的打算告诉了父母。

听到儿子有走出门去的想法，父母无疑十分支持。看着儿子天天困在家里，愁眉苦脸的，他们也都快愁白了头。现在，他终于想迈出

家门了。

这是2003年年底的事情。那时候，张建立的眼睛还有一些光感。到了第二年，他的双眼便完全失明，连光感也丧失了。冥冥之中，张建立觉得，自己同穆孟杰是"同病相怜"，二人都是由明眼人变成了盲人。他打听到了穆孟杰学校的电话，拨通了他的号码。

"喂，您是穆校长吗？"

"是啊。我是穆孟杰。"对方的声音亲切诚恳，让人感觉心里暖暖的。

在电话里，建立简单地介绍了自己的情况，表达了希望去孟杰学校看一看的愿望。穆孟杰热情地邀请他，欢迎他随时到校来参观。

张建立姑姑的儿子自告奋勇，开着车带他去了平乡。

拉着表哥的手，张建立第一次"见到"了穆孟杰。穆校长爽快、热情、耐心的态度，给他留下了深刻的印象。穆校长生活非常自信，丝毫没有自卑感。他给了建立很多的鼓励，让他感受到一股强劲的向上的力量。从与校长短暂的交流中，他第一次感受到了，盲人完全可以像健全人一样生活、学习和工作，可以像健全人一样成功和辉煌。

建立在学校里转了转，发现校园很大。那时的特教学校，既招收盲学生，也招收健全学生，全校有五百多名学生就读。建立觉得非常新鲜，非常兴奋，决定也来这里上学，学那些盲人能掌握的也用得上的本事。

2004年年初，张建立正式成为了平乡特教学校的一名学生。以前，他拘囿在自我的小空间里，从未接触过这么多的残疾人，因此，当他第一次遇到周围几十位同学都同他一样，视力很差或双目失明，必须摸索着行走和做事的时候，也感到十分惊讶。原来，世间同他一样不幸，甚至比他还要不幸的人这么多！瞧他们一个个每天都乐呵呵无忧无虑的样子，自己为什么还要顾影自怜或者自怨自艾呢？

人皆有同心。在看到别人遭受的苦难时，自己身上的苦难似乎就会变轻一些。

张建立刚到特教学校，这是他第一次独自离家生活，周围的环境都是陌生的，他的心里感到害怕。但他从穆校长身上汲取到的力量和从同学身上感受到的新能量，都鼓舞着他坚持，坚持，再坚持。

他开始学走路。

第一次，不敢迈步，怕前面有东西会撞上，也怕地上有坑洼坎坷或别的物件，会绊倒、跌跤。他试着使用盲杖，一边探路，一边摸索着往前走。

当他真的迈出了第一步之后，事情变得似乎没那么可怕了。自己没有撞到人，没有撞上墙，也没有跌跤或绊到东西。一切安然无恙。地面平坦，盲杖很给力。他心里的畏惧一点儿一点儿地消下去。

借助盲杖，建立慢慢地学会了找路，学会了在黑暗中行走。他的心灵也逐渐宁静下来了。一个个日子从身边飞过，这里渐渐变成了他熟悉的地方。

学会了用盲杖走路，学会了自己洗漱、洗衣服、上厕所，他已经完全可以生活自理了。毕竟，他曾经是个健全人，而且接受过系统的教育。

与此同时，他开始学习盲文。失明是永世不能改变的事实了，自己要阅读，要学习，就必须学会盲文。他在纸上摸索着，一遍又一遍地练习手感，一次又一次地重复，去记忆那一个个的盲文点位和它们所对应的拼音。

半年过去了，他终于会拼读会扎针书写盲文，掌握了盲文阅读和书写的技能。

他修习的课程包括中医和按摩。这是盲人就业的主要渠道。学习中医是基础，可以帮助盲人了解人体医学、人体经络。而按摩则可以保健强身乃至治病，在社会上有很大的需求。张建立明白，盲人学会了按摩，就能鼓捣住自己，也就能靠着这一技之长来养活自己了。因此，他在学习上非常用心，特别肯下苦功夫。

随着时间的推移，建立学习的内容不断增加。他甚至学起了电脑。这，对于盲人来说是一个极大的挑战，甚至可以说是对盲人能力的一种极限挑战。一个眼睛看不见的人，要运用键盘，在电脑屏幕上打出成篇的内容来，这是多么了不起的一件事啊！

建立很有毅力。他一遍遍地练习触摸键盘。借助读屏软件的帮助，他可以及时知道自己敲下的是什么内容，也就可以不断地改正自己的错误。虽然打字的效率很低，但是，这毕竟是自己亲手敲打出来的，他对自己感到很满意。

学会了打字，他又开始学习上网。学着运用网络去搜索和查询自己需要的知识，及时了解社会上发生的新闻。

会上网，会看新闻，查资讯，他觉得自己虽然目盲，但是同这个世界并未脱节。古人说："书生不出门，能知天下事。"他现在则是"眼睛看不见，能知天下事"。

是啊，谁说盲人不如健全人？健全人能够做到的，盲人同样可以做到。穆校长不是说过：我们盲人不比健全人少什么，我们不少腿不少胳膊也不少脑子，健全人能做到的我们都能做到。相反，有些我们能做到的，健全人却未必能做到，譬如在黑暗中看书。

——在黑暗中看书！对呀，健全人怎么能做到？

这，是穆校长的一大幽默。而他之所以这么说，其实是为了给盲生们鼓劲、提气，是要鼓励大家树立自信。

2008年，张建立的学习期满毕业。穆校长决定把他留下来任教。穆孟杰认为，盲人教师更能体会和理解盲人学生的心理，在教学和教育中更容易设身处地为学生着想，也就更容易受到学生的认同，教会学生本领。因此，近些年来，他特别注意从学生中发现好苗子，用心培育，并同这些毕业生推心置腹地进行交流。年轻的李洁是新近留校任教的。张建立则是一位资格较老的留校生。

穆孟杰找到张建立，诚恳地跟他交流：

"建立呀，你今年就要毕业了，有什么打算？"

"还没有特别明确的打算。我想去石家庄或是北京，找一家按摩院做按摩，或者去找一所特教学校教书。"

"建立，你学得不错，成绩优异。你看，咱们这所学校，一没有政府拨款，二缺乏社会资助，这些年来一直就靠我一个人挣钱支撑，资金相当困难，也没有很多钱去外面请好老师。咱们学校可以说是一缺钱，二缺老师。既然，你也有当老师的打算，要不就留下来任教？"穆校长推心置腹地说。

留校任教？是啊，自己以前怎么就没想过呢？张建立一时愣住了，没有答话。

穆孟杰接着说："建立呀，你留下来教书，学校每月可以给你开一千块钱的工资。等到将来学校条件好了，送你出去继续培训。"

"穆校长，谢谢您的信任。您让我考虑一下。"说实话，对于留校这一选择，还真出乎自己的意料。张建立是需要一点儿时间来好好考虑一下自己究竟该何去何从，规划一下自己的将来。

"好吧。我等你的回话。"穆校长并不勉强。他办学校，目的是把一个个盲人培育成自强自立的人。现在，建立已经掌握了生存的技能和本事，就像一条大鱼，他完全有权利选择属于自己的海洋。作为校长、老师，还有什么比亲眼看到自己培育的学生自立于世更令人欣慰和高兴的呢？

校长的话在建立心里激起了巨大的波澜。那几天，他一直在考虑这个问题。他知道，学校往年毕业的学生有的去了北京，有的去了石家庄，也有的回家自己开起了按摩店。他们当中收入高的一个月就能有四千元，少的也有一两千。自己一点儿不比他们差，父母年纪渐渐大了，家里也希望他能挣钱养家。留校任教，工资是比较低，但是……

人生的最根本问题都可以归结为一个词——选择。人生最难的也正是选择。俗语说，一步错步步错，一步慢步步慢。还说，一失足成千古恨。可见，选择不能不慎重，尤其是在人生的紧要关口，更不能选择错误，否则将来定会后悔懊恼不已。张建立明白，自己正是走到了这样的一个人生路口。究竟该如何选择呢？

下课空闲的时候，夜里睡不着觉的时候，他都在想这个问题。

他开始回顾自己的过去。"我是从正常人突然变成盲人的。变成盲人后，才真正了解盲人的生活有多难。自己失明后，一直害怕与

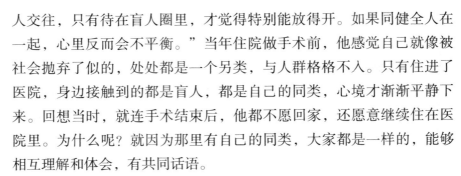

人交往，只有待在盲人圈里，才觉得特别能放得开。如果同健全人在一起，心里反而会不平衡。"当年住院做手术前，他感觉自己就像被社会抛弃了似的，处处都是一个另类，与人群格格不入。只有住进了医院，身边接触到的都是盲人，都是自己的同类，心境才渐渐平静下来。回想当时，就连手术结束后，他都不愿回家，还愿意继续住在医院里。为什么呢？就因为那里有自己的同类，大家都是一样的，能够相互理解和体会，有共同话语。

过去的这四年，穆校长和学校给了自己莫大的帮助。这份恩情真是终生难忘。穆校长一直以身作则，和学生同吃同住，亲自教学，一个人去挣钱，不仅要维持学校开支，还要支撑自己一家老小几口人的生活。穆校长真是一个好人，他做的是一件大好事。就像他一再教诲的：盲人应该帮盲人！盲人应该帮自己！自助才能有他助和天助！我是学校培育的，现在我学到本领了，我这些本领都是学校和穆校长教给的，我该回报，也有能力回报。校长说得对，学校需要我，在这里我能够实现自己的价值。

想清楚了这些，他立即去找穆校长，告诉他自己决定留下来任教。

穆孟杰欣慰地笑了："小张，人生的路长着呢！相信你能够成为一名好教师！"

"谢谢校长！我一定尽力而为。"

就这样，张建立一毕业便留校任教。

几年过去了，事实证明，穆孟杰的眼光是精准的，他的决定也是相当英明的。张建立老师不仅完全能胜任教学任务，而且还有很强的组织管理才能。

看着自己培育的学生逐渐成熟起来，穆孟杰也是满心欢喜。他任命张建立为学校教导主任，全面管理教学事务。

张建立没有辜负穆校长的期望，全面负责起学校的教学任务分解、教师安排、学生学习和生活，包括他们日常的吃喝饮食、生活起居以及同家长的联系。同时，他还担任小学五年级的班主任，亲自上语文、自然、品德和社会课程，每周十七节。

◎ 教导主任张建立

在全校教学方面，他有一个总体的规划和安排。学校教学分为基础教育和技术培训两个部分。基础教育主要针对十六岁以下学生，设置一至四年级。文化课贯穿一至五年级，要上盲文、语文、数学、音乐、品德、科技、电脑和体育等课程。技术培训，主要是按摩课程，又分为初级班和保健班，一半对一半。学制三年，毕业后基本达到按摩专业中专毕业水平。

对学校情况，张建立了如指掌。孟杰盲人学校至今仍是河北南部地区唯一一家民办特教学校，填补了农村盲人基础教育的空白。在这里，学生们同健全学生一样，只不过他们是用盲文来学习的。与正常学校还有一点不同，这里上一年级的学生有的都十三岁、十五岁了，年龄参差不齐，学生能力也很不一样，有许多人都是第一次出门，第一次离开家人的照料独立生活。

而在这里当教师，也有许多的特殊之处。张建立深有感触地说："一是要耐心，对待残疾孩子尤其需要耐心。要一遍遍、一次次地给他们做示范，手把手地教他们。二是要有爱心。要不嫌弃这些盲人，更要用心呵护他们，关心和帮助他们，要把他们当作自己的亲人一样。三是要细心。盲童主要靠听声音、凭感觉来接收外界信息。因此，老师在上课时不能来回走动，那样的话，学生就抓不住你的声音，就会感觉没着没落的。其次是，说话一定要注意口气。盲童对别人说话的口气非常敏感。老师的一言一行都影响着学生。日常生活中，在细节上要格外注意。譬如生活老师帮助收拾屋子，哪些东西放啥位置决不能随便挪动，因为盲童是凭感觉来帮助参考记忆的，什么东西放在什么位置他都清楚，你一挪动他就找不到了。"

谈起学校办学的艰难和现状的不易，张建立说："以前学校也找过一位特教学校毕业的老师，但是他塌不下心来，后来就走了。有的好的老师，更愿意留在大城市工作。我们学校工资低，而且缺乏保障，一般一个月就一千元，最高的不超过二千元。那些正规大学按摩专业毕业的人才，根本就招不来。"

　　更何况，在孟杰学校，每位老师还要身兼数职，同时承担几项工作。健全老师都要兼做生活老师，要给学生教生活技能课。

　　那些新入学的一年级学生，从来就没人教他们如何自理日常生活，家长通常都是把他们锁在家里，任由他们坐在床上大小便，每天只供给他吃喝。结果这些原本并不傻的孩子一个个都变傻变呆了，看起来像智障儿似的。到了学校后，这些盲童坐在床上，还会一个人不自觉地拍手，或是自言自语，或是不停地摆动、左摇右晃。这些都是由于长时间单独一个人待着，又什么都看不见所养成的习惯，也正是我们通常所说的"盲态"。孟杰学校招收的学生中有很多盲学生都有语言残疾的表现，感觉特别自卑。其实，这都是长期人为地将他们与世隔绝造成的。有些学生生活都不能自理，连上厕所都不会。

　　到了特教学校后，这些学生待在一起玩几天，打打闹闹，嬉戏学习，接触到的都是同类人、同龄人，相互之间不嫌弃、不鄙视，能够玩到一起。不像他们日常与健全人接触，经常听到别人的议论或者辱骂，又不能还击自卫，根本无法玩到一块儿。学校的生活老师又手把手地开始教他们自己穿衣服，自己走路，用牙膏刷牙，自己上厕所，用厕纸擦屁股，自己吃饭，洗衣服……老师们还经常给他们讲海伦·凯勒的故事、张海迪的故事，用这些名人的思想品德来教育学生，告诉他们，同样都是残疾人，也能够做出同样的成就。学校还组织起了军乐队、合唱队。每逢过年过节或是遇到重大活动，举办各种形式的联欢会，教师和学生一起登台朗诵和表演节目，展示才华。有时还组织学生到校外去参加夏令营、表演节目等，拓展学生的视野，有意识地培养他们与外界联系和交往的能力。

　　经过三个月的学校生活，年龄小的学生都会大变样，走路说话不再慌张，也学会了与人交谈和交往。难怪许多家长过了一段时间放假了接孩子回家，看到孩子盲态少了，生活事务也能自己去做了，就像完全换了一个人似的，都感到无比的惊讶，异口同声地夸奖孟杰学校真是好。

张建立老师说，能够让每位学生从学校走出去以后自立于社会，这是学校最欣慰的事情。近年来，不断地有毕业的学生去了北京、石家庄和邢台等地的按摩院，月收入都在三千至五千元，这还只是保底收入。许多学生如今不仅能自立，还能挣钱养家。每当收到这方面的消息，作为老师，是他最自豪、最高兴的时候。

在张建立的心目中，穆校长就是自己和每位老师的榜样。榜样的力量是无穷的。建立如今已完全适应工作，干起事来相当得心应手。他决心把学校搞得更好。在教学方面，要做好工作规划，将学校办成正规化的特教学校。在教师队伍方面，要招聘一些特教专业的老师，争取提高社会待遇，做好教师调配。学生的饮食，目前还比较粗陋简单，能够保证学生吃饱，今后要努力争取国家的中小学营养配餐项目，向主管部门申请经费补贴，真正做到让学生吃好、吃得有营养。在教学方面，今后要更灵活，更贴近现实需要。

在邢台和保定，盲校入学时都要对学生进行面试，生活不能自理的、智障的都不要，孟杰特教学校不设门槛，大门向全国的盲人敞开。新来的生活不能自理的学生就进基础班，到了一个陌生的环境，先教他们适应，学会自理，然后再正式上学。开学后正式上按摩课，从初级班开始。

现在，张建立最大的愿望是，能有更多的特教专业志愿者和老师加入到孟杰盲人学校这个团队中来，也希望政府有关部门能够协助解决学生的营养餐问题。

盲人就该帮盲人

刚见到闫加威，他就给了我一个"下马威"。

我先作自我介绍："我叫李朝全，是中国作家协会的作家，来这里采访你们学校。"

闫加威看着我说："我们盲人见面，肯定不会这样作自我介绍。盲人相互交流，通常都会说：'我个子有一米七，比较瘦，头发短，上衣穿运动服，脚上穿皮鞋……'"

——嘿，这位85后的年轻教师一见面就先给我上开课了！

在与闫加威深入交谈之后，我发现，这确实是一位很有个性、很有想法、"不安分"的年轻人。

闫加威，1988年出生于山西省朔州市山阴县。2013年夏天我曾经去山阴开会。这座藏在恒山山脉腋窝里的县城，树木葱茏，水丰草茂，生态良好，是我国最好的奶牛生产基地之一。山阴县的对外宣传广告是"山阴·牛"，标志是一头黑白双色的奶牛。

加威的姥姥是农村的，家里条件比较差。母亲是名教师。小时候，他跟着姥姥生活，念书后才回到父母身边。

加威还有一个孪生妹妹。兄妹俩在学习上你追我赶，都十分优秀。

小时候的加威特别调皮好动，爱折腾，是个活泼可爱的小男孩儿。那时的生活是相当惬意幸福的，谁见了这一家子都会不由得羡慕。

不幸在他上初中后开始降临。

刚开始时，加威只是感觉视力在下降。先是看不清黑板上的字，接着竟然要凑得很近才能看清书本上的字。

家里人吓坏了，赶紧带着他四处寻医问药。然而病情却依旧在一步步恶化。

为了治好他的眼疾，父母真可谓操碎了心。

遵照大夫的建议，家里不惜代价，相继为他的眼睛做了十五次手术。其中，左眼十一次，右眼四次。然而，所有的手术都不成功。加威的视力几乎恶化到完全失明。

起初，他还坚持随原来的同学一块儿上课。眼睛看不清，主要靠上课听讲，强识硬记。但是，别的同学回家后都要做家庭作业，还能做课外习题，他则只能依靠父母帮他读教学内容。更难的是，考试的时候，因为看不清卷面，他每次都无法答题。

本来，按照加威自己的意愿，他还是希望继续跟着原先的班级学习下去，可是，任教的老师却不同意。

班主任找到加威的父母，苦口婆心地劝说："加威妈妈，您也是教师，您能够理解学校的难处。我们学校没法教视力不足的学生。如果个别学生考试成绩低，考不上高中，就会影响到我们全校的升学率。所以，我们还是希望你们加威不要再在我们学校读书了。我们也是万般无奈呀。"

就这样，加威初中还没念完就被劝退回家。他的同胞妹妹则以优异的成绩考上了市里的重点高中。

爸妈还要工作，妹妹忙于学业，从此，加威便一个人留在家中。和他相伴的只有一部小小的收音机。收音机里每位播音员的声音他听着都是那么得亲切和熟悉，因为正是他们陪伴着他度过了这一段"最黑暗"的时光。

为了给孩子解闷，父母在家里养了一只小猫。平时，加威整天待在家里，就有一条小生命做伴。猫咪很安静，也不闹腾，让他感到心里更安宁。有人说，动物是人类最好的朋友。深圳女作家李兰妮在相继患上癌症和忧郁症之后，养了一只可爱的小狗周乐乐来治疗自己的忧郁症，居然极大地改善了病情。后来，她便以此为主题写了一部纪实作品《我因思爱成病：狗医生周乐乐和病人李兰妮》，受到了人们的广泛推崇。看来，豢养小动物是治疗心理性疾患相当有效的一种手段。

加威生性活泼。和小猫玩，听收音机，总有腻了的时候。天气好的时候，他也摸索着一个人出门。可是，小区院子里只有老头儿、老太太。他整天就同这些老人在一起生活，也没有多少话说。孤独与寂寞如影随形，时刻伴随着他。就像眼前那推也推不开的沉重的黑暗，漫无边际，百无聊赖。

如果能够继续上学，该有多好哇！加威心里一直不甘心地想。

是啊，一个人当做什么的时候，就该去做什么。当读书时就该去读书，当恋爱时就恋爱，该结婚生娃时就结婚生娃。错过了，或许便会永远错过。就像社会上那么多的"剩男剩女"，或许就是因为没有及时抓住最佳时机，在合适的年华去做适合的事情。

可是，健全孩子上的普通学校不肯招收他这样的盲学生。父母打听遍了整个朔州市，也没有找到一所能够接收盲童的特教学校。

加威怎么都无法接受自己得病、变成了一个盲人的事实。他不是一个脆弱的孩子，不愿向命运低头。但是，命运却为他准备了一只狭小的笼子，把他死死地围困在家里。他不甘心从此休学，从此变成半文盲或文盲。但在他的身边他的四周，从没有一个盲人能够走出家门，哪怕是独自上街去买吃的。听闻到的所有盲人几乎都和他处境相同，只能局促在家里这个空间，离开家便寸步难行。

妹妹上高中了，每次回家来还跟他说说学校里的事情，让他心里生出了不少的羡慕。看来，自己这辈子永远也无法像妹妹那样了。

三年后，妹妹考上了华中农业大学，要去遥远的武汉上学了。兄妹俩见面的机会将越来越少了，寂寥的心境充盈着加威的胸膛。

"不，我也要离开家！我不能被困在家里！"

"谁说盲人就不能出门求学？谁说残疾人就没有明天？——我不相信！"

"加威，加威，即便是狮子，如果始终困在家里，再有威风也抖不起来。我必须出门去！我也要读大学！"

妹妹走后，家里变得更加冷清。离家的愿望变得愈来愈强烈。

说干就干。闫加威拿起电话，打给了山阴县残联，县残联无法满足他入学的要求。他就接着打给了市残联，市残联也帮不上忙。

加威决定破釜沉舟，一不做二不休，不达目的决不放手，他干脆把电话打给了山西省残联。省残联的同志耐心地听完了他的诉说，告诉他：省民政厅有一所下属的学校，可以招收盲人学生。

这，可是一个天大的好消息！

真是功夫不负苦心人！

打听清楚那所学校叫山西省特教中专学校。加威马上同学校教务处联系。

很快地，他便在父母的陪同下，出现在了山西省特教中专学校校园里。然后，通过学校的考试，他成了中专学校的一名正式学生。

几年来他一直在为上学发愁，夙夜无眠，寝食不安。不承想，当梦想成真时，却是如此的简单和自然，似乎不费吹灰之力。

加威学的是针灸推拿专业。

好不容易获得了这样一个求学的机会，他无比珍惜，学习也格外地刻苦和勤奋。

因为专业学习的需要，三年级时，加威去深圳实习半年，平生第一次靠自己挣到了工资。他心疼自己的妹妹，给正上大学的她买了一部惠普牌手提电脑，还为操劳了半辈子的母亲买了洗衣机等家用电器。能够用自己汗水换来的钱为亲人们做点事情，他感到十分欣慰。

三年后，加威以优异的成绩对口升学，考上了山西中医学院，同健全人一样，读起了针灸按摩专业的大专，真正圆了自己的大学梦。

和妹妹一样，他也成了一名正式的大学生。

在大学里，他广泛涉猎各方面的知识，尤其对计算机产生了浓厚的兴趣。通过老师教、同学帮，更多的是通过自己不屈不挠的摸索，他渐渐掌握了计算机组装和各种软件应用技术。

大专实习，他自告奋勇，报名去了北京，在一家按摩院里实习了一年。

第一年暑假，他去应聘深圳发展银行（现已合并成了平安银行）的推销客服。

当主考官看到这个失明的年轻人时，心里布满了疑问。但在听到闫加威发音准确的普通话、亲眼见过他独立熟练地操作电脑、流利顺畅的电话沟通技能之后，主考官决定聘用他。

经过短暂的培训之后，闫加威便正式坐到了电话机位前。他每天的工作是往外呼出电话，向深圳发展银行的客户推销各种各样的银行产品。

加威是一个特别要强的人。每天总是早早地来到单位，精力充沛地投入工作。

一个假期下来，他所在的七人小团队夺得了客服组业绩第一，客户好评率很高，受到了领导的高度赞扬和公开表彰。

第二年暑假，加威决定继续挑战自己。凭借突出的计算机才能，他成功应聘到一家软件公司做售后客服。客户来电提出各种各样的问题，他都能运用自己掌握的丰富的软件知识，一一为他们解答。如果客户知道自己打电话的另一端是一位盲人，不知会发出怎样的感慨呀！——"一个盲人孩子，电脑技术都能如此娴熟，难道我们健全人反而不如他了？"

妹妹大学毕业后，继续攻读硕士学位。加威大学毕业后，也面临着选择什么工作、去哪里工作的问题。

在北京按摩院实习那一年，每个月按照他完成的活，工资都在四千元以上。应该说，这已是一份很不错的工作，收入丰厚，风吹不着雨淋不到。家里人也希望他能够留在那里。况且，他原先实习过的平安银行和软件公司也都欢迎他去就职，薪酬都不比在按摩院干活儿挣得少。

未来，像一幅七彩的云锦，正缓缓地在他的面前展开。

但是，闫加威却有自己的想法。

2012年夏天，加威大专毕业。他每天利用自己熟练的上网技巧，在互联网上浏览相关的招聘信息。这天，他注意到了这条信息：

河北平乡特殊教育学校招聘推拿老师

本校在走向央视《焦点访谈》之后，吸引来了很多社会人士的关注，在把学校的名誉推向全国的同时，也给学校的教学质量带来了巨大压力。

为了培养出真正走出学校就能发挥出按摩师应有本领的盲人按摩师，而不是在学校学一些书本知识再到社会上去积累经验，学校想从现有的盲人按摩师中招聘一些愿为正在谋图生路的盲人们做出贡献的老师。

　　要求：年龄在三十岁至五十岁之间，男女不限，全盲半盲均可，有大量的临床经验和理论知识，有良好的口才，有奉献精神，品质优良，思想积极，有爱心。

　　现需五名好老师。月工资两千元，奖金一千元。

　　学校的详细情况请大家百度一下平乡特殊教育学校。

　　校长穆孟杰和全体师生期待新老师的到来！

　　对照人家的招聘要求，自己除了年纪没到三十岁，其他的条件都完全符合要求。但是，年龄能成为问题吗？

　　加威按照招聘启事的说明，百度了一下平乡特教学校和穆孟杰的信息。结果令他大吃一惊：原来，校长穆孟杰也是全盲人。他依靠自己的力量不仅实现了自我创业成功，而且敢于倾尽家产办学校。尤其令人肃然起敬的是，学校招收的盲人学生，不仅学费全免，而且食宿费全免，学生只需带上个人的生活用品和残疾证、身份证即可办理入学手续。招生不设门槛，学生可随到随学，随学随教。而校长穆孟杰是全国自强模范、感动全国八千三百万残疾人的十大新闻人物，是位有口皆碑的好人！

　　"读到"这些信息，加威感到无比的激动。这所学校，正是自己要找的工作单位；在穆校长那样一位盲人楷模的手下教书，一定会心情愉快的。想到这些，他果断地给穆校长打去电话，告诉他自己被他的事迹所感动，自己因患青光眼导致失明也八九年了，在求学的过程中遇到了很多的困难，也得到了很多的帮助，所以非常愿意到平乡县特教学校尽一份力。

　　有一位正规大学毕业的盲人大学生愿意来校任教，穆孟杰当然欢迎。他热情地向闫加威介绍了学校的情况。双方约定，等加威来学校面谈，如果合适，就正式签约。

　　听说儿子要到离家上千公里的地方去当盲人学校的老师，父母和家人都舍不得，劝他再斟酌斟酌。他们也大致了解了一下孟杰盲人学校，知道那所学校位于河北省邢台市下属的平乡县的平乡镇东辛寨村。虽然已建校多年，但因为是民办学校，条件还比较简陋，教师收入也不高。在山西或者北京哪怕是朔州都能找到比平乡那样一个乡下民办学校要好的单位。

但是，加威拿定主意的事情，任别人如何劝说都扭不回头。

他半是安慰父母半是对自己说："我是盲人，现在依靠社会的帮助学到了一些知识，就该去帮助更多的盲人，让他们都能自强自立。盲人首先就要自助和互助。如果盲人不帮盲人，那还有谁会帮我们呢？"

"孩子，我们主要是怕你受不起那份苦。那里毕竟是乡下，不比城里。生活、文化娱乐等各方面都不会太方便。如果你能留在我们身边找份工作，会好些。"母亲有点儿难过。

"妈妈，你不是从小就希望我做个男子汉，要坚强，自身要强大起来吗？我现在已经长大成人，能够自立于社会了。河北离山西，再远也没有深圳那么远吧？再说了，正是因为那是一所民办盲人学校，更需要我这样的年轻老师。我在那里才能更好地实现自己的价值。"

"那好吧。只要你高兴，孩子，爸爸妈妈永远支持你！"妈妈抹了一下发红的眼睛说。

2012年9月，加威独自一人来到了孟杰学校。

穆校长见到他，紧紧地握住他的双手："欢迎！欢迎！我和我们学校的全体学生都欢迎你这样的专业教师！"

经过试教，加威被正式聘为了学校的中医按摩教师。

刚开始教盲人学生复杂的中医理论、按摩手法，加威遇到了很大的困难。他一遍遍地讲解，手把手一个个地教，学生们还是不能完全理解和掌握。加威的心里很着急，有时心里也会有点气，甚至批评他们。

慢慢地，看看穆校长的教学方式，又经过自己的不断摸索，他发现，盲人教师特别需要有耐心。于是，他开始变得心平气和了。每节课、每项内容哪怕是一个简单的手法，他都要反反复复讲上十几遍，甚至几十遍，一定要让每位同学都能充分理解和掌握。如果学生下次课又忘了，他就耐心地从头讲起，重新手把手地带他们练习。

在工作中，加威意识到，自己是在带着盲人学知识、学做人，自己的一举一动都会影响到每一位学生。自己当年也是从黑暗中慢慢摸索，一点儿一点儿学习，才掌握了知识。现在，他所要做的，就是把当年老师手把手地教给他的知识再传授给更多的盲人。无论健全人还是盲人，都要认真做好自己的本职工作。加威知道，自己的本职工作就是教会学生，这是在帮助穆校长，也是在帮助孩子们。这件事情很重要。

他认为，盲人眼睛看不见，但你每天帮他把事情做好，每天教会他一点儿一点儿的新知识。一天天坚持下来，日积月累的，肯定会引起质变。孩子们的明天肯定会更加美好。

在教学过程中，加威还经常给孩子们讲自己的经历。他满含深情地告诉孩子们："眼睛不能制约我，虽然没有视力，但是健全人能做到的，我们盲人照样可以做到。我在来咱们学校教书之前，曾经当过银行和电脑软件公司的销售客服，也曾经在按摩院当过按摩师。这些经历对我的帮助特别大。它使我认识到，没有我们盲人干不了的事情。"

他说："我去过深圳工作，在北京待了一年。我们盲人一样可以走南闯北。到处走走，既能开阔视野，也能让人的内心越来越宽广。"

"闫老师，您去深圳和北京都是自己一个人去的吗？"有个孩子问。

"是啊。老师一直都是一个人去。"

"哇！"全教室发出一片惊讶声。

"老师，那您真了不起呀！"

"没错。我们每个同学，也都可以做到的，只要你敢于迈出第一步。成功都是从脚下第一步开始的。希望你们今后毕了业也能勇敢地走出去，去走南闯北，满世界闯荡。那将是最让老师自豪和高兴的事！"加威鼓励道。

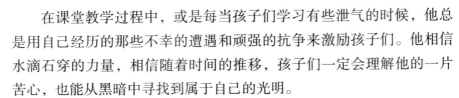
在课堂教学过程中，或是每当孩子们学习有些泄气的时候，他总是用自己经历的那些不幸的遭遇和顽强的抗争来激励孩子们。他相信水滴石穿的力量，相信随着时间的推移，孩子们一定会理解他的一片苦心，也能从黑暗中寻找到属于自己的光明。

和学生处得时间久了，彼此也都渐渐地熟悉了。加威老师和孩子们的年龄差距比较小，班上个别学生甚至年纪比他还大。因此，作为班主任的他，经常还得注意顾全大孩子的面子，要顺着他们来，不能当着全班同学的面过分地指责或批评他们。

在学校待得时间越长，加威越是发现穆校长的强大，他主持的学校在各方面都努力做到以盲人为本。校长和他的家属都是全心全意为盲人的。譬如，食堂的餐桌和椅子都是水泥的，不会被撞翻。学生都是一人一个位置，走到自己的位置，喊一下旁边的人，就能根据自己左右座的同学确定自己的位置。学生的饭碗不用自己洗。每次就餐时，学生走到门口，就有生活老师问他"你要几个馍"，然后给他塞在手里。菜和汤老师都帮着给盛好了，放在位置上。饭后，老师帮着刷碗，然后放回原来的位置。因为位置固定，就免得学生自己端饭端菜时相互撞到一起，或是把饭菜弄撒了。学校还专门配备了洗衣机，每逢节假日，穆校长的爱人就帮着拆洗学生们的大衣、被褥。因为校长一家人树立了榜样，闫加威觉得，自己既然承担了这样一份乐于做的工作，就一定要把它干好。他常常回忆起自己的过去，想想当年，要是有穆校长这样的学校就好了，自己就不会那么多年困在家里没学上、没处去，每天生活在寂寞和无聊之中。对于残疾人来说，教育确是改变命运的唯一途径。加威愈益感到自己肩负的是一种高尚的责任，干的是一份光荣的工作。

他经常给学生们讲各种富于人生哲理的故事。其中一个是关于小白兔的故事。

从前，有两只小白兔。一只小白兔选择向人要了一车的白菜，另外一只小白兔却选择向人刻苦地学习种菜，跟人要了一包白菜种子。那只要了一车白菜的小白兔很快就把白菜全吃光了。而那只学会了种菜的小白兔却有吃不完的白菜。吃光了白菜的兔子不得不依靠种菜兔子的不断救济，才能生存下去。

同学们，我讲这个故事想要说明的道理是，你们不要去学那只要一车白菜的兔子，不要学不停地跟人伸手索要救济的兔子，而要学那只自己种菜的兔子。也就是说，你们要像兔子学会种菜一样，学会生活的一两项本领，学会自己去劳动，去挣钱，自力更生。

学校的工资还是比较低的，各方面的福利待遇几乎没有。但是，加威的心里却是快慰的、满怀希望的。他认为，如果能够通过自己的努力让更多的盲人生活自立，能够赚钱养活自己，这件事的意义比自己一个人赚到很多钱要大得多。他常常半开玩笑半认真地对学生们说："你们将来挣了大钱，可不要忘了我这位穷老师哦！"——其实，他所希望的，哪是什么物质的回报，学生们能够自立能够有出息，这才是对他最大的奖赏和酬报！

打铁还需自身硬。为了能够高效地教会学生，闫加威对自己提出了很高的要求。在教的同时他也在不断地刻苦学。一是跟学校的其他老师学习，一是从书本和网络上学习。凡是要教给学生的内容，他都要求自己必须搞透、搞明白，自己弄懂了才能让他人学会。特别是中医，对于盲人来说是非常深奥的学科，他经常在自己的身上比画，寻找穴位，对照着摸索学习。

在自己弄通、弄懂了之后，他还天天琢磨着如何让学生们也都能弄懂。

他给大家讲解剖学。学校没钱购置人体骨骼模型，为了让孩子们更形象地了解骨骼结构，他就抓着孩子们的手在自己的身上一次次地摸索，一一告诉他们哪是眉骨、哪是锁骨、哪是胫骨……

有时，他又利用身边的材料，自己制作一些简易的教具。譬如，学校缺乏教具，他就用纸折了两个人体骨骼模型，让学生们用手去摸一摸，对应着学习和认识人体的组织结构。教盲人最需要的是耐心和爱心。作为一个盲人，闫加威深知这一点，因此每次他都能自觉地站在盲人的角度想事情，给他们描述新鲜有趣的知识内容。

经过教学探索，加威越来越意识到，教师的职责不是单单传授知识那么简单，更重要的还在于教学生学会做人。在平常的教学过程中，他开始有意识地引导学生正视自己身体的残缺，树立起自尊和自信。

他告诉学生："我们盲人要自身独立，自强自立，给全社会带来正能量。我们与健全人不一样。健全人总爱发愁，而盲人都很乐观，知足常乐，并且能给他人传递快乐。即使在生活中遇到各种困难，也阻挡不住我们快乐。凡事有得就有失，有失就有得。上帝让我眼睛看不见，也就免除了我有可能招来的各种灾祸。如果眼睛看得见，像我这样一个特别能折腾的人，或许就会玩开车，不顾危险，甚至连命都有可能保不住。"

他接着说："譬如，我学生时代的一位同学，眼睛好，日子过得特快活。他是开运煤车的，喜欢多拉快跑。结果车翻到了沟里，弄了个身体伤残，干不了活儿。还有我一个同事的孩子，大学毕业了，却被查出得了白血病，现在什么事都干不了，只能回家养着。和他们相比，我这个盲人就是幸运的人了。本来，在他人看来，像我这样的人，活都别活了，是最没用的，但我现在却完全能够靠自己来生存，还能教书，帮助更多的人学会自立。我一个人待着的时候，经常这么劝慰自己，我这工作，风吹不着雨淋不到，不是也挺好的吗？"

他相信耳濡目染和潜移默化的作用。他愿意用自己和身边人的经历来鼓舞学生，激励他们好好做人、好好生活。

因为年纪相仿，他和学生们吃在一起，住在一起，几乎时时刻刻都和孩子们在一起，彼此相处得很是融洽。学生们也很喜欢这位盲人教师，有事没事总爱去找他。相互越来越熟悉，加威都能够根据走路的声音辨别出是哪一位学生。上课时，他在教室里走来走去，用鼻子嗅一嗅，就能判断出是谁没来。班级搞卫生时，他让有的同学端水，有的擦桌子，他自己也亲自上阵，一起来打扫。

加威的母亲惦记着远方的儿子。就在他去学校任教后不久，利用国庆节的假期，母亲专程来到了平乡。虽然伙食一般，儿子又有点儿挑食，但她看到学校的环境井井有条，学生们快快乐乐，儿子在这儿过得很充实，一点儿也不觉得闷，比她想象中的不知要好多少倍。母亲心里悬着的石头终于放下了。

业余时间，加威除了备好课之外，还在继续进修。他现在在读北京联合大学远程教育的本科。有空的时候，他就研究自己特感兴趣的电脑。他告诉我，就在我采访他的前两天，他刚刚独自攒了一台电脑。

加威说："盲人看不见，这是非我们能力范围内的事。但是，我们眼盲不等于无能，我们可以用触觉、听觉和嗅觉，来判断男女厕所，自己上厕所。我们也能通过闻香味来找寻饭馆。我们可以根据别人身上挂着的钥匙发出的声音来判断对方是谁……没人规定盲人不能做什么或者不可以做什么，健全人能做到的，我们也能做到。"

2013年3月，闫加威独自前往上海，参加了一个国际公益组织举办的改善盲人生存的培训。这次培训也有来自台湾的盲人。大家在一起切磋交流，很受启发。通过培训，加威懂得了，一个盲人，哪怕是生活在农村的盲人，不仅可以通过学习掌握一门手艺，学会一项谋生的手段，而且，也可以同健全人一样生活得有滋有味。盲人不应该局限于自己的小圈子，要勇于走出去，与社会各界人士接触，同主流社会打交道，主动融进整个社会大群体。

在上海培训的最后一天，他一个人摸索着找到了"东方明珠"广播电视塔，带着一架相机，不停地拍摄。他选择了相机的自动模式，采用连拍的方式拍照。回校后，再请眼睛好的老师帮忙将照片导出来整理。结果发现还真拍了不少好照片。那位老师虽然没有去过上海，但在看了闫加威拍摄的照片以后，感觉自己仿佛也去过了那里似的。这，让加威不禁有点儿得意。

上海的这次培训更加坚定了他从事教学的信心。他告诉笔者，就在2013年秋季学期开始不久，他就同学校签订了三年的任教合同。他要把自己一生中最美丽的青春岁月，奉献在这个帮助盲人走出黑暗、寻求自立的事业中。一年多来，国家扶持残疾人的政策越来越好，孟杰盲人学校也有了不少可喜的变化，这其中也凝聚着他的一份贡献。这是令他深感自豪的。"喜欢折腾"的他，一直在琢磨着怎样把穆校长和他的这所学校好好地宣传出去，让更多的人了解，从而理解穆校长的良苦用心，吸引更多的人关注盲人，呵护和帮助盲人，也让更多的盲人获得学习培训的机会，成长为有用的人。一段时间以来，他都在构思，准备拍一部微电影。内容就是一个盲童初来乍到孟杰学校，他是如何开始融进这个集体……或者，就选取盲校的一天，记录一个孩子在学校里一天完整的生活……

加威的眼睛看不见，但在他的心里，却有着一幅绚丽的七彩图画。那是一个盲人教师梦想中的生活，梦想中的未来。

打算终生教书的盲教师

穆孟杰第一次把季大大老师介绍给我的时候，我一听这个名字就倍感亲切。原本以为这会是一位年纪很大的教师，没想到，一见面，简直让我吃了一惊。

他，身材瘦小，单薄，身高看起来有一米五多，脸上瘦得几乎都能看到凸起的颧骨，眼睛是空洞的，但却让人觉得他似乎一直都在微笑。就连说话也都是慢声细语，带着笑。如果坐在一群学生当中，我肯定辨认不出他竟是一位教师。因为，他看起来就像一个大孩子一样，天真自然，无忧无虑。

季大大的出生既幸运又不幸。

1987年，大大出生的这一天，山西省洪洞县这一户季姓的农家，可谓是悲喜交集，万般滋味。孩子出生了，而且是双胞胎的男孩儿！这是多么令人惊喜的事情啊！然而，当年轻的父母仔细打量孩子的时候，却发现孩子的双眼有点儿异样，似乎老也睁不开，好容易睁开来却令人感觉总是有点儿怪怪的。大夫很快就对这对新生儿进行了仔细的诊察，结论是，双胞胎兄弟皆为先天性失明！

这消息，犹如晴天霹雳，把这对老实巴交的农民夫妻震蒙了。

家境贫寒，家里已经有了一个大女儿，现在一下子就添了两个残疾孩子，这今后的日子，该怎么过呢？

双胞胎长得很像。大的起名叫"大大"，小的就叫"小小"。因为失明，父母对他们更是百般疼爱。

日子在艰难中一天天过去。

光阴荏苒，很快地，两个孩子就长大了。但是，洪洞县却没有一所能接收这对盲童的学校。父母托人到处去打听，也到许多学校去问询，希望能为孩子们找到一所可以上学的学校。然而，始终都杳无音讯。到处都只有为健全孩子办的学校，哪里有给盲童办的呀！

就在全家愁云密布的时候，有一位好心的记者得知了这件事，就把季家的遭遇在报纸上报道了一下。

哗！这下子可不得了。山西人向来敦厚淳朴，20世纪90年代的人们又特别富于同情心，也特别有爱心。当得知有这样一户农民，竟然遭遇如此奇祸，大家都纷纷表示同情和关切。不少市民给报社打去电话，告知他们哪里有接收盲童的学校的线索，还有很多人表示，要给双胞胎的父母捐钱捐物。

真是非常幸运，这对名叫"大大""小小"的可爱的孪生兄弟，从此便成了社会上许多人心中的惦念。他们的命运，也由此改写。

在好心人的帮助下，大大和小小被送进了太原市盲童学校。这一年是1998年，双胞胎都已经十一岁了。

太原市盲童学校是山西省唯一一所全日制义务教育盲童寄宿学校。学校始建于1958年，设小学、初中、按摩职高、盲人普通高中四个学段，是一所功能齐全的盲教中心。在社会的捐助下，大大和小小在这里完成了自己的学业。

从上小学开始，山西当地的电视台和电台都一直在关注着他们，发动人们踊跃捐助。近十年来，兄弟俩共获得社会捐助十多万元。

提起这些往事，季大大就忍不住眼眶发热。这是令他终生铭记和感念的事情。要不是有好心人的帮助，他们兄弟俩的命运说不定会多么凄惨呢！

小学阶段，学习对于大大来说都是很简单的。他最难理解的是图形，因为他从未见过实体的东西，要理解图非常地困难。但他在学习时很有一股韧劲，不会的东西就一遍遍地琢磨、求教，不弄懂决不罢休。

1999年国庆节，正逢建国五十周年，中国残疾人艺术团专程来到太原盲童学校，为全校同学表演了口琴、笛子等献礼节目。坐在台下听节目的季大大简直惊呆了。他没想到和他一样的盲人也能把口琴和笛子吹得如此美妙、动听。他在心里暗暗地下决心：一定要向这些哥哥姐姐们学习，将来做个有出息的人。

2006年，大大从盲校顺利毕业，考上了长春大学特殊教育学院，学习针灸推拿专业。他是太原盲童学校历史上培养出来的最优秀的学生之一，至今还被学校作为教育在学学生的典型范例，经常被老师们拿出来向新同学宣讲，激励他们好好学习，将来也能考到外面的大学去深造。

那时，大大的姐姐已在上大学，弟弟则在上中专。一家三个孩子都很争气，这让父母也很扬眉吐气。

大学几年，季大大始终都是一个勤奋、刻苦的好学生。他认真学习针灸推拿，按照学校的统一安排，先后到北京按摩医院和杭州、广州等地的医院去实习。那时候，他开始有了自己一生中最早的一些收入。在北京按摩医院，他每月的收入都在四五千元，在杭州和广州，每个月也能挣到三四千元。

收入相当丰厚。美好的未来，正在大大的面前一一展开。

但是，在大大的心底里，却深藏着一个愿望。他深知，自己的父母都是农民，他是通过社会上许许多多好心人的帮助才拥有今天这一切的，他希望用自己的行动、用自己的工作来回报社会，回报这些好心人。他是一个盲人孩子，十几年来，是老师们手把手教会了他知识和技能，把他从一个毫无用处的人变成了一个有点儿本事的人。他从小就热爱老师，喜欢教师这个职业。通过自身的经历，他也深深感到了盲人读书的重要性。他渴望自己能够亲自为盲人们做点贡献。因此，他希望自己能够去当一名盲人教师。

2012年5月，季大大在网上"看到"了有关穆孟杰校长事迹的报道，十分震撼。他怎么也想象不出来，一个盲人竟然能够独立创办起一所学校，做出这么伟大的一番事业来。

怀着崇敬的心情，他给穆校长打去电话，表达了自己愿意去他的学校任教、尽自己的一份力量的意向。

穆孟杰喜出望外："长春大学毕业，你这是高学历呀！我们学校非常需要你这样的人才呀！"

事情就这样定了下来。

2012年9月，新学期一开学，季大大就来到了孟杰学校。

一见到穆孟杰，大大就告诉他："穆校长，我决心在您这儿一直干下去！干到底！"

孟杰大吃一惊，继而满脸笑容地回答："好！好！咱们一起来把这所学校办得更好！"

虽然，教书的收入远远不能同自己在按摩医院实习时相比，但是，当一名教师，教书育人，这正是自己的梦想。现在，大大正走在实现梦想的阳光大道上。

和盲人学生们在一起，大大感到非常快乐。这些孩子，大多身处农村偏远地区，从小家庭贫困，生活封闭，知识少得可怜。大大每天都在这样提醒自己："孩子们的眼睛已经无法改变了，但他们心里的窗户应该打开，不帮助他们打开心灵和知识的窗户，他们长大后就会变成家庭的负担、社会的累赘！"

于是，他在教针灸和医疗时都格外认真，也非常耐心。有时候，为了让孩子学会针灸，就让他们在自己的身上扎针尝试。孩子们扎错地方了，他也不生气，而是不厌其烦地纠正，直到他们做好了为止。

　　和穆校长处的时间久了，大大越发地敬重他。他开始处处拿自己同穆校长相比。每当工作和生活中遇到了问题或是困难，大大就想，自己再难，有穆校长那么难吗？自己再苦再累，有穆校长那么苦那么累吗？穆校长一个人要操心全校师生的吃、住、行、用、教和学，每天最早起床最晚睡觉，教育学生百问不厌……穆校长有多累呀！但他浑身好像永远都有使不完的劲，一大早6点半就起来，夜里11点了还咚咚咚地拄着盲杖一个宿舍一个宿舍地巡视，看看小同学的被子盖没盖严实，有没有学生还在说话不睡觉。哪天不亲自去巡视，心里就不踏实。

　　校长就是他心中的标杆，就是他身边的榜样和楷模。穆校长能做到的，自己也一定要做到。在穆校长手下工作，大大感觉特别带劲，也特别有劲。

　　大大是在社会的扶助下成才的。他时时提醒自己，没有社会的帮助自己走不到今天，自己的一切都是社会给予的。社会培养出自己，我也要好好报答社会。人呢，不能一味地要求酬劳，而要努力去做最有价值的事情。

　　对于大大的选择，父母非常支持。他们一家人能有今天，和社会上热心人的帮助分不开，如今他们的孩子长大了，能够反哺社会，感恩他人，这是多么令人欣慰和自豪的事情啊！

　　学校目前还面临着诸多的困难。伙食方面只能保证吃饱，还不能做到均衡营养。孩子们正在长身体，亟须加强营养。大大觉得，如果他们学校能够被纳入国家的中小学生营养餐计划，做到每个学生每天都能有一袋奶、一个鸡蛋那就太好了！师生的生活条件还比较一般。虽然有一些社会捐助，但是很不稳定，有时，这种捐助微乎其微。

　　对学校的前景，大大却充满了信心。他到校任教一年多来，学校已经有了很大的变化。从学校出门进城，已经修好了水泥马路。教室里安上了空调，冬天不冷夏天不热。教师在宿舍里都可以上网了。学校办起了按摩针灸中专班，学生毕业后自食其力已经毫无问题了。学校对所有的盲童敞开大门，哪怕是智障儿，只要有一点点的希望，学校都接收……

所有这些变化，都让大大满心欢喜。他坚信，在穆校长的带领下，学校一定会越办越红火。

"只要我还有一口气，我就在这儿帮忙"

两次到孟杰盲校采访，都见到一位老者在看门。对来访的客人他都一律通报校长或者教导主任，征得同意后方才放行。看得出来，这是一位相当尽职的"守门员"。

我几次在校园里散步，都会遇到这位老人。有一次他正和一位同样年老的妇女一起在择菜，准备自己做饭。还有两个清早，我看到他拿着一把大扫把，正在清扫校园内的落叶和垃圾，从树林子扫到马路，又从操场一直扫到教室门前。显然，这是一位勤劳惯了、闲不住的农民。

后来，穆孟杰告诉我，这位看门的师傅是村里当了几十年的老支书，名字叫穆生成。

这，让我大吃一惊。

我决定找他聊聊。

等他扫完了操场大院子，我把他请到了会议室。

老人头发斑白，但很浓密。有点儿黝黑的脸上布满了皱纹。穿着一件老式的深蓝色中山装，脚蹬黑色薄底布鞋。衣服褪色得显出破旧来，但却整洁干净。他喜欢抽自己的袋烟。

穆生成告诉我，他已经七十四岁了。1960年担任大队副队长，1970年后当大队支书，1986年改任村支书。他是看着孟杰长大的，对他们一家人的情况了如指掌。我本来是要了解他的情况，可是一上午，他都在谈孟杰。

"孟杰他们家条件不行，姊妹兄弟有五六个。还摊上了两个盲人，孟杰和他大哥，都是盲人。家里就靠着父母挣工分，哪里养得活那么多孩子。

"还很小的时候，孟杰就出门去说书、卖艺，自己挣钱养活自己，还能帮衬着家里。他这人哪，不干出一番事业誓不罢休。1999年，他开始在村里办学。不是国家让他办学，而是他给国家办学。他的决心这么大，我内心里非常佩服。

"这时，他就去邀请我，希望我去学校帮忙。村子呢，在经济条件上帮不上孟杰，但是人力上大伙儿都是竞相努力来帮忙。我跟孟杰说，不给开工钱我也该来。他这是在为盲童闯出一条生路来。我能够帮孟杰出谋划策，看护好学校，也很高兴。孟杰学校让学生们白吃白住，专心上学，学好知识，学会自立，将来就可以走向社会。孟杰这是在为国家、为人民做事。

"孟杰办学，就一个想法，就是要让孩子们学到知识。开始时，还收点费，最初是每人每天缴十元，2009年是每月收五六百元。这点钱根本就不够学校开支。这两年，孟杰又全部免费了。他肩上的负担更重了。但是他从来不计较苦和累，不在乎负担有多重。

"只要孟杰需要，只要我还有一口气，我就在这儿帮忙，以校为家。在村里村外，我都会努力维护孟杰。他从小到大，都是这样一个人……"

老人的语速很慢，话语不多，但显然都是藏在心底的真心话。说话时，他还会不时地喘上一口气。毕竟，他已经是年逾古稀的人了。但是，他的气色很好，精神饱满，因为他知道，自己是在帮孟杰，学校需要他。而孟杰和他所做的一切，都是重要的，都是在为国家分忧、为人民做事。

这，就是一位默默无闻、看守了十几年学校大门的老支书。

明眸善睐的美女教师

我第一次到孟杰盲校，开饭时在食堂门口遇到了一位年轻漂亮的女教师。她的双眼明亮，像汪着两池清澈的水。她正在给孩子们分发白面馍馍。

"你要几个？"

"两个。"

她一手挎着装馍的竹篮，一手熟练地从篮子里取出两个馍来。

"给。"

学生接过了馍馍，呼朋引伴地摸索着寻找自己的座位。

几十位学生摩肩接踵地来了。依旧只有她一个人在发馍。

等到所有的学生都找到位置坐下，就着老师早就帮着打好了的菜和汤或是稀粥，安静地吃上了饭，她还站在门口，不时地问上两句：

"还有谁要加馍吗？"

"还有谁要加馍吗？"

在食堂对过的厨房门口，放着一张小圆桌，一只小板凳上正坐着个小孩儿在慢吞吞地喝汤。

这是新来的子恒。

见没人再加馍了，女老师放下手里的篮子，坐到孩子身边。接过他手里的勺子，开始一口一口地喂他。就像一个大姐姐，正在细心地照顾她的小弟弟一样。

"这孩子还需要喂？"我感到很好奇，走上前问道。

"哦。有时要喂他一下。他在家里只肯喝粥喝汤，不肯吃菜。在这里，我们有时要喂他一下。"女教师回答。

第二天，当这位老师坐到我的对面接受我的采访时，我才知道，她叫张文飞。她告诉我，眼睛好的老师都要兼做生活老师。她和另一位女老师隔天交替着负责学生的饮食。

张文飞，1992年出生。她家就住在东辛寨村附近的停西口村，同属于平乡镇。她的父母都是农民。家里还有一个弟弟。掐指算起来，她家还是穆孟杰的远房亲戚。她称穆孟杰的侄女穆丽飞"姨姐姐"。因此，她应该是穆校长的表侄女。她可以称呼穆校长"表伯"。

文飞人长得秀气、苗条。身材偏瘦，平时几乎不事修饰打扮。但是，一件普普通通的灰色套头衫穿在她的身上，也能显出她的美来。平时她梳着一条马尾辫，中长的头发又黑又密，显得特别活泼干练。

◎ 美女教师张文飞

坐在对面，一股抑制不住的青春气息便迎面扑来。

二十一岁的女孩儿，正是如花似水的年华，许多这个年纪的女孩儿还都是妈妈的乖乖女，可能还要躺在妈妈的怀里撒娇呢。张文飞，却从二十岁开始便参加工作了，做到了生活自立。

她上大学是在石家庄工商职业学院学旅游专业的。在天性里，她是喜欢走南闯北，到处去看看世界的。或许，她也曾想过当一名出色的导游，带领她的游客去领略美好的山川风景。然而，命运却让她掉转了一个头，回到了老家。

在读大三实习的时候，她打算在石家庄找一份工作。那时，她姨家的姐姐穆丽飞正在孟杰盲校任教，丽飞知道叔叔的学校一直缺教师，长期都在招聘教师。于是，在跟文飞聊天儿时丽飞便告诉她："我们学校正在招聘老师，你也来吧。正好咱们可以做个伴。"

得知这个消息，文飞动心了，想去试试看。

她打电话告诉妈妈。妈妈听说是丽飞推荐她去的，非常支持，觉得如果女儿能在那里工作，离家也近，一家人团聚或是相互照料起来也非常方便。

经丽飞帮助推荐，穆孟杰十分欢迎文飞加入他们的教师团队。

第二天，文飞就到学校来讲课。

这是2012年5月，正值春花烂漫的季节。地里的麦子正在抽穗，油菜籽正在开花。春天里的校园显得生气勃勃。

学生们非常喜欢这位新来的女老师。他们特别亲近老师，抢着要跟她说话交流。一下课，孩子们纷纷围着她，一个说："张老师，你的声音真好听！"

一个问："张老师，你会教我们吗？"

"老师，你今年多大了？"

"老师，你是从哪里来的？"

大家叽叽嘎嘎，七嘴八舌。

孩子们的热情，超出了文飞的预料。

她感受到了自己真正被需要的快乐，高兴地回答他们："是啊，记住老师的声音！以后老师就来教你们语文。"

从此，她教起了三个年级的语文。

为了更好地教盲学生，她自己也跟着一年级的学生，从头学盲文。

一年级文化班有八名学生。最难的是教他们汉语拼音的四声。在扎盲文时，是没有声调的，因此，孩子们在理解拼音中的阴平、阳平、上声、去声的时候很困难，表达不清。

张文飞试着一遍遍地纠正他们的发音，试着让他们正确区分声调。但是，遇到同音字时，同学们还是很难区分。盲文是一种表音文字，学生们很难搞懂，为什么同样一个发音却有不同的字，表达不同的意思。文飞没有泄气，她尝试着举那些具体可感的事物来帮助孩子们学习和记忆。

因为眼睛好，文飞还同时兼任生活老师，每天要给新来的学生和生活还不能自理的学生上生活技能课。

从早晨起来，她就开始教孩子。先是穿衣服。有的孩子此前从来没有自己穿过衣服，都是家里人代劳。在学穿衣服时很容易穿反了，把背后穿到胸前，或是把衣服里子穿到了外面。穿裤子时，则把两条腿都伸到了一只裤筒里，还一个劲儿地嚷嚷："老师，快来帮我看看，我这条裤子怎么这么窄？腿都穿不进去。"

文飞便逐一地教他们，如何辨认衣服的正面和背面、外面和里子。

"同学们，大家知道，一件衣服会有一个领子、两只袖子，对吧？"

"对，老师！"

"好，现在你们把衣服拿在手里，先摸到衣服的领子。摸到了吗？"

"摸到了。"

"再摸一摸，找出领子上贴着的一个硬硬的牌子。找到了吗？"

"找到了。"

"记住了，有牌子这一面就是衣服的里子，而且是贴着我们后脑勺儿的。所以，大家在穿衣服的时候要记住，你们把衣服平放在面前，要让这个牌子处于上方位置的里侧。把衣服套在身上后，要让这个牌子贴着你的后脑勺儿。只要这一点做对了，衣服就不会穿反了！"

按照老师的指点，孩子们窸窸窣窣地把衣服穿上了。尽管还是有学生穿反了，但是，文飞已经很满意了。毕竟，他们是一群盲人哪！

接下来是洗漱。教孩子们怎么挤牙膏。这个健全人做起来极其简单的动作，在盲童手里变得格外困难。

有的孩子旋下牙膏盖子，使劲往外挤牙膏，一直挤一直挤，弄得牙膏流出来很长一条，基本上都浪费掉了。有的孩子挤出牙膏，却挤不到牙刷的刷毛上，而挤到了牙刷背面，或是沾到了衣服上、手上……文飞一个一个地抓着他们的手教。

开始刷牙了，她又要一个个抓着他们的手，教他们如何去刷口腔内侧，如何往上下方向刷牙。

正当她教一个孩子时，旁边别的孩子就纷纷叫唤："张老师，过来教教我！""张老师，过来教教我！"

"别急，别急！老师一个个教你们。"

忙完洗漱，就到了准备早饭的时间。

文飞要提着粥桶，拿着瓢，给一只只饭碗里舀好粥。再给每个座位放好一点儿咸菜。过不久，孩子们就要吃饭了。这时，她便站在门口给他们分发馒头或是菜包。在孩子们吃饭的过程中，她还要不时地询问："还有谁要加馍馍吗？"

有需要的学生便举手示意。她从两条水泥长椅中间穿过去，学生要几个就给他加几个。

饭毕，孩子们放下碗筷就都走了。文飞和穆丽飞还要帮他们洗碗，再把洗好的碗筷一一摆放回原处。

到了周日，就只一个人值班，一个人负责打饭、洗碗什么的，半天忙碌下来，常常累得腰酸背疼。

◎ "双飞"——张文飞和穆丽飞

刚当老师那一阵，文飞也不太习惯，耐心也不够。经过一年多跟孩子们打交道，她已经变得越来越有耐心了。

最难的是每年来的新生，几乎什么都不会，都得从头教他们生活技能。

2012年，来了个女生叫陈蓉，歌唱得特别好听，但是，都十三岁了还不会上厕所，每次上厕所都不带手纸，等着喊人帮她送去。开始时，文飞嘱咐学生帮她带手纸或给她送纸。也不知是故意还是早已习惯如此，陈蓉一直忘带手纸。

后来，文飞告诉她："你每次上厕所，必须自己记着带上手纸啊！要不你没有手纸，怎么擦屁股？不擦屁股怎么穿裤子出来呀？"她让别的同学不要再帮她送手纸。

有好几次，陈蓉上完厕所才发现自己没带纸，就被困在厕所里。一直等到有别的女生上厕所时才能请她们帮忙送点纸来。被困在厕所里几次之后，她终于长了记性，记住上厕所必须带手纸了。

李子恒这孩子是这学期新来的，才刚六岁。他吃饭开始时挑食得厉害，不吃菜，还滴水不进。吃米饭就吃得好，八月十五吃月饼，他也吃得好。这都是他爱吃的。遇到馍馍、菜，他就不肯吃，文飞只好喂喂他，馍馍呢，还必须得帮他掰碎了一口口喂他才肯吃点。

上半年新来的学生中，有个滕浩，也基本上什么都不会，文飞只能一点儿一点儿地从头教他生活基本技能。还有一个叫燕露的，都三十三岁了，连吃饭、洗头、上厕所和洗衣服都不会，接受能力又差，教起来也特别吃力。

现在，文飞已经习惯了如此种种婆婆妈妈的细碎生活。每当自己教会了孩子们一项生活技能，看到他们学会了自己穿衣服、叠被子或是洗脸、刷牙什么的，她都非常兴奋，感到自己的付出终于有了回报。或许，从此就能改变一个盲人的命运了呢！

每次上课时，她都留心观察孩子们的表情。如果他们弄懂了，学会了，往往都会高兴得蹦起来。看到这一幕，做老师的文飞觉得非常欣慰。

对于学校，文飞渐渐培养起了深厚的感情。在学校每半个月她才能轮休一天。以前，她还经常回家去；后来，工作实在是太忙了，她就跟父母说好了，平时放假就不回家去了。虽然，家里离学校很近，但她每天都在忙。忙完上课忙备课，备完课了忙着看孩子们吃饭。

二十岁的女孩儿，花枝招展地绽放，正是一生中最美的时光。但是，文飞哪里顾得上修饰打扮。她连去镇上逛逛街的时间都没有，也没有什么新衣服。好在她对生活的要求一向都很简单，似乎已经习惯了这样一种平淡无华的日子。

父亲已经四十七岁了，文飞觉得自己已经长大了。这一年，她顺利地考下了教师资格证，她到全国各地去都可以当教师了。她心里升起了一个更大的梦想，等到学校有更好的老师来了，她就再外出去求学。今后，她想学中医，不仅可以教学生，还可以给人治病哩。

学校上半年毕业了一批学生，有近二十个，都去了北京等一些大城市从事按摩工作。这，让张文飞感到很高兴。因为，在这里面，也有自己的一份付出和辛劳。

在学校里，文飞每天都能见到穆校长。她感觉校长就像一位伯伯，让人容易亲近。晚饭后，他常常绕着花坛，一边散步一边和师生们交谈。文飞认为，他就是一家之长，家里拿大主意的大人。

谈到对学校未来的期望时，文飞说："现在学生吃住和书本都不收费，学校费用全是穆校长一个人筹划，所以经费困难，生活质量不高。在教学上，教具缺乏，模具太少，有时我们老师得自掏腰包去购置一些盲用触摸教具。希望政府和社会能够帮助我们在这些方面进行改进。"

当问到她的个人问题时，张文飞大大方方地回答，自己正在谈一个男朋友，现在北京工作。朋友对她的工作挺支持。她上学时去过北京。将来会怎样，只能走着看了。

是啊，毕竟，她才二十一岁。人生的画卷才刚刚揭开一个小角。这位青春美丽的女教师，一定会找到属于自己的美丽人生！

采访手记

如何衡量人生的价值

人的一生如此短暂，我们该如何使用自己的生命？如何度过此生呢？

孟杰盲人学校这一大群的年轻教师，还有许多我不知名的盲人教育的志愿者，他们用自己的青春，用自己的花样年华，来陪伴这些盲学生，帮助他们，教会他们料理生活，掌握按摩针灸、说书拉弦等生存技能，让他们能够自立，不再成为家庭和社会的包袱。

这样的人生是有价值的。他们人生的价值，通过盲人们的成长和实现自我价值而得到了放大。他们的青春，在奉献与给予中，不断闪耀光彩。

当今中国，人们的价值观多元、多样、多变。有人追逐金钱，甘愿"坐在宝马车里痛哭"；有人渴望声名，不择手段沽名钓誉，自我包装炒作和推销。这些人，为了金钱、名利，甚至于扭曲了自己的心理，出卖了自己的人格。他们生命的价值，没有尊严可言。而没有尊严的人生，几乎等同于粪土。

　　我一向认为，人的生命有三重。一是生理的、物质的生命。它有生有死，有存有灭，只有短短百年。二是社会的生命。滴水入大海，并在大海中获得永恒。一个人可以把自己的努力和贡献融入到集体的、社会的事业中去，做出自己的业绩与成就，对他人、对社会产生有益的推动和帮助作用，从而使自身的价值得以长存。三是人的精神生命。一个人崇高的思想、品质和精神，存在着感染他人、影响后代的不朽的魅力。这是一种灵魂的力量，是一种可以穿越时间、人种和地域的生命能。我们每个人，都应该用自己有限的生命，去追求那种恒久的价值，在自己的岗位上，发出最大的光和热，做一个品行高洁、精神崇高的人。

第三章　拉亲人们"下水"

上阵还需父子兵。穆孟杰办学，与亲人们的支持分不开。

在草创之初，妻子曹清香给了他最宝贵的支持。是妻子最坚定的支撑，才使孟杰能够把学校建起来。建校以后，妻子既当生活老师，又当厨师，兼做会计。家里事，学校事，事事操心。每天都是起早贪黑，没日没夜，不辞辛苦，任劳任怨。孩子们长大了，穆孟杰一个个把他们送去学特殊教育，毕业了就让他们回来继承自己的事业，一边任教，一边学习管理学校。就连自家的侄女穆丽飞，也被他找回家来到学校任教。

孟杰盲校不是为营利，完全是一种公益性社会事业。在举办这项利国利民的善事过程中，为了最大程度地节省成本，穆孟杰可谓绞尽脑汁，想尽了办法。这其中，很重要的一个办法就是让自己的亲人回来任教。因为，自己的妻子、子女都是免费的教员，不用开工资，就等于省下了一份成本。自己的侄女，也只给她每月开一些基本生活费，这也能省下请一位老师的薪酬。最令人感动的是，他的这些亲人们，几年，十几年，一直都在默默地付出，默默地支持他，没有怨言，没有退缩。

"大穆老师"

在穆孟杰的亲人中，有三个孩子在学校当教师。儿子穆华飞、女

◎ 爱笑的穆丽飞

儿穆华鑫和侄女穆丽飞。学生们为了区别这三位穆老师，就称华飞"男穆老师"。因为丽飞比华鑫大，因此，她就被称为"大穆老师"，而华鑫则被称为"小穆老师"。

穆丽飞长得有点儿像张文飞，个子和身材都有点儿像。她俩常常同时出现，开始时我还很难分辨出她俩谁是谁。毕竟，她俩是表姐妹。

丽飞的脸是椭圆形的，接近鹅蛋脸，梳着马尾辫的短发。和文飞又黑又浓的头发不同，丽飞的头发染成了栗色。她的眉眼之间，始终挂着微笑。当她真的笑起来的时候，脸颊两侧便浮现出明显的酒窝，嘴角也往上翘起，眉毛和眼睛的线条却往下弯垂，就像好看的月牙儿，让人感觉她整张脸上的每一个细胞都在欢笑。她喜欢穿着一件黑色圆领白条纹的毛衣。和人说话时，脸上就会泛起淡淡的红晕，似乎有些羞涩。

穆丽飞是孟杰大哥的女儿。孟杰兄弟一共六个，他上面有一个大哥，老二是个姐姐，丽飞叫她"二姑"。丽飞的爸爸也是位盲人。从小她就懂得要帮爸爸做事情，会照顾盲人。

丽飞出生于1987年。中学毕业后，去邢台学计算机。2008年中专毕业。

这一年，学校对农村教育实行"两免一补"政策，就是对农村义务教育阶段的学生"免杂费、免书本费、逐步补助寄宿生生活费"。穆孟杰的学校原先靠招收几百名健全学生收部分学杂费来补贴盲人学生的费用，现在他不能再收费了，"以学养学"的办法也进行不下去了。因此那一年，学校特别困难，健全学生不收了，好老师走了不少。穆孟杰出不起高工资，又招不来好老师。新老师来了七八个，也都因为待遇低，短的几个月，长的也就一年半载的就都离开了。在一段时间里，他的学校特别缺教师。因此，当得知大侄女就要毕业了，他把侄女找来，跟她提了自己的想法，希望丽飞能到学校来当老师，教学生计算机什么的，他每月付给六百五十元生活费。

孟杰对她说："丽飞，就是临时来帮个忙，一有了新老师就让你走。"

丽飞从小就知道叔叔的事迹，知道当初人们笑话他"一个瞎子又养了一大群瞎子"，他的学校开始时默默无闻，而这些年各种报道和荣誉接踵而来，大家都很佩服他，丽飞对他也满怀钦敬。

她回家跟爸爸商量。

爸爸对她说："现在正是你叔叔最困难的时候，别说他还给你开工资，就是一分钱不给你，你也应该去学校帮忙。"

就这样，丽飞来到了叔叔的学校，当上了一名普通教师。先是教电脑，又教二年级的语文，兼做生活老师。没想到，这一当就当了五六年。

当了特教老师以后，丽飞发现，要教会盲人认字实在是太难了。盲人学字，主要通过盲文六个点位表示的不同拼音来拼读。但是，在汉语里有很多同音字。这些字意思都不相同。明眼人一眼就能看出来的区别，对于盲人来说却像闭着眼睛登山一样艰难。同音字，在盲文拼读里是不存在问题的，但在电脑运用中，孩子们就分不清它们的区别了。

丽飞试着找到各种物体，让学生们用手去触摸，然后再教他们这些物体的发音，一点儿一点儿地培养他们同音可以不同字的意识。

教盲生多音字同样艰难。与同音字相反，多音字是一个字可以有几种发音，有时还可能表达几种不同的意思。丽飞只能尽量举学生生活中接触到的事物和事情，来给他们讲解多音字。

教认字还可以找生活中的例子来说明。更难的是教盲生们认识颜色。有很多孩子从小失明，根本就没见过有颜色的物体，因此，在他们的脑子里就没有色彩的概念。丽飞为了教会他们区分色彩，只好找相应的物体来解释。譬如，她让孩子们记住：叶子是绿色的，玫瑰花是红色的，太阳是金色的，月亮是银白色的，等等。

如果说，教盲童学习文化知识比教健全学生难多了；那么，教孩子们生活技能就不单单是难了，而是又脏又臭，又苦又累。

丽飞当教师不到两个月的时候，有一次，一个十三岁的盲童把屎拉在了裤子里。第一次，丽飞强忍着恶心帮她洗了裤子。没想到，第二天，她又把屎拉在了裤子里。丽飞真的不能忍了。这盲人学生怎么这么难伺候？她开始后悔自己当初的决定了。

她委屈地去找叔叔，提出要辞职。

当问清了缘由，穆孟杰不但没有安慰他，反而命令她："丽飞，你先去把那条裤子洗干净了再说！"

这下，丽飞感到更加委屈，不禁哭了起来。

叔叔严肃地告诉她："别人可以嫌弃盲人，你不能！因为你是盲人的女儿！如果你把他们当成自己的兄弟姐妹，你就不会嫌她脏了！你不管她，她一辈子都会被人看不起。你能忍心让她遭受你爹、你叔小时候的不幸吗？"

叔叔的这一番话，打动了丽飞。

是啊，如果人人都嫌弃盲人，都嫌特教老师这份工作脏，那就没人来教他们如何上厕所、如何讲卫生，他们就会永远那么脏、那么丑陋，永远被人瞧不起。

想通了这个简单的道理，丽飞止住了哭声，默默地回去把脏裤子洗了。然后，回来找她叔叔，告诉他自己想通了，决定继续留在学校工作。

穆孟杰欣慰地点点头，对她说："好！你能想明白我很高兴。盲人教育工作不好做，你必须要有耐心、爱心，还要走入盲人的内心，和他们同心。更要有责任心，必须能吃苦和付出，才能做出成绩。"

自从这次风波之后，丽飞再没嫌过脏，说过累，也再没抱怨过一次。她变得更有耐心，也更有爱心，做事也更加细心了。不会用筷子的学生教一次、两次不会，她就一遍又一遍地教。

盲童们吃饭一般只用小勺子，不会使筷子。丽飞开始教他们的时候，都是让他们端着饭碗拿着筷子，"真刀真枪"地练习，结果许多孩子把饭菜撒得满地都是，不仅浪费了粮食，收拾起来也很费劲。为了改进教学效果，她改成往盘子里装上小石子儿，手把手地教他们试着夹起石子儿。结果，这样练习的效果更好。一般经过大半年的练习，那些从未用过筷子的孩子就都学会了。

孩子们不会穿衣服叠被子，丽飞就抓着他们的手反复教他们练习。个别学生因为智障，生活不能自理，经常把屎尿拉到裤子上，她就及时帮他们清洗。学生们的手指甲和脚趾甲长长了，她就一个个帮他们剪。

每天早晨，看到学生们纷纷起床，自己穿衣服叠被子，洗脸刷牙，丽飞感到特别欣慰，自己那么多的付出没有白费！孩子们也都越来越离不开她，都喜欢找她玩，逗她乐，亲切地喊她"大穆老师"。

心态决定态度。当心态改变了以后，丽飞发现，原来每个孩子都有其可爱的一面。

有一个叫吴世宁的小男孩儿，九岁了还尿床。丽飞发现了很生气，孩子就拉着她的手说："大穆老师，我给你唱首歌吧。"

吴世宁这孩子长得白白净净的，可惜眼睛从小就坏掉了。他是河北省石家庄市赞皇县人。刚来特教学校的时候，因为想家他几乎天天掉眼泪，而且谁都不理。到学校后，丽飞和其他老师一方面认真照顾他，经常帮他洗脸洗头，尿床了就赶紧帮他将被子晒干或烘干，另一方面，也不断地鼓励他，夸奖他聪明、多才多艺。慢慢地，这孩子就变得阳光起来。他尤其爱唱歌，人走到哪里，歌声就跟着飘到哪里，很是惹人怜爱。

杨鑫涛的记忆力特别好，会讲很多的历史故事，作文也写得好。有一次记者采访他，问他："今天课上你做了点什么？"

他便给记者朗诵了一段自己刚刚写的作文《四季》：

"春天到了，所有的花草树木都在展示它们最美的姿色……秋天

到了，累累的果实挂满了枝头，你可闻到了果实的清香……"

　　当他的小手在盲文纸上快速地划过，给记者念自己的作文，记者感到很惊奇：

　　"你看不见，作文怎么写得这么好？"

　　杨鑫涛回答："有的是听人讲述的，有的是自己想象的。"

　　丽飞想起这个来自河北省邢台市巨鹿县的小男孩儿，刚来时性格内向孤僻，对人爱理不理的，经常一个人躲到床上，拿着收音机听单田芳的评书。"现在，他开朗多了，知道很多历史典故，是班上盲文摸读和书写最快的一个，而且兴趣广泛。"丽飞告诉记者。

　　"你长大了想干什么？"记者问鑫涛。

　　"我有很多梦想。我想当作家，还想当评书表演艺术家和电脑专家。"小孩子不假思索地回答。旁边的人都不由得为他鼓起掌来。

　　"特教学校是把盲孩子引向社会的一个加油站。在这个特殊的环境里，我们要用爱心来温暖他们，用耐心来培育他们。"丽飞深有感触地对记者说。

　　每个盲孩子都有自己的梦想。吴世宁的梦想是当一名音乐家，十一岁的王世博长大了想当盲文教师，十八岁的牛丽丽毕业后要自己开一家按摩店，十五岁的陈家豪希望学好本领将来好好孝敬奶奶……穆孟杰说："许多盲童的家长认为，孩子的眼睛看不见，还能干什么呢？现实中也确实存在盲童上学难的问题，这导致他们只能守在自己黑暗的世界里。我的经历证明，盲人要真正自立自强，必须和健全人一样，有自信，有梦想，有知识，有文化，有技能，主动融入社会，这样才会有未来。"

　　每当想到班上这些活泼可爱的孩子，丽飞的眼角就溢满了微笑。从教会学生一点一滴的知识中，她真正体验到了快乐。她觉得自己再也离不开他们了。

　　丽飞还负责组织学生业余合唱团，教他们唱歌。

　　"问天上的星星什么地方，才有快乐没有悲伤。但星星却沉默没有回答，只用眼睛眨呀眨。原来星星和我一样，在寻找避风的港湾，乞求一份温暖感受，让心不再流浪……"

每当丽飞和盲童们一起合唱《星星的愿望》这首歌时，她总是泪流满面。

看着孩子们那纯真的笑脸，用稚嫩的童声唱着动听的歌，无忧无虑，无牵无挂，仿佛这世间从来就没有任何的不幸和烦恼。看到孩子们如此快乐，她也感受到了快乐和欣慰。是的，孩子们需要她，她也喜欢这些天真无邪的孩子，自己的付出和辛劳都会有收获。这一切，都更加坚定了她从事特教工作的决心。

2009年，经人介绍，丽飞谈了个男朋友。对方个头儿高挑，有一米八三，在山西省临汾市一家汽车销售公司工作，一个月挣三四千元，家里有车有房。彼此都有好感，双方交往了一年多，都到了要谈婚论嫁的时候，两人却产生了严重分歧。男友希望丽飞能跟他去山西，丽飞的父母也同意了。就连叔叔穆孟杰也劝她答应男方的条件，去临汾安家，毕竟，对方条件很不错。可是，丽飞认为，叔叔的特教学校需要自己，她不能离开这里，她希望对方能够理解并且支持自己的选择。结果，双方不欢而散。

打那儿以后，再有人给丽飞提亲，她就提出先决条件：同意她继续当特教老师就谈，不同意就免谈。结果又吹了仨。

叔叔问她："你后悔不后悔？"

丽飞回答："我一定能找到情投意合、志同道合的白马王子！"

一个怀着美好愿望和善良心意的美丽女孩儿，上苍一定会眷顾她的。

"小穆老师"

穆华鑫是穆孟杰的大女儿。华鑫1992年出生，比堂姐丽飞小五岁，因此被学生们称为"小穆老师"。

华鑫一米七左右的个子，身材适中，穿着一套褐色西服，内里衬着蓝色蕾丝领子的衬衣，男孩子一样的短发染成了栗色。浓密的头发披在前额上。皮肤白皙，鼻子略微高耸，双耳垂上戴着金色的小耳钉。脸上常常挂满笑。一笑起来，便露出满口洁白的牙齿。看得出来，这是一位乐观外向的女孩儿。

华鑫出生的时候，她爸爸还在外面到处流浪卖艺，她随妈妈住在姥姥家。那时候，一年到头大多只有在过年时才能见上爸爸一回。

1995年以后，爸爸回家定居了，不再到处流浪。这时候，华鑫也稍稍懂事了，知道爸爸是一位盲人，需要家人帮助。从小时候起，她就懂得孝敬父母。每次吃饭时，不用大人提醒，她就会给爸爸递馒头。出门时总是把爸爸放在第一位，帮他把东西收拾好。走路时让爸爸扶着她娇嫩的小肩膀，这样，爸爸就能根据肩膀的升降起落判断路面的状况。华鑫还要一面提醒爸爸哪块地面上有水会滑，哪里的地面不平。长大以后，华鑫就能帮着大人做家务，爸爸的衣服脏了就帮他换了洗。因此，从小她就不娇气，什么粗活脏活都干得了。

◎ 性格外向的穆华鑫

2008年，华鑫初中毕业。穆孟杰考虑到自己的学校缺电脑教师，就让女儿去邢台农业学校学习计算机专业。

2010年中专毕业时，华鑫也想出去找工作上班挣钱。但是，爸爸跟她说，学校需要老师，如果从外面招聘老师，要支付的工资都很高，她还不如回来帮忙，作用更大，还可以替学校节省不少钱。

华鑫是很孝顺的女儿，听话地回到父亲办的特教学校教计算机。等到学校来了专门的计算机教师后，父亲又把她送去邯郸特殊教育师范学校培训了一年，专门学习残疾人教育，学盲文、手语和盲人心理学。学成后她就回来，继续到父亲的学校当一名普通教师。

在接受记者采访谈到为什么要让两个孩子都选择特教行业时，穆孟杰说："因为我爱盲人，我看盲人比亲人还亲，我要让他俩和我一样，以服务盲人为己任，以帮助盲人自强为天职，薪火相传，世世代代！"

算起来，刚开始当老师的时候，华鑫只有十八岁，自己都还是一个孩子呢。平时，她和孩子们生活在一个院子里，整天待在一起，感觉彼此并无区别。但一到教他们的时候，她才发现，教盲童和教健全学生大不一样。盲童从小失明，整天待在家里，与社会几无接触，生活十分封闭。有时候，教他们七八十遍，他们都记不住。教过的内容刚教过就忘。华鑫性子比较急，心里头就有一些不耐烦，但她也不跟学生们发作，只是整天阴沉着脸，不爱说话。

爸爸发现了她的情绪异常，就教育她："做特教老师一定要有耐心，因为耐心对盲人来说比金子还金贵。你爸爸小时候就是这样，你拿这种态度对待他们，他们能高兴吗？"

华鑫听懂了爸爸的话。以后再教学生的时候，就常常想到他们就像是小时候的爸爸，于是，心理距离拉近了，她变得越来越有耐心。

她开始开动脑筋，设身处地地为盲童着想，想着看不见的他们如何才能掌握那些抽象的知识。在教加减法的时候，她就找来一些小木棍，让孩子们用木棍来数数，来进行加减。教三角形、长方形、正方形、圆形的时候，她就找来一些这种形状的教具，让孩子们一个一个用手去触摸……

她给孩子们讲孝敬父母的道理，常常举自己的例子。她讲了生活中的一个个小故事，让他们了解平时她是怎样对待自己的父亲的，怎样处处替失明的父亲着想，尽自己所能去帮助他。这些小故事，孩子们听的时候都特别专注，也完全明白了老师的心意，懂得了做子女就该孝顺父母。

她兼做孩子们的生活技能老师，教他们生活自理。平时她要负责六七名盲童的日常生活。孩子们经常尿裤子或是把屎拉在裤子里，她都不厌其烦地帮着清洗。尤其是在冬天，自来水冰冷刺骨，她也要咬着牙，及时帮他们洗干净。小一点儿的孩子有时还会尿床，把被子、褥子和床板都尿湿了，她就要赶紧把被子和褥子放到暖气上去烘干，要不，孩子到晚上睡觉时就得盖湿被褥了。

给学生上生活技能课，通常新生都要从头教起，一般需要上两三周，一周上两节。盲童们不会使牙膏牙刷，有的孩子在刷牙时会把牙膏沫子都吞进肚子里，她就一一盯着他们，叮嘱他们先把沫子吐掉，再用水好好漱口，再吐掉。一遍遍地教他们，直到他们真正学会了为止。孩子们不会洗脸，不会使筷子，她全都耐心地教他们。

她教盲童们洗衣服，先摸索着找到衣服的领口、袖口，打上肥皂，用双手抓住两边使劲搓，然后再搓洗别处。全都搓好了，再用清水漂洗两遍。那些有点儿残余视力的孩子能够凑近了观察老师的做法，可以自己模仿着去做。而那些无视力的孩子则需要华鑫一个一个手把手地教他们，等到他们掌握动作要领后，再松开手。

孩子们开始能够不太熟练地做这些事情了。每当看到他们慢慢地有了一点点进步后，华鑫感到特别高兴，也特别有成就感。孩子们都很喜欢她，亲切地喊她"小穆老师"。

平时，华鑫还要经常到宿舍里去巡视，关注学生们都在做什么，防止有个别孩子在那里"捣蛋"。

有一个孩子特别顽皮，有一回故意把水倒在了床上，还有一次把暖瓶木塞给摁进了瓶子里。华鑫问他："你为什么要这样做？水浇湿了床，别人怎么睡觉？木塞掉进暖瓶了，水洒出来会烫伤人的呀！"

那孩子不肯承认。

华鑫说："我亲眼看见是你干的，你还不承认。你这样做是不对的。首先，你破坏公物，破坏别人的物品是不对的。其次，你撒谎更加不对。如果将来你到社会上去工作了，你还这么做，别人会怎么看你？你还怎么在社会上自立呢？"

孩子惺惺懂懂的，似乎听懂了。但是，从那儿以后，再没有孩子这样调皮捣蛋了。

那些年纪大一些的孩子和半途失明的孩子相对要懂事一些。而华鑫教的学生里有的很不懂事。这些孩子从小就不受家里人喜欢，有的家人半年都不来看望一次，放寒暑假了要打电话催几次才会来接回家。华鑫很同情这些孩子，因此对他们格外关心。她平时话语不多，但是跟小孩子却总像有说不完的话。在她看来，教这些盲童，就像绣一幅十分复杂的画，刺绣的过程十分枯燥、烦人，可是等到绣好了，孩子们一旦学会了，自己就会特别地喜悦，特别地有成就感。一个个孩子学会了穿衣服，学会了刷牙吐沫子，学会了讲卫生，看着他们整洁干净的样子，她就感到特别的自豪。

有时，要带盲童们出去演出。华鑫和丽飞平时就领着他们训练、彩排。在全国助残日那一天，她们带着十几个孩子到邢台市里去。学校在广场上拉开横幅，倡导全社会关注残疾人，帮助残疾人。

能够外出表演，孩子们特别开心。他们或吹葫芦丝，或拉二胡，或朗诵，或唱歌，一个个都很用心很认真地表演节目，赢得了众多路人的驻足观看和热情的掌声。为了保证学生们一路上的安全，华鑫等几位眼睛好的老师费尽苦心，累得都快趴下了。但是，看到孩子们兴高采烈的样子和演出的成功，她们的脸上始终都挂着笑容。

华鑫每天都这样忙碌并且充实着。学校教务处每周都要开会，讨论学生的状况。父亲在家，离不开人，母亲和华鑫几个子女总得有人在家。要不，她也可以跑出去玩。半个月她才能轮休一天，同学或者朋友聚会，她都推辞掉了，因为家里和学校里实在离不开她。

在教课的同时，华鑫还在跟着学生们一道学习英语。每天在忙完备课、授课和学生们的生活之后，她才能有点儿时间看看书，读读英语。她自己的生活十分简单，唯一的娱乐就是晚上听听收音机，偶尔还可以上上网，或是看一会儿电视。

爸爸的身体不好，他患有高血压和高血糖。每天晚上10点多，华鑫和华飞还要陪着爸爸巡视一遍校园。

学校不给华鑫开工资。她平时生活上需要有一点儿小开支，就向爸爸要。她很少把钱花在买衣服、化妆打扮上面，所以花销很少。

对学校将来的发展，华鑫觉得，在盲人专用设施等方面还需要改

善，安全要更有保障。譬如，宿舍外面要加上一道防护栏杆，便于盲人手扶；师生宿舍都是瓦房，雨季有的宿舍会漏雨，需要修缮；操场和院子里铺的是砖地，孩子们跑起来容易绊倒。这都需要改进。在教学上，她说自己要向盲人老师们学习。

关于自己未来的打算，她告诉笔者："我爸爸办特教学校，就像拉着一辆车在爬坡，我这个女儿虽然劲不大，也要尽孝心，帮他推一把。往大处说，也是为社会、为国家尽忠。"

华鑫的心灵纯粹而美好，真不愧是穆孟杰教育出来的好女儿。

"男穆老师"

穆华飞1987年出生，是穆孟杰的长子。身高有一米七多，长得特别结实，看起来既帅气又阳光。平常戴一副宽框眼镜。短发，脸形方正，嘴唇宽厚。穿一件海蓝色T恤，牛仔裤，白色球鞋，很喜欢运动。

华飞从小是跟着母亲在姥姥家长大的。1992年家里盖起了房子，华飞才跟着妈妈搬回东辛寨村里居住。直到1995年父亲从外面流浪卖艺回来定居，他才跟爸爸生活在一起。那时候，他八岁。

小时候，华飞就知道父亲是个盲人，需要别人照料，因此特别早他就很懂事。

那时，父亲对他的要求非常严格。有时他太淘气了或是不听话，孟杰就要抓住他，打他屁股。

每当这时候，华飞总是乖乖地待在那里，等着父亲抓住他。

邻居看见了，问孩子："华飞，你爸爸眼睛看不见，你为啥不跑？你一跑，他哪里抓得到你呀？"

华飞回答："正是因为我爸爸看不到，我才不跑。"他要一跑，爸爸追他要是摔倒了，他的过错就更大了。

爸爸打他，有时打重了，华飞的屁股被打得很疼，连她妈妈都心疼了，劝孟杰："华飞还是个孩子呢。你教育他几句就好了，不要那么下狠劲去打他呀！"

"不教不成才，不打不成器。"孟杰回答。

知道丈夫这是在教育孩子呢，曹清香便不再干涉。只是等到孩子承认了错误，决心以后一定改正，孟杰不再打他了，她才帮着孩子清洗一下被打破的屁股，糊点药膏什么的。

小时候，因为淘气，华飞没少挨爸爸的打骂。

平时，爸爸在业余时间也常常给华飞讲故事，教他背《弟子规》。给他讲解《三字经》，教到"昔孟母，择邻处，子不学，断机杼"时，就给他讲"孟母三迁"的典故；念到"香九龄，能温席"时，就讲"黄香温席"的典故；读到"融四岁，能让梨"时，就讲"孔融让梨"的故事。这些故事都生动形象，同时又包含着深刻的道理，给华飞留下了终生难忘的印象。

爸爸又教他"养不教，父之过；教不严，师之惰。子不学，非所宜。幼不学，老何为？玉不琢，不成器；人不学，不知义"，让他明白这样的道理：如果父亲不严格教育子女，那就是父亲失职；而如果子女不好好学，不学好，那就是孩子的过错。这些道理，经过父亲特别耐心地讲解之后，都变得浅易好懂了。难怪他爸爸在打他的时候，他都不会跑呢。

小学时，华飞就在村办小学念书，每天走读。

那时候，爸爸开始在家里招收了十几个盲童来教。因为吃住都在他们家里，原本宽敞的房子一下子便显得小了。没办法，父亲硬是忍忍心，把华飞送到他大伯家里去住。华飞还不太懂事，闹着不肯去，固执地要住在自己家里。父亲生气了，又一次打了他的屁股。无奈，华飞只好收拾自己的物品，住到了大伯家。

那些年，他心里一直认为，父亲不该这么做，哪有父亲把自己的孩子往外撵，把别人家的盲童收留住在自己家的？多年以后，当他也从事特教工作后，才完全理解了父亲的苦心和大爱。在父亲眼里，所有的盲童都是他的孩子、他的亲人，他对学生的爱甚至已超过了对子女的爱。

华飞读初中时，因为离家远，便开始住校，只有周末才回家。那时，父亲的新学校已经盖起来了。放假回家，他就里里外外地帮助父母打理学校的一些事务。

2007年，华飞高中就要毕业了。同学们都踌躇满志地要报考各地的重点大学，希望能够通过上大学来放飞自己的梦想，实现自己的理想。学习成绩一向不错的华飞对自己很有信心。

这一天，穆孟杰把儿子叫到跟前，对他说："华飞，我想让你读特殊教育，毕业后可以帮我办学，等我岁数大了你就接班。"

爸爸的话犹如当头一棒，华飞一下子蒙了，不知如何作答。虽然爸爸和大伯都是盲人，他从小就跟盲人生活在一起，懂得照顾爸爸的生活。后来他长大了一点儿，爸爸又办起了特教学校，他更是天天同大批的盲人学生打交道。在心底里，他非常同情盲人，爸爸办特教学校他也非常支持和敬佩，但要让他和盲人学生打一辈子交道，却从没想过。更何况，那时候他的数理化学得不错，自己原来的想法是考个理工类高校。

华飞很困惑，犹豫不定。他对爸爸说："让我考虑考虑。"

过了两天，穆孟杰就来催问华飞："你考虑好了吗？"

华飞回答："我还没想好。"

其实，爸爸的心思他完全明白。

但自己心里还有许许多多五彩缤纷的梦想呢！如果不接爸爸的班，他可以跟当下的人们一样，去学习热门的专业，像计算机啦、经济贸易啦、金融法律啦、财务会计啦，将来随随便便都可以找到一份称心如意的工作，可以有一份可观的收入，过上体面的日子。如果自己决心接爸爸的班，那就得一辈子跟盲人打交道，一辈子都被困在这所学校里无法脱身。

选择，实在令人两难。

世上最难的事，大概便是选择与取舍。孟子说：鱼与熊掌不可兼得，生与死不可兼得。古语说：忠孝不能两全。孝顺父母和遵从自己的自由意志亦不可兼得。按照父亲从小到大对他的教育，子女都要孝顺。何为"孝"，"顺"即孝。顺从父母，不违背父母的意愿，让他们顺心舒畅，这就是大孝。这么多年来，爸爸为办这所盲人学校吃了多少苦，受了多少罪，妈妈为了支持爸爸和照顾残障学生们操碎了心，没过上一天安闲日子，作为儿子，他理应为他们分忧解愁，这，才是最大的孝顺。

尽管还有几分遗憾、几分惋惜和失落，华飞内心里的天平，显然已经偏向父亲这边。

两天后，当孟杰再次问他："你想好了吗？"

华飞回答："我还在考虑……"

孟杰提高了声音说："华飞你想想，当年要是没人教我本事，我就挣不了钱、成不了家。你是我儿子，也要给盲人办点事！我让你学特教，将来毕业了回家教学，你别觉得不光荣。我们教育盲人，就等于救人一命。要不，一个盲人就要困死一家人。教他们掌握了本事，他们就能自立了。因此，教他们就是救他们，救他们的父母、兄弟。你想想，这个功德有多大呀！"

在父亲语重心长的劝说下，华飞终于答应："爸爸，那就照您的意见办。"

听到这话，孟杰像是舒了一口气，说："这才是我的儿子。有人说，忠孝不能两全。我的儿女接了我的班就能两全。我是盲人，你们是盲人的子女，服务盲人就是孝顺，就是自己的责任。这是孝。至于忠，我们教的是社会上的盲人，从某种意义上讲是为国家和社会作贡献。这就是尽忠。因此，华飞呀，你去念特殊教育，将来回来接我的班，就能做到既能对父母尽孝，又为国家尽忠啊！"

这一年，他以优异的成绩考取了南京特殊教育职业技术学院。

这是目前全国唯一一所独立设置的、以培养特殊教育师资为主的普通高等学校。学院始建于1982年，前身是教育部创办的中国第一所特殊教育师范学校，是我国政府与联合国儿童基金会的合作项目单位。学院自1997年开始培养五年制大专生，2002年升格为普通高等学校。除了招收健全学生外，也招收一部分残疾学生。建校三十多年来，学院秉承"博爱塑魂、质量为本、特色立业"的办学理念，坚持

"特别发展、特殊发展、特色发展"，共为全国特殊教育学校及残疾人管理与服务机构等培养了两万多名专门人才，被誉为"中国特殊教育师资培养的摇篮"。换句话说，南京特殊教育职业技术学院就是中国特教领域的"清华"和"北大"。

华飞在这所学校里如饥似渴地学习了三年。

2010年6月，华飞从南京特殊教育职业技术学院毕业回家，回到父亲的学校当特教老师，满腔热情地要运用自己所学的知识，好好教育盲童们，让他们尽快学会知识，掌握本领。

那时候，他担任四年级的班主任，教语文和电脑。才过了半个月时间，他便发现自己的美好愿望落空了。在健全人看来极其简单的东西，要教会盲人竟是那么的难，有些内容自己讲得口干舌燥，可是孩子们还是"大眼瞪小眼"，一脸迷惘。在课堂上明明已经教会了的东西，你转眼再考问他，他就记不起来了。

不到两个月，华飞就失去了耐心，开始变得烦躁起来，有时也在心里发发牢骚："唉，这些孩子怎么这么笨呢？怎么教也教不会！"

他不停地在自己犯嘀咕：是不是当初就不该听爸爸的话去学特教？这特教，特教，也特难教了吧！

但这些话他都是憋在心里，嘴上并没有说出来。

穆孟杰很快便察觉到了华飞的烦躁情绪。有一次教务例会结束后，就问他："华飞呀，这段时间是不是感到厌烦了？"

华飞掩饰着回答："烦倒不是，就是有点儿着急。"

孟杰说："不要紧，明天你来看看我是怎么教学生的。"

在接下来的几天里，华飞一有空就到爸爸的课堂上去，观察他是怎样上课的。

穆孟杰在上课时表情始终平和慈祥，面带笑容。这样的表情他们兄妹几个从小到大都很少见到。或许，父亲真是对自己的孩子严格、对自己的学生温和？

只见父亲不厌其烦地读讲。学生一遍学不会，穆孟杰讲两遍，两遍不行就讲三遍，语气始终和蔼可亲。有的内容，都重复讲了十几遍，甚至连学生自己都烦了，父亲却说："没事，咱歇一会儿再学。"

通过细心的观察，华飞发现了自己的问题所在：爸爸对盲人学生的爱是发自内心的，而他只是停留在尽职尽责上。

课后，孟杰问他的感受。

华飞说："我缺乏和爸爸一样的耐心、细心和爱心。"

孟杰说："你要设身处地地理解盲人的困难才行。我教你个办法，你用布蒙住眼睛走路、吃饭、上厕所，尝试去做一个盲人，才能体会到盲人的艰难。"

华飞果真照做了。

他试着蒙上眼睛，结果发现自己根本就不敢迈步，吃饭都很难吃到嘴里去，而上厕所更是战战兢兢的，找不准蹲坑。最可怕的是，整天自己的眼前都是黑乎乎的，做什么心里都不自在、不适应。唉！原来盲人的生活如此地艰难哪，他们能够学会生活自理、学会本领，是多么的了不起呀！

从那儿以后，华飞觉得，自己开始有点儿真正理解盲人了。了解了他们的难处之后，心跟他们就贴得更近了。

此后，他都牢记爸爸的话，在和学生接触时就把自己想象成一名盲人，努力站在盲人的角度去处理事情、学习知识。

经过认真的琢磨，华飞想道：先天性的盲童因为从未看过别人怎样洗脸、穿衣服，因此根本就无法模仿，这些最基本的生活技能对他们来说都是难题。平时他也早就注意到，比如衣服洗完了，有的盲生不会拧干，只会用两只手使劲挤压；有的孩子则把衣服搭到晾衣绳上，双手抓住衣服，通过不断地转动身体来拧水，结果拧出来的水洒满了他们自己满脸满身。遇到类似的问题，华飞就闭上双眼，想象着，自己要是什么都看不见该怎么去做才能做到最好。经过一次又一次的摸索，他发现了几种可行的办法。他用这些办法来教学生，学生们不仅乐意接受，而且学得也更快更好了。每当看到一名学生掌握了一项生活技能或学会了一点儿文化知识，华飞就感到特别有成就感，

心里特别高兴。

2011年8月，华飞和相互投缘的李然女士结婚。李然也是1987年出生，河北师范大学会计专业毕业。现在，他们已经有了一个可爱的小女儿。

华飞现在除了上课，还要兼做学校的会计。好在有妻子帮忙，财务方面的活倒是难不倒他。爸爸一个人操持学校，实在是太累了，华飞慢慢地也开始介入学校管理的一些具体事务，也为学校的未来未雨绸缪，提前谋划。

利用空闲时间，他学会了驾驶。这可给学校帮了大忙。

每隔一天清晨5点半，母亲曹清香就起床了，走到儿子门前轻轻地敲两下，一声也不言语，怕吵着家里其他人。过一会儿，华飞就穿好衣服推门出来了。

娘儿俩洗漱一下就出门了，他们要去镇上赶早市。早市上的蔬菜什么的既新鲜又便宜。

华飞开着一辆小面包车，带着母亲直奔镇上的农贸市场，去采购全校师生吃的粮食、蔬菜和肉类等。在市场上转一圈，通常一次就要买上五十斤猪肉、二百斤西葫芦、红萝卜、茄子等蔬菜，还有少量的葱、姜、蒜、香菜等，二三百斤面粉、大米等。很快，车里就堆起了小山一样的物品。一路上，母亲忙着结账，华飞则帮着把这些东西都搬上车。学校一百多口人，每天都得消耗一二百斤菜，一次采购的菜和粮食差不多也就够吃两天的。

回到学校，已经7点多。学生们正在操场上做早操。华飞让母亲先去吃饭，自己则动手把买的东西都卸下车，搬到厨房里去。

到了冬天，学校缺乏沐浴条件，为了保证孩子们的身体卫生和健康，学校要求，每隔两三周，每个学生都要轮流去镇上的公共浴池洗一次澡。于是，华飞又承担起了这项艰难而繁重的任务。他每周都要花一整天的时间，用学校的面包车拉着学生们到镇上去洗澡。上、下午各拉一次，还要照看好每个学生的安全。

尽管在过去的一两年里，因为媒体宣传的影响，学校获得了社会上的一些捐助。但是，华飞清楚，这些捐助并不可持续。办校的资金、人力、物力，主要还得靠自力更生。他认为校办企业能实现一种可持续的发展，现在学校的名气比较大，他希望将来能够借助孟杰盲人学校的品牌效应，在北京、上海等地开办孟杰盲人按摩院之类的连锁店，不仅可为盲人们提供更多的实习场所和就业机会，学校方面也可以有一些租金和管理费等方面的收入。

现在，学校办学条件还有很多欠缺。盲人专业教师缺乏，特别是缺英语和钢琴音乐教师。学校里有两架社会捐赠的钢琴因为缺老师一直闲置着。文化课和推拿课也需要更多的老师。华飞的设想是，邀请一些有志于残疾人教育公益事业的人到学校来兼职做钢琴教师或英语教师，发动和征集各方面的志愿者来校提供短期的服务，包括做生活老师。

学校的无障碍设施还有待加强。华飞曾去过北京的盲校、盲文图书馆和邢台市的特教学校参观学习，了解到这些场所都有为聋哑人、智障人、盲人等各种残障人士专门建设的比较完备的设施。他希望，将来学校经费宽裕的时候，也要逐步进行这方面的配套建设，比如在教室外建起扶手，等等。

在教学过程中，他也发现了自己知识和能力的不足。因此，从2012年开始，他又在中共平乡县委党校参加大学本科的学习。他读的是文学专业，学制两年，再有一年就毕业了。

回顾过去的事情，穆孟杰内心对他的儿子华飞还是觉得有些愧疚。这孩子小时候没享过什么福，现在又要继续父亲的特教事业，天天跟盲人打交道，也真是不容易。

鉴于穆孟杰为盲人教育做出的突出贡献，平乡县教育局对他和学校十分关心和爱护。从2012年起，平乡县教育局将华飞列入了公办教师的正式编制，每月定期划拨工资。华飞由此成了联系县教育局和孟杰盲人学校的一条有力通道。每个月，他都要到县里去参加教育局的相关会议，汇报工作，回来后及时向学校师生进行传达。他现在真正担负起了做父亲和学校的"耳目"的任务，为学校的管理及建设付出自己的辛劳。

因为承担的公务多了，现在华飞在学校里只教计算机，用有声软件和读屏软件来教盲童。先教二十六个英语字母，让孩子们一步步熟悉键盘和使用键盘，包括键盘快捷键。让孩子们学会上机，打字，书写个人的感受、日志。在学生们学会用电脑以后，再教会他们上网，学习用QQ聊天儿。

业余时间，华飞还为学校建立了专门的实名网站——平乡县孟杰盲人学校和相关的QQ群。有了QQ群，可以方便用人单位及时了解学校的毕业生情况，可以随时发布企业要人情况和条件等，架设起了用人单位和学校毕业生之间的桥梁。许多学生毕业后，还和华飞在QQ上保持着联系。

华飞和妈妈是全校每天起得最早的。每天晚上，华飞和爸爸又是睡得最晚的。等到师生们都睡下了，穆孟杰还要一手拿上盲杖，一手搭在华飞的肩膀上，去一个个查看学生宿舍。华飞一只手拿着手电筒，逐一检查每间学生宿舍。

◎ 叮嘱

"睡觉了，不要再讲话了！休息好了明天才能更好地学本事。"如果听到哪个宿舍里传出说话声，孟杰就要低声嘱咐。

"孩子们都盖好被子了吗？"他压低平时的大嗓门儿，不放心地问华飞。

"好。他们睡得香着呢！"华飞轻声回答。

"冬天来了，天气变冷了，明儿查查每个宿舍和教室的暖气够不够热。"

"行！爸，明天课间我挨个儿看看。"

学校的每一天，就在爷儿俩这样的对话中结束了。

采访手记

让善行薪火相传

穆孟杰告诉笔者，他这辈子都要好好办学，在他百年之后，他还要自己的儿子把学校继续办下去，一代代地办下去。毫不夸张地说，如果不是自己的亲人们特别是妻子和儿女们的鼎力支持，穆孟杰的办学之路，是很难走到今天的。

穆孟杰有着严格的家风。他要求子女孝顺父母、尽忠祖国。他认为，自己的孩子只要继承了他的特教事业，便能忠孝两全。因此，他甚至不惜让自己的孩子一个个去念特教专业，毕业后又都回到自己的学校任教。他把自己的一生献给了盲人；他还希望，并且鼓励自己的孩子也把自己的人生献给盲人。

这是多么伟大的一种给予和牺牲啊！

在去往东辛寨村的沿途，我看到家家户户用石块做的大门上，都镌刻着同样的一行字——"家和万事兴"。家庭和睦，家庭和顺，才能万事兴旺，万事成功。

家，是我们中国人最重要的生存空间。家庭，盛满了亲情、温情和爱情，是我们每个人的港湾。一个安稳祥和的家庭，能够供给我们源源不断的能量和动力，让我们每一天都意气风发、生气勃勃地去面对生活，面对工作，去创造，去发现，去展现人生的精彩。

家庭又是社会的基本细胞。只有一个个家庭和睦了，社会才能和谐。牢固的家庭是我们个人在社会上奋斗、拼搏最可靠的后方和靠山。

穆孟杰的事业之所以能够不断地做大，其中，凝聚着家人们无数的心血和汗水。而穆孟杰从小的顺利成长，更是与自己的家庭密不可分。

第四章　一根竹竿闯天下

人的一生充满了各种偶然性。如果不是因为突然失明，或许穆孟杰一辈子都是一位面朝黄土背朝天的安分农民。如果不是自己苦苦求学和求生备尝的种种艰难，他也许不会萌发为盲人办学的念头。如今，这一切的偶然都指向了同一个必然，那就是孟杰盲人学校不仅办起来了，而且已经培养出了二百四十七位能够靠自己自立于世的盲人毕业生。

二百四十七位！就是二百四十七个家庭，它所关涉的更是成千上万的亲友。十几年，穆孟杰为这么多的家庭和人们解决了多大的一个难题！他又为政府和社会解决了多大的一个难题呀！

人们常说，阅历是一生的财富，苦难是人生的学校。穆孟杰，正是从苦难这所人生的学校里成功地走出来的一位残疾人。

从光明掉进了黑暗

1965年4月18日，穆孟杰出生在河北省邢台市平乡县平乡镇东辛寨村一个农民家庭。父亲叫穆东修，母亲叫邢冬月，都是健全人。

在孟杰出生之前，家里已经有了两个哥哥和三个姐姐。孟杰排行老六。

或许是因为家族遗传的原因，穆孟杰的大哥穆孟潮在四岁上因为眼底视网膜色素变性，视力越来越差。父母带着他到处求医。那年头儿，一份正式的工作月工资才六元钱。为了给长子治好眼睛，父母不惜向亲友们大笔举债，花了几千元的巨款，最终也没能治好他的病。

当孟杰出生的时候，大哥已经失明，成了家里的第一个盲人。这个小男孩儿的出生，给穆家带来了些许的欢喜。但是，家里的生活也因此而变得更加拮据。面对这六张嗷嗷待哺的小口，父母亲仅仅依靠有限的一点儿工分收入，也只能是喂个囫囵饱。

家里人都特别疼爱孟杰。几个姐姐每天轮流抱着他，逗他玩。

小孟杰从小聪明伶俐，一岁多就很会说话。大人们故意逗他："你看见树上都有什么呀？"

孩子回答："树上有各种鸟，有黄色的，有灰色的。"

"它们都在干啥呀？"

"它们在朝我们点头，是在跟我们打招呼哩。"

孩子的回答太有趣了，大人们都忍俊不禁，使劲地亲他："哎哟，乖宝宝，你真聪明呢！小鸟是在点头打招呼哇。"

孟杰认识了各种各样的花草树木。他知道天是蓝的，土是黑的，水是无色透明的，树叶是绿的，油菜花是金灿灿的，麦子没成熟时是青的，成熟了是一片沉甸甸的金黄色。他看到，春天梨树会开出白色的花，秋天就结满了明黄色的果实；苹果花则是白色带水红色的外晕，成熟的果实泛出诱人的红色……

小孟杰记事很早，几乎刚学会走路就能记事。哥哥和姐姐们带着他玩水，用竹筒装水玩。结果不小心将水弄洒了，孟杰就蹲在地上哭。父母赶紧过来安慰他。他还清楚地记得，父亲每天都扛着铁锹下地，家里的墙上贴着各种好看的年画和月历……

那时候，母亲白天要到生产队去出工挣工分，晚上回家做饭。等孩子们都吃过饭后，母亲就坐到织布机前开始织布。家里人的衣服、父母下地干活儿的衣服都要用自己织的布来裁制。小孟杰最喜欢躲到织布机下面，看着梭子在母亲手里像小鸟一样纷飞。那些线有红色的、蓝色的、黑色的、褐色的。母亲告诉他，这些红色的线，还可以分为大红、二红等几种。

因为给大哥治病，家里欠下了几千元的债。有好几年，为了还债，家里几乎到了砸锅卖铁的地步。孟杰清楚地记得，那些年里，他们家每顿饭吃的都是米糠掺杂着麦麸蒸的馒头，即便是蒸得很烂，吃起来还是扎得牙齿和口腔生疼。父母就这样将大小孩子都拉扯大。

童年时代，孩子们的生活无忧无虑，无拘无束，家里的生活虽然十分清苦，却阻挡不住他们天天快乐活泼地嬉戏、玩闹。

尽管日子艰难，要是能这样一直平平淡淡地过下去，一家人健健康康、平平安安的，也是一种莫大的幸福。穆东修这一家人，上有爷爷奶奶，下有子孙满堂，也是足以让人羡慕的呀。

然而，命运就像一只潜伏在黑暗中的怪兽，随时可能冲出来，吞噬原本平静安谧的生活。

说来蹊跷。大哥穆孟潮是在四岁时失明的。孟杰到了四岁那年，突然就发起了一场高烧，一连烧了四十多天，吃什么药都不顶事。

等到烧终于退下去后，孟杰也开始出现视力下降的征兆。有时他喊头晕，有时又老用小手使劲去搓揉眼睛。父母看见了，总要及时制止他："孟杰，眼睛不能使劲揉哇！"

他还是不停地揉。

母亲走上来，仔细查看他的双眼。

"孩子他爸，你快来瞧瞧，这孩子的两只眼睛都红红的！咋回事呢？"

父亲的心里咯噔一下子。大儿子当年眼睛突然失明的经历，让他们至今痛在心头。

他走过来，仔细看看孟杰的眼睛。

"孩儿他妈，不行，我明天得请一天工，带孩子上卫生院瞧瞧。"父亲也放不下心。

大夫检查的结论让他们忐忑不安！

中午回家来，母亲问："孩儿他爸，医生咋说的？没啥事吧？"

"医生说，孟杰的双眼血供不上，有点儿视网膜萎缩。"

"什么叫视网膜萎缩？该不是同孟潮一样的病吧？"

"不是呢。孟潮当年说是眼底红斑色素变性。孟杰是供血问题。"

"什么叫供血问题？究竟还有没有治呢？"母亲焦灼地问。

"医生也说不好呢。他给开了一点儿药，说是平时要给孩子注意点营养，让供血好一点儿。"父亲的心里感到了一阵悲凉。本来，全家人填饱肚子都成问题了，还能怎么给孩子增加营养呢？

从那儿以后，家里人还是尽力给孟杰加强一点儿营养。母鸡下个蛋，连爷爷奶奶都舍不得吃一口，全都炒熟了给孩子吃。过年过节，家里买点肉或是杀只鸡，也都要把最好的部分留给他吃。

孟杰并不知道自己身上正在发生着多么可怕的一件大事。小小孩儿的心里没有烦恼。他每天乐呵呵地吃着，吃饱了就跑出门去找小伙伴们玩，"骑马"、过家家、抟泥土、捏泥人、耍小木棍……每天都忙得不亦乐乎！他根本不会注意到，父母每次看他时的那种忧郁的目光。他也不会听到，父母的窃窃私语声和母亲低低的啜泣声。

为了给小孟杰治病，父母千方百计去向亲友们借钱，到处求爷爷告奶奶的，先后借了上千元。然而，孩子视网膜萎缩的症状并没有缓解。这，令父母除了唉声叹气外束手无策。

时间一天天地过去，恶魔一直不停地在吞噬着孩子脆弱的视力。

渐渐地，春天里，孟杰看不清树上的小花和小鸟；夏天麦子成熟的时候，他看不清地里的麦穗。接着，他连墙壁上贴的月历和年画都看不清了。再后来，到他七岁的时候，他只能大致认出对面的人是谁了。他不敢快跑和使劲跳，害怕会摔倒或撞上人。光明如蚕儿抽丝一般，正在从小孟杰的世界里一点儿一点儿地退去，就像西边快要落山的太阳，正一点儿一点儿地下沉、下沉。黑暗的大幕就将拉满整个的天空。

直到1971年，有一天早晨醒来，孟杰使劲地睁开眼，可是却怎么也找不到自己的衣服。

"妈妈，快来呀！我的眼睛怎么啦？我的眼前咋黑乎乎的，啥也看不见了？！"他惊骇地大声叫喊。

心里早已有了准备的母亲，还是吃了一惊。她知道，"命中注定"的事情终于发生了。

"宝宝，来，妈妈帮你穿衣服。"妈妈强忍着泪水，替孩子穿上了衣服。

孟杰像往常一样，刺溜一下滑下床，却看不见地面了。

"妈妈，我看不见了！妈妈，我啥都看不见了！"孩子号啕大哭起来。

可怜的母亲一把将他搂在怀里，紧紧地。一边轻声安慰他："孩子，没事，有妈呢！妈妈在这里！你不要害怕！"

孩子还在哭。这时，他懵懵懂懂地意识到，自己可能再也看不见爸爸妈妈、哥哥姐姐、爷爷奶奶，再也看不见小伙伴们，看不见他喜爱的一切一切了！

沉默寡言的父亲扛起铁锹，默默地下地去了。姐姐上学去了。只有那早已失明的大哥静静地挤在弟弟身边。

孟杰知道，自己就要变成同大哥一样的孩子，一个别人眼里的"小瞎子"。大哥自从眼睛瞎了以后，连家门都不敢出。他一直在哭，哭得母亲的心里泛起一层层沉重的悲凉。

"孩子，别害怕，有爹娘呢，还有爷爷奶奶。大家都会帮助你的。就算有一天你的眼睛真的看不见了，我们都养着你。"

"妈妈，那我再也没办法和小伙伴们玩了。"孩子抽噎着说。

"那你就待在家里，跟哥哥玩。"母亲安慰他。家里就要有两个盲人孩子了，想到这儿，母亲的心里犹如吃了大碗的黄连一般，充满了苦涩的滋味。

好容易把孩子哄劝得不再哭了。

孟杰开始学着在黑暗中摸索着洗脸。

姐姐走过来，要帮他洗。

他有点儿不耐烦地说："不要！"坚持自己洗。

水溅到了领口上，脖子都感觉冰冰的。他又自己挤牙膏，牙膏都挤到了地上，但是，他还是不要姐姐帮忙。这个孩子，从小就要强。

他拿起口杯，学着自己刷牙，水都流到了嘴唇外，但他忍着，硬是不叫唤。

洗漱完了，姐姐拿了条毛巾，帮他把嘴唇边上沾着的牙膏沫子擦去。他还老大不愿意。

"这孩子，你别这样。你就让姐姐帮帮你吧。"母亲有点儿哀婉地说。

吃饭也变成了一大难题。孟杰原先饭吃得挺快的，因为惦记着跑出去找小伙伴玩。现在，他努力地想吃快一点儿。馍馍咬着吃还好办些，那些菜呀、粥什么的，他不是把菜吃到了脸颊上，就是吃到了鼻子里，粥也撒出来了不少。母亲要喂他吃饭，他也不让。真是一个倔强的孩子！

磕磕绊绊地吃完了。桌子上，地面上，到处都撒下了粥和菜。

这是一个盲孩第一次自己吃饭。以后，恐怕他一辈子都要这样全靠自己了。

吃过饭，小孟杰摸索着出门。他还惦记着找小伙伴玩。一路上，他都摸着墙走。

村里人见到他，叫他名字，他就答应一声，眼睛却不转向对方。

别人觉得奇怪，问他："娃，你怎么啦？是不是眼睛看不见了？"

再仔细去看这孩子，眼睛毫无神采，也没有反应。

"这可怜的孩子，年纪这么小眼睛就瞎了！"有村民同情地叹口气。

"瞧老穆这一家子，养出了两个小瞎子！"也有个别村民幸灾乐祸似的。原先还羡慕人家多子多福，如今看到他家里俩孩子眼都瞎了，似乎找到了某种"心理平衡"。

世上就有这么一种人，明明自己得不到的，看到别人得到，他就各种羡慕忌妒恨。而一旦人家失去了，他就会格外地幸灾乐祸，仿佛能从别人的未能得到或得而复失中寻到了某种心理平衡和心理安慰。这就是我们常说的"小人"之一种。

小伙伴们看到孟杰眼睛看不见了，刚开始时还很好奇，一个劲儿地逗他玩。这个摸一下他的脸，问他："你猜猜我是谁？"那个触一下他的背，问："猜猜我是谁？"

　　"你是铁柱！"

　　"你是狗蛋！"

　　"你是二丫！"

　　孟杰也觉得挺有趣的。

　　以前，玩过捉迷藏的游戏，或是用黑布蒙上眼睛捉人的游戏。现在，再玩这些游戏，都不要躲藏，也不用蒙眼了。

　　一个上午，大家都在逗孟杰玩。

　　大家在街上疯跑，追逐。孟杰也想跟着跑，但没跑几步就被绊倒了。他爬起来，摸摸膝盖，接着跑。但是膝盖却有点儿疼，他只好慢慢地走。

　　不知哪个小伙伴撞到了他。孟杰一下子没站稳，摔倒在地。这下，膝盖磕破了，都流血了。那个小孩儿害怕了，一溜烟跑掉了。

　　实在疼极了。孟杰强忍着，一瘸一拐地摸回自己家。

　　刚下工回来的母亲看到了，心疼得不行，赶紧跑上来，给他擦拭伤口，吐了一口唾沫给他"消毒"，然后撕开一张火柴盒的擦纸皮糊在伤口上。这里的乡下人认为，火纸可以消毒止血。

　　"娃，你怎么摔成这样了？"母亲问。

　　"有个小朋友把我给撞倒了。"虽然伤口疼得厉害，孟杰却一直都没有哭。

　　"是谁呀？"

　　"我也不知道是谁。"孟杰回答。

　　"娃，你以后不要跑出去玩了，就待在家里，跟你哥哥玩好了。"母亲劝他。

　　"不！我就要出去跟小伙伴玩。"孩子很固执。

　　小孩儿的天性大概就是健忘，用大人的话说，就是"好了伤疤忘了疼"。

孟杰的伤口还没好。第二天，他就摸索着一瘸一拐地走出去，继续找小伙伴们玩。

　　游戏是小孩儿最爱玩的。小伙伴们开始捉弄他，有的打他一下就跑掉了。孟杰大声喊："谁呀？谁打我？"

　　没人回答，只听见一群小朋友窃窃的笑语声。

　　有的孩子抢走了他收集的纸烟盒。他大声追问，却没有人承认。

　　有一天，在奔跑追逐的嬉戏中，不知是谁投了一块砖头，正好砸到了孟杰的后脑勺儿。

　　"哎哟！"孟杰一下子蹲在了地下，后脑勺儿血流不止。

　　他疼得大哭了起来。那个惹祸的孩子却早已逃之夭夭了。

　　听到孩子的哭声，邻居家一位老奶奶走出来。一看，原来是老穆家的小六。脑袋上都砸个窟窿了，老人家好心地从家里找出一些香灰，撒在伤口上，给他止血，然后扶着他送他回去。

　　母亲下工回家，看到孩子的头被打破了，问他："孟杰，是谁欺负你了？"

　　"我不知道。"伤口的血已经止住，孩子还在抽抽噎噎地哭。

　　"娘带你去找那个孩子的爹娘告状！谁家的？到底是有人管还是没人管的孩子？"母亲很气愤。

　　她要领着孩子一家一家去问。孟杰却怎么说都不肯。

　　"娘，您上门去告状，以后那些小朋友就都不跟我玩了。"

　　孟杰说的是实话，如果打人的那个孩子受到了父母的打骂处罚，以后所有的孩子都会嫌弃他，都会不愿跟他玩。

　　"娃，听娘的话，你以后就别再出去找他们玩了。那都是些没人教没人养的野孩子。"母亲毫无办法，只好这样劝孟杰。

　　孩子的世界永远是无忧无虑的，烦恼和疼痛总是过眼就忘。每天，日子都是全新的，快乐、乐趣都是无穷的。虽然眼睛瞎了，但是孟杰每天还是兴高采烈地出门。他已经能够比较熟练地摸索到伙伴们玩的地方。他们玩捉迷藏、耍小木棍、捏小泥人……

　　失明实在是有太多的不便。小伙伴们捉迷藏，轮到孟杰找人，小伙伴们也不藏远,就躲在他身边附近。他几乎只能凭借嗅觉和听觉来判断边上是否有人,然后喊小伙伴的名字。遇到有淘气顽皮的,故意不作声不应答。孟杰只好用手去摸寻。大家都在偷偷地笑话他。

轮到孟杰藏的时候,小伙伴们故意不去找他,等到他躲得不耐烦了,自己跑出来。有时,别的孩子都回家吃午饭去了,他还一动不动地藏在麦草堆里。因为看不见,他也不知道几点了,更不知道别的孩子都把他甩下了。过了很久很久,他才自己钻出来,呼唤着小伙伴的名字,结果没有一个答应的。这才明白,原来大家耍他玩呢,故意把他落下了。孟杰倒也不生气,慢慢地摸索着独自走回家去。

踢球,孟杰只能跟着大家瞎跑,几乎抢不到球,因为他根本就看不清球在哪里。有时,球踢在了他的身上,他也强忍着不哭不叫。

和泥捏小泥人,这是孟杰拿手的游戏。但是,每次他都弄得一身黑泥回家,脸上、手上也尽是泥巴。

每次,母亲都要抱怨:"娃,你别出去玩了,总是挨人欺负!瞧你这一身衣服,沾这么多泥,洗都洗不干净!"

然而,孟杰每天依旧快活地出门找伙伴们玩。为了免受母亲的数落和唠叨,每天回家之前,孟杰都要把身上的泥巴擦干净。

并不是所有的人都厚道。有时,村里的人看见了孟杰,都在悄悄议论:"瞧老穆一家,都快成瞎子窝了!"

"这个老穆,养一群瞎子,还不如养一窝兔子!兔子长大了可以卖钱,可以宰了吃,你说这瞎子养大了能当啥用!"

"是啊,他们家还拿瞎子当宝贝哩!我们家养条狗还能看门,他们家养俩瞎子,连门都看不住!即便小偷进了家也看不见。"

…………

各种的风言风语,各种的冷嘲热讽。孟杰的父母偶尔听到了,也只能低着头,当作没听见一样。

孟杰也听到了别人的嘲笑与讥讽。但他毕竟还是个孩子,还不明白失明对于一个人究竟意味着什么。

有的大人,还故意逗他。站在路中间默不作声,等着孩子走上来

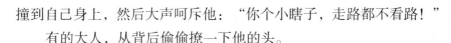
撞到自己身上，然后大声呵斥他："你个小瞎子，走路都不看路！"

有的大人，从背后偷偷撩一下他的头。

"谁？"孟杰大声问道。那人却不回答，躲在一边偷着乐。

还有的大人偷偷地弹他一栗凿，或是掐一把他的小脸，完全把他当作一件玩具耍弄。孟杰都无可奈何。

还有个别不安好心的人，故意牵着孟杰的手往前走，走到前面坑坑洼洼的地方也不告诉他，结果孟杰一脚就踩到了泥坑里，弄脏了裤子不说，还把脚都给崴了。人家扔下他，逃到一边嘎嘎嘎大笑。

有一次，村里的人给他指路，指点他径直往前走，结果孟杰一下子掉进了一个半米深的土坑里，滚得满身的泥，手臂也擦破了。

大家却围在坑外面，大声地取笑他："嘿，瞧这个小瞎子，都快滚成一头土猪了！"

"大家都来看哪，小瞎子和泥，越和越乱，都成滚猪了！"

所有的人都在看笑话，就是没有一个人伸出手去拉他一把。孟杰只好双手抓住坑沿，慢慢地往上爬。

穆家真是祸不单行。好端端的三个儿子，就接连有两个眼盲！三个闺女的眼睛全都好好的，唯独两个男孩儿瞎了！

这个家庭都快崩溃了。孟杰的母亲觉得自己真是全世界最苦命的人。孩子刚出生时，要侍弄他们；现在孩子长大了，自己仍旧不轻松，每天还得照料他们的吃喝拉撒睡。

亲戚看着她可怜，劝她："要不，把孟杰送给别人去养？这孩子长得又好看又伶俐，兴许会有那无儿无女的家庭愿意收养他？"

"娘，我谁家都不去，就跟爹娘在一起！"孟杰叫嚷着。

母亲断然拒绝了亲戚的好意。她说："眼好眼赖都是我的儿，我谁也不送！谁知道哪朵云彩会下雨？"

听到母亲的话，孟杰放心了。

世界上，就属娘对他最好了！他暗暗发誓：我一定要当那朵下雨的云，自食其力，为盲人争口气！也为爹娘争气！

"我要上学！"

过了年，一起玩的小伙伴们都要去大队的小学上学去了。

"我爹明天就带我去学校报名注册了，过两天我就要上学了，不能再跟你们玩啦！"一个孩子说。

"我娘明天也要带我去学校报名，我们分到一个班好了！"长腿的狗蛋说。

"孟杰，你也去上学吧？"胖墩墩的铁柱问他。

"我不知道，我回家问我爹。"

晚上，爸爸回家了。

孟杰对他说："爹，明天你也带我去学校报名吧。我要上学！"

"孩子，你眼睛看不见，怎么跟老师念书呢？"父亲问。

"我可以用耳朵去听，在心里默记。我的耳朵可灵了！"孟杰坚持说。

"好，爹明天带你去找老师看看。"父亲答应了。

孟杰心想，自己就要跟别的小朋友一样去学校念书了，兴奋得一夜都没好好睡。

天一亮，孟杰就摸索着起床，自己洗漱，穿好衣服，和父亲一起吃过早饭，正是老师上班的时间了。

大队小学其实就在他们家院子的西面。

这是东辛寨大队办的学校。一个并不大的小院落，一共只有不到百名学生。招收的基本上是这个村子里的孩子，就连老师也是本村的，大家抬头不见低头见的，相互都很熟悉。

穆东修领着孟杰走进学校的院子门，远远地看见校长，便打起招呼："王校长早哇！"

"你早！"看着老穆手里领着一个孩子，就问，"你是带小娃来报名注册的吧？"

"是啊。你看，这就是我那娃。——孟杰，快问校长好！"老穆推过躲在自己身后的孟杰。

"王老师好！"孟杰怯怯地说。

"老穆哇，咱们乡里乡亲的，大家都熟悉。你们家孟杰我们这学校可不能收。"王校长知道孟杰的情况，直截了当地拒绝了。

"王校长，你看能不能让孩子跟着大伙儿读，能读成啥样就啥样。我们按照学校的统一规定该交多少学杂费就交多少。您看成吗？"

"那也不中！盲童要上专门的盲人学校。咱们学校没有教盲人的老师。"王校长毫不松口。

一直抱着憧憬和希望的小孟杰在边上听着两个大人之间的对话。当他听到校长坚决的回绝，他的心跳加快，更加紧张了。但是，上学的强烈愿望最终压倒了胆怯和紧张。他自己开口求校长："王老师，您看我虽然眼睛看不见，但人家都说我的耳朵灵着呢。我在家里听姐姐背唐诗三百首，自己也学会了好几首。不信，我给您背背李白的《静夜思》。"

两个大人停住了对话，静静地听孟杰用稚声稚气却有板有眼的语调背道：

床前明月光，
疑是地上霜。
举头望明月，
低头思故乡。

背完了，孟杰仰头去看。

王校长弯下腰来，不忍心地对孟杰说："孩子，咱们这所学校小，没有能教你的老师啊。"

"王老师，没事的，我虽然看不见，但我的记性好着哩。我爹娘经常夸我聪明呢。您看我还会数数，从1能数到100。不信，我给您数数看：1，2，3，4，5，6，7，8，9，10，11，12，13，14……"孩子倔强地说。

王校长实在不忍心打断他，更不忍心给他泼冷水。但是，学校确实没有条件招收盲童，也没人教得了盲童。

"孩子，老师知道你很聪明。但是，你想想，你们要学习认字，要看课本，要跟着老师朗读。黑板上的字你都看不到，书本上的内容你也看不见，你，你就没有办法跟着老师学呀。"王校长依旧耐心地给孩子解释，心里却在不停地惋惜：多好的读书苗子啊！可惜就是眼瞎了！这老天爷实在太不公平了，给了孩子那么好的智力，却不肯给他一双好眼睛！

穆东修知道，再怎么央求校长都没有用。虽然自己文化程度不高，他也指望自己的孩子能够超过自己，做一个有文化的人，但他是一个通情达理的农民，王校长讲的道理他都懂，他也完全能理解学校的难处。一个盲孩子，连自己的生活都不能自理，怎么可能读书写字呢？

他拉起孩子的手："娃，咱走吧！王校长的学校委实教不了咱。"

孩子还不肯走，不停地回头张望。小院子做的操场上，有几个孩子正在快乐地打篮球、奔跑追逐，不时地发出欢呼声和笑语声。他是多么渴望能够融入到这个群体中去呀！

失望到顶的老穆用力拽着孟杰走出学校。孟杰死死地拖着父亲的手不肯离开。他蹲在了学校的院墙下，放声大哭，边哭边倾诉：

"我要上学！"

"爹，我要念书！"

"爹，我要念书哇！"

…………

这好一阵的哭，哭得天昏地暗，哭得天都快塌下来了。

孟杰读书的梦想就这样破灭了。那，曾经是这名盲童心中一个多么美好多么有趣的梦想啊。如今，这个五彩的梦想正在离他越来越远。

父亲沉默着，由着他哭。听着孩子不甘心的哭声，做父亲的心里何尝是滋味呀。

也不知过了多久，父亲拉起他的手，发愤地说："娃，别哭了！你就认命吧，死了念书这条心吧！不能上学，爹娘管你一辈子！"

学是上不成了。但是，上学的渴望、上学的梦想，却始终萦绕在小孟杰的心底里，就像一个美丽的梦，才刚放下，却又浮现上来。

隔墙求学

小伙伴们上学去了，没人再同孟杰玩了。每天，父母都下地干活儿去，就从外面锁上门，把他锁在家里。

开学了，老师开始给刚入学的小孩儿上课，孟杰就贴着西墙根，隔着院墙，专心去听老师讲课。老师教学生拼音字母，他也跟着念：a、o、e、i、u、ü，跟着抑扬顿挫地读：ā、á、ǎ、à；ō、ó、ǒ、ò；ē、é、ě、è；ī、í、ǐ、ì；ū、ú、ǔ、ù；ū、ú、ǔ、ù。

老师教孩子们认字：一二三四五、六七八九十，人口手，上中下，大小多少，日月水火……

他虽然看不到字是什么样的，但也跟着有板有眼、一字一字地念。然后，屏息静气地听老师讲解。他觉得，读书，真是一件好玩儿而有趣的事情。

更有趣的是，老师还经常给学生们讲故事，讲毛主席小时候当"牛司令"的故事，讲周总理打了许多补丁的睡衣，讲英雄黄继光和董存瑞炸碉堡的故事，讲雷锋千里送大娘回家，讲诸葛亮草船借箭，讲孙悟空三打白骨精。

那些故事，就像一扇扇大门，为小孟杰打开了知识王国的奥秘，让他懂得了原来世界上还有那么多神奇的事物和那么多引人入胜的事情。

上音乐课了，孟杰一句一句地跟着唱电影《地道战》插曲《毛主席的话儿记心上》。这是当年由歌手邓玉华演唱的一首家喻户晓的歌：

太阳出来照四方，

毛主席的思想闪金光。

太阳照得人身暖哎，

毛主席思想的光辉照得咱心里亮，照得咱心里亮。

主席的思想传四方，

革命的人民有了主张。

男女老少齐参战哎，

人民战争就是那无敌的力量，是无敌的力量。

主席的话儿记心上，

哪怕敌人逞凶狂。

咱们摆下了天罗地网哎，

要把那些强盗豺狼全都埋葬，全都埋葬。

把它们全埋葬！

　　孟杰跟着还学会了《三大纪律八项注意》等歌曲。闲下来，或是平时，他开始喜欢轻轻地哼唱这些动听的歌曲。

　　在寂寞的时候，沉浸在无边的黑暗中，这些歌曲给了孟杰极大的慰藉，从此，有事没事他都喜欢唱唱歌。家里人也似乎是在突然之间发现，原来这孩子有一条特别亮堂的嗓子，唱的歌曲像模像样，气势很足。这个孩子的记忆力相当惊人，老师教的歌曲虽然他弄不清意思，但是当天就几乎会照着哼唱了。真是可惜了，要不是失明，他一定是一名优秀的学生，长大了一定会有大出息。

　　受到了大人们的夸奖，孟杰感受到了学习本领的快乐。

　　从那时起，他就处处留心向别人学习，拜他人为师。跟这人学点本事，跟那人学点本事。这，成了他终生的习惯，也培养了他各种各样的才能。

"你这个小瞎子能干啥？"

看着孩子从早到晚待在家里，每天除了跟老师读读书，玩玩院子里的泥土，几乎都是闲着的，父亲就想给孟杰找点事做，别让他从小养成懒惰的习惯。农民人家，不能养懒人。

那么，有什么是一个盲孩子可以做而且做得了的事情呢？

父亲穆东修想到了养兔子。

兔子是一种非常神奇的家畜。只要喂它草吃，它就能不停地长肉，不停地下崽。

老穆给孩子买了一对小白兔。孟杰轻轻地触摸小兔子，兔子也不躲闪，十分温驯。小兔身上摸起来毛茸茸的，他一下子就喜欢上了。

孟杰的生活中增添了一项内容，就是每天都要到地里去打草。父母下地以后，他就摸索着出门，到田野里去找草。按照父亲教他的，尽找那些叶子绵嫩、扯下来就会流出黏糊糊的奶汁的草。在春夏的野地里，到处都能找到这些鲜嫩翠绿、开着各种颜色小花的草。

然而，孟杰看不见，他只能摸索着寻找。

有时，走在路上不小心撞到了别人，自己摔倒了不说，还要挨人家一顿训："你个小瞎子，真是没用，连走路都不会，你还能干啥？不会走路你干脆躲自个儿家里好了，还跑出来到处撞人！"

有时，摸索着找草，他不小心就掉进了水坑里，身上滚满了泥水。村里的大人看见了，肆无忌惮地大声笑话他：

"嘿，小瞎子，你这下变成小泥猴了！"

孟杰很生气，跟人顶了两句。人家不高兴了，骂得更加难听：

"嘿，我说你个小瞎子，叫你小泥猴不对吗？你就是一个小泥猴，又瞎又傻，又土又脏，要多蠢有多蠢！"

边上路过的乡亲实在看不过眼了："人家小孩儿眼瞎了看不见，你这个大人，怎么跟他过不去，拿他穷开心呢？"

受的嘲讽多了，孟杰的心里愤愤不平，也很委屈。他开始整天都躲到家里，越来越不敢外出了。

但是，可爱的小兔子就会饿肚子了呀！怎么办呢？

想来想去，他终于想出了一个办法：晚上出去割草。到了晚上，天黑尽了，没人看得见他，也就没人会笑话他了。而对于他来说，白天黑夜，也没啥区别。

于是，每当夜幕降临的时候，孟杰才挎起小藤篮，拿着一把镰刀，摸索着到地里去找草。

暗夜的田野里，宽旷寂寥，只能感受到天空的辽远，听见各种虫子的鸣叫。小孟杰的心里十分安妥，他似乎很享受这独属于自己的一大片田野。

每次，他都要割够一篮子的草才回家。兔子喜欢夜食，晚上需要喂很多草呢。

回到家，开始喂兔子。他把草抓在手里，小兔子就会用它们娇嫩的小嘴，从他的手里一片一片地拽着吃。孟杰能够感觉到草被从他的手中一根根地拽走。直到父母催促他上床睡觉，他才恋恋不舍地离开他的小白兔。

因为和兔子朝夕相处，每天都抱着两只温软的小兔，因此，当一只兔子的肚子开始鼓起来时，孟杰很快就摸出来了。

晚上，他告诉了父母自己的新发现。

父母告诉他，这是小兔子怀孩子了。

"哦，我就要有新的小兔了！"孟杰显得很兴奋。

他更加细心地照料他的兔子，喂得更勤了。兔子吃饱了，他就抱着那只母兔，轻轻地抚摩它。

过了半个月，他甚至能够触摸出兔子肚子里有一个个的小疙瘩。母亲告诉他，兔子怀孩子一般两个月就能生小兔子。有句俗话叫作：猫三狗四猪五羊六驴七马八，说的是各种动物怀孩子时间的长短。实际上，还可以加上一个月就能孵出来的鸡鸭和两个月就能生产的兔子。而作为万物之灵的我们人类，则需要怀胎十月。

兔子生命力旺盛，一年能怀六七胎。而每次怀胎，都能怀好几只小兔崽。

真是太神奇了！

孟杰对兔子这种温驯的小动物更加喜爱了。他轻轻地摸索，竟然能够数出母兔肚子里有七个小宝宝。

现在，兔子开始不停地扒土，在土里打洞。母亲告诉孟杰，这是兔子准备做妈妈了。

又过了几天，小兔子真的出生了，果然是七只！

刚出生的小兔子，皮肤光溜溜的，没有毛，小眼睛还闭着呢。每天，兔妈妈都要给它们哺乳多次。

没过多久，小兔子长出毛来了。摸着他们细小可爱的身体，孟杰感到了一种异样的快乐。现在，他不再是一个没用的孩子了，他已经可以替家里养兔子做事情了。

快乐而充实的时光总是过得飞快。两个月后，在孟杰的用心照料下，这几只小兔子已经长大了。兔妈妈又生下了一窝兔子。孟杰更忙了，他每天要打的草更多了。

几个月过去了，父亲卖掉了几只兔子，换回了一点儿钱。他给孟杰买了半斤奶糖，算是对他的奖赏。

村里有人养羊，父亲看到了，就想让孟杰也养养试试。他拿几次卖兔子的钱买了几只羊羔。

羊是一种更鲜活的动物。兔子很温驯，很乖巧，但是兔子不会叫唤。而羊则喜欢咩咩咩地叫。孟杰觉得，这两种动物各有各的好处，各有其好玩儿有趣的地方。

因为养的兔子多了，加上还要养羊，孟杰原先每天晚上出去打的青草，根本就不够这两种家畜食用。于是，父亲打算试着让孟杰赶着羊出去吃草。

放羊，是一件看似简单却也很不容易的事情。首先，得把羊赶到野地里去，然后，还得能看住它们，不让它们去偷吃庄稼，也要注意别让羊给跑丢了。这，对于一个健全的孩子来说，并不算太难，但对于一个盲孩子来说，却非常不简单。父亲一遍遍地叮嘱孟杰，一定要小心看护，因为，毕竟羊比兔子值钱多了，那时的一只大羊可以卖到五十元呢。

好在村里放羊的人家并不少，孟杰可以跟别的孩子在一起放羊，大家相互还能有点儿照应。这是父亲考虑到的。

等太阳出来，露水干了以后，孟杰又增加了一项任务，就是带着他的羊出门吃草。

羊是一种很聪明的动物。在野地里，它们就专心地不停地找各种各样的草吃。吃饱了，就卧在地上一边休息一边反刍咀嚼。

孩子们天性好玩。孟杰天天随大家一起去放羊。一群小孩儿就数他最用心，除了让羊自己吃草，他还一边割青草，准备打捆带回家再喂。因此，一群羊当中，他的羊长得最快、最肥。

由于他的精心照料，经过几年时间，孟杰的羊群已繁衍到了三十多只，家里养的兔子也繁衍到了八十多只。兔子长得很肥，羊也不瘦。这些兔子和羊穆家舍不得吃一只，都要留着长肥了卖钱来贴补家用。

父母亲看到他们的盲孩子这么能干，心里似乎也找到了一些安慰，孟杰已经可以帮助家里挣点零用钱了。看来，这孩子将来即使不依靠父母，自己也能活下去。

每次，父亲抓上几只又大又肥的兔子去镇上卖钱买油盐酱醋之类的副食品，回家来总要给孟杰带点糖果或是别的小礼物。这是对孩子的奖赏和鼓励。

得到大人肯定和表扬的孩子，往往更有积极性，干活儿也更加起劲。孟杰这孩子就是这样的。虽然眼睛看不见，每天同伙伴们出去放羊，打青草，难免摔跤，滚得一身的泥土和脏东西，但是他却乐此不疲。

在打草的间隙，孩子们好玩的天性便表露出来。他们喜欢凑在一起玩小石子儿、捏小泥人、过家家。而一旦玩起来，就会把其他的事情忘得一干二净。

这是1977年秋季的一天。天高气爽，空气清新，阳光明媚，真是一个游玩的好日子。那天，孟杰和往常一样，把羊群赶到河沟里去吃草，自己开始打草。他打了很多的草，感到累了，便和小伙伴们坐在草地上歇息，或是躺着晒会儿太阳，或是相互斗斗小石子儿。大家玩得正开心呢，没人去管羊，也没人留心羊群都跑到哪里去了。

"喂！谁家的羊啊！"

突然，一声巨大的吆喝，犹如晴天里一个巨雷，劈得人一个个都站起来了。孩子们像小兔子一样，竖起了耳朵听。

明眼的孩子朝着喊声望去：糟了！有一群羊跑到麦地里偷吃麦苗去了！

但是，孟杰看不见，他只能竖着耳朵听。

"兔崽子们，羊都窜到麦田里啃麦苗了！你们是怎么看羊的！"孟杰听出来了，那是生产队长气急败坏的声音。他赶紧追着声音跑过去。田里的沟坎把他绊倒了，他爬起来继续跑。

队长一面骂骂咧咧，一面把羊群往出赶。

"这么多羊，嘀！得有好几十只！今晚就吃红焖羊肉了！"生产队长似乎想出了一个处理办法。

那是他的羊！生产队里就属他养的羊多，别的小伙伴一般也就养个两只三只，最多养个十只八只的。孟杰心想：坏了！坏了！我的羊偷吃庄稼了！

"队长，那是我们家的羊！我没看住，让我把它们赶走吧！"孟杰摸索着靠近队长。

队长回头一看，原来是老穆家那个失明的小儿子。正在气头上的他抬起脚一下子便把孩子给踢到田沟里，一边气汹汹地说："你这个小瞎子能干啥？连几只羊都看不住！看把队里的麦苗都快吃光了！"

孟杰赶紧从沟里爬起来，根本顾不上疼痛。

"队长，队长！您就饶了我这一次吧！我真不是故意的！我眼睛看不见，不知道羊偷窜到麦田里！"孟杰又急又怕，都快哭了。

"看不见？是啊，你知道自己是个瞎子，那你还出来放什么羊？赶紧回自己家待着，别再出来丢人现眼了！"队长一边厉声斥责，一边噢嗬噢嗬地赶羊。

惊恐的羊群东奔西突，咩咩乱叫。

"求求您，把羊还给我吧！让我把它们赶回家，我保证以后再也不敢了……"孟杰带着哭声哀求道。

"想得美呢你！队里的麦苗都啃光了，谁来赔？滚！回去叫你爹去大队部，罚钱！一只羊五块！"队长大声呵斥。

小伙伴们一看那阵势，早都吓得赶着自家的几只小羊作鸟兽散。孟杰无奈，哭哭啼啼地摸索着回家去找父亲。

在队里干了一天重活儿刚下工回家的父亲听孟杰断断续续地说清了事情的经过，抄起一根小竹棍，重重地抽在孟杰身上。

"你这个娃，让你看羊你都给我看到哪里去了！你有本事，去给我把羊要回来！"父亲说一句，抽一下，疼得孟杰蹲到了地上，用手紧紧地抱住了头。

母亲听见了动静，连忙从厨房里跑出来。她用正在和面沾满了面粉的手去阻挡父亲的竹鞭，一边对孟杰说："孩子，还不快跑哇！你爸会把你打坏的！"

孟杰却依旧蹲在地上，嘤嘤地哭，就是不跑。

"孩儿他爸，你跟孩子斗什么气呀！孟杰眼睛看不见，你要有本事，就别让一个盲孩子去放羊啊！"母亲一边心疼得哭起来，一边诉说道。

或许是被母亲的话触动了，或许是想到了孩子的不易，父亲停住了鞭打。他拿起一盒纸烟，一手拽着孟杰的手就出门去了。

他找到队长，还没说话先敬烟。

队长却不接他的烟。

"队长，您看，——事情肯定是我们错了。我们家的羊偷吃了队里的庄稼。但您看我这娃，他就是个瞎子，我回家已经把他痛揍了一顿。现在我把娃带来，给您赔礼道歉了！"老穆委婉地说情。

"揍他那是你的事。队里的损失谁来赔呀？你不用给我废话，你就说，打算怎么赔吧！"队长还在火头上，盛气凌人。

"我让娃以后看好羊，别再偷吃庄稼……孟杰，快给队长认个错！"老穆把躲在身后的孩子一把拉到前面。

"队长，对不起！我保证以后再也不会发生这样的事了！"孟杰低着头，小声地说。

"老穆不是我说你，你明知道小孩儿是个瞎子，你还让他去放羊。一个小瞎子你让他待在家里就是了，你让他出来放个屁羊！"队长不依不饶。

"队长，这不是没办法吗？我一家好几口人，两个孩子瞎了，就靠我们两口子挣工分，没法养活他们哪。"穆东修还在苦苦地求情。站在父亲身边的孟杰，这时才发现，自己的父亲原来并没有想象的那样强大，原来父亲心里也有苦楚。

"别说了，罚钱吧。一只羊五元钱！三十七只羊，你自己到会计那里交钱吧！"队长说出了处理意见。

"您看，我这家里哪有富余的钱哪？俩孩子治眼病至今还欠着上千元债没还清。连过年过节，都没钱给孩子买件新衣服。"老穆显得很委屈。

"没钱？那就卖羊吧！不是你家小瞎子犯的错，那是羊犯的错。羊犯错，那就卖羊交罚款吧！"队长有点儿幸灾乐祸，皮笑肉不笑地说。

"队长，您看这样行不？羊偷吃的麦苗我这两天就给补种上。如果到收成时减产了，减产多少我就赔多少。"老穆提出了自己的解决办法。

"吃掉的麦苗你当然要去补上。不交罚款也行，后天公社书记要到咱们队来检查秋种情况，你家就送只羊来招待领导吧。"队长松了口。

老穆心想，看来也只能这样了。秋天种麦子，麦子刚出苗，现在补种，其实是不会影响收成的。但是，谁让自己犯错在先，队长咋说咋有理呢。如果非要按照一只羊交五元钱罚款，那就远不是一只羊的价钱了。

想到此，他只好答应："那就照队长说的办。"

孟杰还在心疼他的羊。但是，他一个盲小孩儿又能怎样呢？谁让自己眼睛瞎了看不见？

羊群赶回家了。老穆的心也放下了。他还得忙着去给队里补种麦子呢。

这一天夜里，孟杰突然发起高烧来。

母亲紧紧地抱着他，一遍遍地蘸湿毛巾给他敷额头退烧。

高烧中的孩子时断时续地说胡话："不！不要赶走我的羊！""呜呜呜，我要我的羊！""不要吃我的羊！我要我的羊啊！"

母亲轻轻地拍打着他："娃别怕！娃别怕！娘在哩，娘在哩！"

折腾了大半夜，烧才稍稍退下来，孩子这才昏昏沉沉地睡了。

孟杰在床上一共躺了三天。母亲天天给他冷敷，刮背，熬姜汤喝。又把水和饭给他端到床前，伺候着他吃下去。

三天后，孟杰才恢复了体力，能够自己下床。

躺在床上的几天里，孟杰的脑子晕晕乎乎的，但是，那些话语却像利箭一样，一支支地射来，每支都射到了他的心上。"你这个小瞎子能干啥？连几只羊都看不住！""你明知道小孩儿是个瞎子，你还让他去放羊。一个小瞎子你让他待在家里就是了，你让他出来放个屁羊！"

字字句句都像针扎在他心上。心高气傲、性格倔强的小孟杰，咬着牙发誓："你们看不起盲人，我非要混出个样子来给你们看看。"

被生产队长骂了之后，孟杰说啥也不放羊了。

父亲生气了，问他："你不放羊能干啥？"

孟杰胸有成竹地回答："爹，你别管了，我要出去拜师学艺，闯荡闯荡。"

"那这一群羊咱们家谁来照料？谁来喂它们？"父亲接着问。

"爹，你把它们都卖了吧。反正我是说啥也不放羊了。"孟杰毫不犹豫地回答。

父亲想，这孩子真是一年一变化，现在已经很有自己的主见了。那就依了孩子的意思，也别让他太受委屈了。

第二天，老穆就把这一群羊都卖了。大的羊卖五十元，小的羊卖十几元。

村里人看见了，问他："你家羊不都养得好好的，一只只肥肥胖胖的，咋说卖就卖了？有的羊都没长大，还能长呢！"

老穆只能苦苦一笑："咱娃不想放羊了，没办法呀。"

十三岁出门远行

那些天，孟杰一直在思考着自己的前途。"怎么办呢？咱不能让爹娘养咱一辈子。再说了，爹娘也会老，等他们老了，干不动了，谁来养咱？"表面上不动声色，内心里却在翻江倒海。

那个年代，生产队的地还没分到户，农民们都是集体劳动，集体挣工分，收成时再按工分和人口给每户分粮。收成季节，正是农民们最繁忙的时候。这时便经常会有一些民间的盲人演出队到村里来表演。他们会说坠胡书，就是一边拉弦一边说唱。

坠胡是流行于我国中部特别是河南、山东、河北等地的一种民间乐器。它是由小三弦改制的，又名"坠琴"或"坠子"，是河南曲剧、山东吕剧和山东琴书的主要伴奏乐器。琴筒用硬木或黄铜制作，一面蒙上蛇皮。琴杆兼作指板。置两轸，张二弦，用马尾弓拉奏。为加宽音域，增设一根d弦，可拉奏双音。坠胡除可用于说书等的伴奏之外，还可用于合奏、独奏。这种乐器音域极宽，声音柔和，音量较大。它的一大特点是用单指滑奏可以惟妙惟肖地模仿人的唱腔和公鸡、母鸡、小鸟、狗等动物的叫声，还能模仿锣、镲等部分打击乐器的演奏声。由于坠胡是分开按弦，所以它可以一根弦伴奏，一根弦奏旋律。

那些盲艺人们用坠胡来演奏，连说带唱的，时而发出公鸡啼鸣、母鸡下蛋或是小鸟鸣叫的声音，时而模仿猪、狗叫声，活灵活现的，逗得围观的人哈哈大笑。他们说的书既有"西游""三国"，也有"刘公案""三言二拍"等。每次表演都要持续到夜色阑珊，大伙儿才意犹未尽、依依不舍地散去。

在这种盲人演出的中途，他们也会夹杂着劝捐。就是当演出进行到一半或到高潮等最引人入胜的时候，他们就会拿出一只小铁盆或瓦缸之类的，一边巡视全场，一边吆喝："叔叔婶婶、大哥大姐、小弟小妹们，大家有钱帮个钱场，没钱帮个人场。一毛两毛不多，一分两分不少，请大家都来捧捧场咯！"

一晚上，这种募捐式的索要大概有两三次。虽然那时的农民手里也没有什么富余钱，但每到这个时候，大伙儿似乎都特别慷慨。也可能是因为气氛所迫，别人都捐钱了，自己白看戏不花钱有点儿不好意思，因此，每个人多多少少都会掏出一点儿钱，扔到盲艺人的盆里缸里。满场上下，只听见一阵当当当的钱币的响声。

孟杰最喜欢这种演出了。每次，他都要钻到后台去，缠着那些盲艺人，一面摸索他们的乐器，一面跟他们交谈。

一支盲人演出队在一个村里通常会待上两三个晚上。小孟杰白天黑夜都缠着他们，很快就同他们混熟了。

白天，大人们都下地干活儿去了，孟杰从家里偷偷地揣上两块熟红薯送给盲人演员。盲演员有时便准许他摸摸坠胡，高兴时还教他学着拉上几下。孟杰最好奇的是如何拉出各种动物的叫声。盲演员就认真地指点。孟杰是个记性和悟性都很强的孩子，很快他就能拉出声来，而且拉得有模有样。虽然，坠胡发出的鸡鸣、狗叫还不很像，但是，这毕竟是孟杰跟盲演员们学会的第一招。

那个年代农民的娱乐生活极度贫乏，这群盲艺人们给他们带了莫大的欢乐。盲人们的表演无疑非常成功。这从他们每天的收入就能看出来。通常一个晚上下来，平均每位演员能够赚到四五元。这在当时是非常了不起的收入。要知道，那时候人们一个月的工资通常只有几元或十几元。农民下地干一天活儿挣的工分也只值几角钱。

孟杰心里在想：自己要跟他们学会拉坠胡，学会说书。如果有了这两样手艺，挣钱养活自己就不成问题了。

他央求父亲找人帮他做一把坠胡。

父亲想方设法，到处去打听，终于找到邻村会做坠胡的木匠，咬咬牙，同对方说定了五元的工钱。

一个月后，坠胡拿回来了。坠胡用硬树木整块雕成。全长六十厘米左右，包括琴筒、琴杆、琴头三个部分。琴筒直径十厘米，背面雕有镂空花纹音窗，正面绷住蛇皮。琴头和弦扭，用三根粗细不同的老、中、子弦线，加弦枕、弦码。琴弓用马尾做成。

拿到这把心爱的坠胡，孟杰试着拉奏刚学会的那些简单的曲子。他拉得很卖力，但是声音不那么悦耳。毕竟，他才跟着人家学了两天。但当他模仿公鸡报晓或是母鸡下蛋的叫声，家里人都说：很像很像。这，委实令孟杰高兴了许久。

每天晚上，他都要抱着坠胡睡觉，像珍视他最忠实的朋友。

一个盲孩子得到了他心爱的东西，爱不释手。这是他有生以来得到的最贵重的一件礼物。但是，这时的他并不知道，这把胡琴将陪伴他一生。

用这把坠胡，孟杰摸索着练习。日复一日，他居然会用它大致拉奏出"太阳出来照四方"和"革命军人个个要牢记"那些他早已唱得滚瓜烂熟的歌曲了。

冬去春来。春风在不知不觉中变得温暖和煦起来。春节过完了，孩子们又开始了新的学期。猫了一冬的大人们趁着土地松冻的好时节都纷纷下地干活儿去了。孟杰把自己关在家里，天天摸索着拉奏他的坠胡，一个人模仿着那些盲人的吆喝和说唱。这是他的新寄托，或许自己也能像那些盲艺人们一样，到处去流浪，到处去说唱卖艺，挣钱养活自己呢！

一个人一旦下了决心，奇迹就会发生。

孟杰的自拉自唱，虽然没有产生奇迹，但似乎也拉得越来越像样，说唱也有了点表演的意味。

晚上，大人们干完活儿回到家，听着孟杰一个人还在那里自言自语似的说唱和拉奏，听着，听着，似乎也听出那么点意思来了。

"嘿，这孩子！难得他有那么高的兴趣，就让他玩下去吧。"父母心里想。

孟杰十三岁那年，身体越来越不好的爷爷奶奶和他们一家住在一起。有一回，奶奶半夜里发起高烧，痛得直叫唤。但是因为家里没有钱，没法送她去看医生。奶奶就一直卧床，从白天到黑夜，不停地呻吟叫痛。一家人围着她，束手无策。

父母下地干活儿的时候，孟杰就坐在奶奶床前，不时地给她端水，哀怜地看着她。奶奶的疼痛似乎没有丝毫的减轻，即便是在小孩儿面前，她还是忍不住呻吟叫唤。孟杰试着给奶奶揉揉身子，但是奶奶却说自己全身都痛。

孟杰很无奈，心想：难道我就这样看着奶奶受罪吗？爸爸妈妈养了我这么大，我却什么事都做不了，什么忙也帮不上，拿什么来回报他们呢？难道就一直这样待在家里吃闲饭，就这样过一辈子吗？

"不！不！我不能这样下去！要真这样，那我不就真成了别人眼里的废人了吗？我要出去，我要去找盲人老师学本事！我要靠自己的本事赚钱养活自己，回报父母和亲人！"一个坚定的声音，缓缓地却是坚定地从孟杰的心底里升上来。

终于有一天，他向父亲提出一个请求："爹，我想出去拜师学艺！"

"拜师学艺？拜什么师？学什么艺？"父亲觉得好奇怪。

"我要去找能教我的老师，跟他学坠胡，学说书。这样，我就可以到处去流浪卖艺赚钱了。"孟杰把这些天来自己思考成熟的想法告诉了父亲。

"不行！我们不差你一口吃的！我们家还养得起你！"在老穆看来，虽然自己家里穷，但是一个盲孩子只有待在自己家里才最安全。

"爹，我必须出去拜师学艺。要不，我这辈子就真变成一个废物了！人家那么笑话我，我偏不信，我就是要做给他们看。一个盲人也可以养活自己，也能给家里赚钱！"孟杰把心里想好的话都倒了出来。

"不行！你出门去要是有个三长两短，你娘还怎么活？"父亲的口气很坚定。

孟杰并不灰心。他三番五次地跟父亲做工作，努力去说服他。

与此同时，他开始秘密行动。

白天父母下地把他锁在家里的时候，他就偷偷练习一个人逃出去玩。找着一根竹棍拄着，一个人探路，摸索着往前走。他一天比一天走得远。

有一天清晨，父母刚一下地，孟杰就开始出门。他摸索着走了好几里路，一直走到了邻村的北郭庄村，然后，又试探着往回走。因为眼睛看不见，他也分不清是白天还是黑夜，搞不清楚自己究竟走了多久。

这一天，可把全家人急坏了。平时他出门找小伙伴玩，一般傍晚五六点钟就回家吃饭，可这一次，都过了晚上八九点了，还不见孟杰回家。

一家人赶紧出门去找他，不停地喊着孟杰的名字，往各个方向找去。

一直到半夜12点，才看见村口的大路上有个黑影拄着根棍子探着路在走。

母亲跑过去，紧紧地抱住他："娃，你可把全家人都急坏了！你跑哪儿去了呀？"她心疼得哭了起来。

"娘，我试试看自己能不能一个人出门呢。"孟杰若无其事地回答。

"我的小祖宗，以后可不能一个人出门了！你要出门，喊家里人带你出去。听娘的话，好好待在家里！"母亲一再地叮嘱道。

"娘，你看我这不好好的嘛！娘你放心，我一定会没事的。"孟杰这样安慰母亲。

有很多次，他甚至都想一个人偷偷出门找老师学本领去。

他继续私下里做父亲的工作："爹，我要出门去找寻老师。"

"那你知道老师在哪儿？你到哪儿去找老师？"父亲问。

"我听咱村里的人说，在隆尧县有一位马增申老师，也是个盲人，他就很会说书呢！"孟杰回答。

"隆尧与咱们这里中间隔着一个任县，有上百里路呢！"父亲说。

"那也没事，我可以一路打听一路找过去。"孟杰回答。

孩子已经十三岁了，如果是健全人，早就可以帮着父母下地干活儿了。现在，孟杰又不能放羊，他还能干什么呢？也许，让他出门去"拜师学艺"会是条活路。老穆心里暗暗地思忖。

"让我再想想。"他对孩子说。

过了两天，孟杰又问父亲："爹，我要出门去。我要试试，能不能自己去挣钱养活我自己？"

"你要出去流浪，去讨食？"父亲很吃惊。

"我已经十三岁了，不能老是让家里人养着。再这样下去，我真的就变成了人家眼里的一个废人了！爹，你就送我出门去。我可以一路上卖艺，再想办法去找马老师学艺。"孟杰继续苦苦央求道。

"那我总得跟你娘商量一下吧。"老穆说。

"爹，这件事你可千万不敢告诉我娘。你又不是不知道，我娘要知道了，肯定不会放我出门。"一听父亲的打算孟杰急了。

"对呀，你娘肯定舍不得让你一个人出门去流浪。那咋办呢？"父亲像是自言自语，又像是在征询孟杰的意见。

"爹，你就把我送到北边去，随便放在什么地方，我自己再摸索着问路。"孟杰提出了自己的打算。

残废，残、废，残疾孩子长大了，总养在家里，可能真的就废了。或许，让他到外面去闯荡闯荡，说不定还能闯出点名堂来，兴许能做到残而不废呢！再说了，现在天气一天天暖和起来了，冻不着孩子。我给他多备上一些干粮，他有吃的就不用发愁了。穆东修心里想。

"那好吧。孩子，这事咱不告诉你娘。不过你一定要照顾好自己，没吃的，或是没法过下去了，就赶紧找回家来。"老穆终于下了决心。

第二天，母亲回娘家去了。父亲给孟杰简单地准备了一个包裹，装上了一床小被子、两三件衣服、一副碗筷等，用个化肥袋装上。又给他准备了几十个窝窝头，心想：就这些干粮，都够孩子吃个十天半月的。

一大早，爷儿俩便拉着手出门了。孟杰抱着他的坠胡，紧紧地跟着父亲。

他们一直向北走哇，走哇，走到中午时分，大约走了有三四十里路。这是邻县任县的骆家庄村。父亲把孟杰放在村头，对他说："娃，那我就把你放在这里了。我回去了。"

"行！爹，您回去吧。"

老穆扭身正准备回家时，听见孟杰摸索着坐下来，试了试弦，准备拉坠胡。他一下子停住了脚步，突然感到异常的愧疚和难过："我这样做对吗？把盲儿子一个人扔在外乡，是不是在作孽？人家放生是在行善，我把不能自理的亲生孩子放在荒郊野外，不是让他去死吗？"

想到此，他转过身，快步走到孟杰面前，拉起他的手："孟杰，要不咱回去吧，把你一个人扔这儿，我不放心。"

孟杰回答："您放心吧！爹，饿不死我。我实在混不下去了，要饭也能回到家。"

就这样，老穆一步三回头地走了。他越走越远，孟杰那有点生涩的坠胡声跟随了他一路。在他的耳朵听来，那就像儿子的哽咽声。

听着父亲远去的脚步声，孟杰在心里暗暗地发誓："爹，娘，你们等我，我一定会回来！"

回到家，母亲发现孟杰不见了，追问家里人："孟杰去哪儿了？"

几个兄弟姊妹面面相觑，谁都没注意到一整天都没看到这个兄弟了。

父亲低头不语。

"老穆，孟杰不见了。快去找找吧。"母亲焦急地对父亲说。

"别找了。他丢不了！"老穆低声回答。

"那你一定知道他去哪儿了？"母亲接着问。

"我把他送到任县去了。他说他要去拜师学艺。"

"你说什么？你把他放到任县了？他是个盲人哪，你怎么忍心呢？"母亲又急又气，忍不住哭了起来。

"我也不忍心哪。可是孩子大了，咱也不能养他一辈子吧？"老穆不敢去看他女人的眼睛。

"咱就养他一辈子又能咋样？我不相信我就多养不起一个孩子！"母亲更生气了。

"你冷静一点儿想想，我们都有老死的那一天，那时候，谁来养孟杰呢？再说了，孩子打算出门去学手艺，我们做大人的应该支持才对吧。"老穆竭力为自己辩解。

"学手艺？支持？他一个盲孩子，从来没出过门，你把他一个人给放到荒郊野外，要是有个三长两短，你对得住孩子吗？你能心安吗？"母亲继续委屈地哭诉。

"那你说咋办？反正我已经把他送到很远的地方了。要不，你自己去把他找回来吧！"老穆也赌起气来。本来，把孩子一个人丢到外面，他的心里也正堵得慌呢。

这一宿，一家人都没睡着。

母亲牵挂着孩子，就像有一根剪不断的脐带，始终在撕扯着母亲的身心。她知道儿子一个人出去闯荡后，天天唉声叹气，以泪洗面。夜里总是睡不安稳，常常做梦听见孟杰叫门："娘，我回来了！"她急急地下床，赶紧去开门，门外却空无一人。晚上睡不着觉了，她就悄悄地走到村头，等儿子回来，一边等一边求星星、求月亮保佑她的孟杰平安，常常从半夜一直等到天亮，却始终没看到从村头走回来的人影。

挣到了十九元钱

再说孟杰那孩子。那天他爸爸一个人走了，他摸索着背起自己的小包袱和坠胡，拄着竹棍朝村子里走去。他要寻找一块人多热闹的场地。他知道，只有人多，听他说唱拉琴的人才会多，自己才有可能赚到人家的赏钱。

前面传来了嘻嘻哈哈的笑语声。听得出来，其中多半是小孩子。孟杰判断，这里应该是一所小学，于是，他摸索着找到了学校门前的空地，放下他的包裹，坐在上面，拿起自己的坠胡，羞涩地开始了自己的说唱：

"各位同学，各位老师，叔叔婶婶，弟弟妹妹，请听我，来给大家唱一曲。"一边说着，一边用坠胡呜呜啦啦地伴奏。

"我先给大家唱一首，唱一首电影《地道战》的插曲，叫作那个《毛主席的话儿记心上》。"

孩子们刚好放学。小孟杰说话虽然童声稚气，但是中气很足，嗓音洪亮，一下子便吸引了几十个孩子围拢了过来。

孟杰倒也不紧张，因为他看不见。耳朵里却能听到那些孩子们在议论："嘿，看看，一个小瞎子！听听他会唱什么歌。"

"哦，一个盲人，还是个小孩儿呢，他怎么一个人在这里，他不害怕吗？"

随着坠胡的伴奏，孟杰唱起了自己拿手的歌曲：

"太阳出来照四方，毛主席的思想闪金光。太阳照得人身暖哎，毛主席思想的光辉照得咱心里亮，照得咱心里亮……"

那个年代，人们对毛主席有着很深的感情，大家都驻足倾听。嘿，真还别说，这个盲孩子唱得是有板有眼，配以拉胡的动作，显得活灵活现的，煞是生动。

一曲终了，围观的孩子都啪啪啪地鼓起掌来。

"再唱一首！""再唱一首！"有的孩子喊。他们想不到，一个盲童也能唱得这么好听。

"好，各位叔叔婶婶、兄弟姐妹！借贵方这块宝地，我再给大家唱一首《三大纪律八项注意》。"孟杰学着自己见过的盲艺人的口吻。他顿了顿，试了试弦，然后又开唱起来：

"革命军人个个要牢记——"

围观的人一下子就静了下来，就像接到命令的军人一般。

唱完了，他又应孩子们的要求接连唱了《大海航行靠舵手》《洪湖水浪打浪》等几首革命歌曲。

看看过去了约莫半个小时的时间，孟杰模仿着那些盲艺人，放下坠胡，拿出自己的瓷饭碗和勺子，拿勺敲着碗，喝场：

"各位看官，各位听众，叔叔婶婶、兄弟姐妹！接下来我还要给大家表演更加拿手的，更加有趣的。有钱的给帮个钱场，没钱的给帮个人场咯！一分不嫌少，一毛不嫌多，来呀，大家帮帮忙，帮帮我这个盲人哪！"

巡场一周，有人掏出了一分两分的硬币，哐啷一声投到了他的碗里，也有的掏出了书包里早上带到学校来的一点儿零食，也给扔到了碗里。

收获十分有限，孟杰从响声里就听得出来。但他感到很快活，因为他的第一次表演就得到了大家的捧场。

放下碗和勺，孟杰又拿起他的坠胡。接下来，他给大家表演的是精彩滑稽的模仿动物的叫声。一会儿是公鸡报晓的"喔喔喔"、一会儿是母鸡下完蛋之后志得意满的"咯咯咯"、一会儿是小鸟的"啾啾啾"……琴声伴着他惟妙惟肖的口哨模拟声，整个现场，此起彼伏的，都是他那抑扬顿挫的动物拟声。孩子们兴奋得哈哈哈大笑不止。

"演出"效果非常好，几乎达到了高潮。这是孟杰希望见到的。

看完了他的表演，孩子们纷纷回家吃饭了，孟杰这才停下来，开始吃自己的晚餐。他取出了爸爸给装在包袱里的窝窝头，慢慢地啃起来。

学校的一位老师走出来，看见这个盲童，热心地帮他从学校里倒了一碗开水，告诉他："孩子，这是开水，你小心别烫着。"

"谢谢！谢谢阿姨！"得到了别人的帮助，孟杰打心眼儿里感激。

天黑了。小学沉浸在夜幕里。孟杰听不到外面的人声，感觉不到阳光的热量，知道天已经黑了。他摸索着找到学校教室外面的屋檐下，打开自己的小包袱，拿出小被子，准备睡觉。

睡觉前，他摸索了一下午的收获，一共有八枚一分钱的硬币，两枚两分钱的。他在脑子里迅速地计算了一下：总共是一角二分。虽然不多，但这毕竟是自己赚来的，是他靠自己的本事赚到的第一笔钱。最好玩儿的是，居然还有同学送给了他一小片饼干和一颗硬糖。他把糖果和饼干用衣服包起来，小心翼翼地装在包裹里。

第二天，孟杰还在这所小学校门前表演。

孩子们显然还没听够，都热情地围着他。

这一天，孟杰的收入增加了一倍。他摸索到了，人们赠送的钱里居然还有五分钱的硬币呢！

就这样，孟杰开始了自己的流浪卖艺生涯。

他一步一步摸索着寻路，摸索着找寻人多的村落。一路上，到处都是坑坑洼洼的，他拄着竹棍，试探着往前走，不小心踢到了石头或是土坎，一下子便摔倒了。他就摸索着爬起来，赶紧找自己的坠胡。摸到了坠胡，试了试弦。还好，坠胡没事，他就放心了。有时，磕到了石头，膝盖破了，手臂擦伤流血了，他就用手指使劲地按着，慢慢地止血。有好几次，他都走错了路，摸到田地里去，踩得一脚泥一脚水的，他就连忙掉头退出来，重新找路。

一路上，常常能遇到好心人和热心人。有人看到他走到泥地里去了，就走过去，拉着他的手将他引上大路。有的人，看着这孩子可怜，就从自家的锅里拿出一块红薯或是一块杂面馍递给他。孟杰从小就嘴甜，口渴了他就主动跟人家去讨一碗水喝。村民们没有不肯帮他的。

孟杰按照自己的打算，要一路摸索着找到回家的路。

他跟人一路打听，朝着南边走，边走边唱。一般每到了一个村子，他就会在那里待上一两天，利用晚上乡亲们下工回来吃过晚饭的时间，给大家表演。他会的东西太有限了，就是给大伙儿唱唱那几首革命歌曲。那是那个年代的人们百听不厌的歌曲，如今从一个盲童的口里唱出来，伴着坠胡的演奏，显得十分生动。加上孟杰还会表演一些滑稽逗乐的拟声，大人小孩儿们在被逗得哈哈大笑的同时，也都乐于赏给他一些小钱。

孟杰的妈妈在家里天天祝祷着，望眼欲穿地盼着，盼星星盼月亮，盼了有十天，终于把自己的盲儿子给盼回来了。

这天，像往常一样守在村口的母亲，在晨曦熹微中，远远地望见一个瘦小的身影挂着一根棍子慢慢地走来，她的心咚咚咚地跳起来——

"莫不是我儿回来了？"她快步跑上前去。

果然是孟杰！

母亲一把抱住了孩子："娃呀，你可想死娘了！"

顿了顿，几乎都有了抽泣声，母亲接着诉说："你怎么不跟娘说一声就走了？你都到哪儿去了？可把娘给急死了！"

抱够了，说完了，她站开一步，仔细地打量她的儿子。

孩子的衣服脏了，纽扣掉了一个，鞋子上全是泥点。孩子变黑变瘦了。

"孩子，你受苦了！"母亲又忍不住眼泪。

"娘，你怎么在这里？你看我这不好好的？"孟杰从惊讶中回过神来。

"儿啊，你一走半个月，你娘我是天天睡不着觉，天天都到村口来等你回家呢！"

"娘，你不用那么担心。我会照顾好自己的。你看，我这不还赚到钱了吗？"

"娃呀，咱平平安安回来就好，还赚什么钱！娘不需要钱，娘只要你好好的！"母亲用右手抹了抹眼泪。

"没事。娘，我会好好的，你放心。"

母子俩相互牵着手回家。

第一次流浪卖艺，孟杰给家里挣了十九元钱。

母亲又惊又喜，想不到这个眼盲的儿子还挺中用。

母亲问孟杰："孩子，你在外边想家不想？"

哪能不想呢？每天每夜，当一个人睡在别人屋檐下或是麦秸垛里的时候，当自己摔倒无助的时候，当被人欺负被看家狗追咬的时候，他就想到父母，他就特别想念家。有家的孩子像块宝，在家里，在妈妈的怀抱里，那是世界上最安全也最温暖的地方。但是，为了不让母亲挂念，孟杰故意回答说："不想。"

在家里待了几天，娘和姐姐帮他把脏的衣服全都洗好晒干，破了的打上了补丁。孟杰告诉父母，自己还要出门去。

母亲虽然心疼，百般地不舍得，但是孩子的去意已决，任九头牛都拉不回来。母亲无奈，给他往包裹里塞上了几个家里人都舍不得吃的白面馍馍、一包咸菜，一再叮嘱孟杰："孩子，出去走走就快回来。遇到难处了就回转家来。你要记住，家里有爹娘，大家都惦记你！娘永远都在家里等着你回来呀……"

孟杰背起包袱，掉头回话："娘，你不用发愁，也不用想我。过一阵子我就回家来。"

在母亲的涟涟泪水中，在家人的殷切嘱托声中，穆孟杰一个人，拄着一根竹竿，缓缓地向远处走去。他不能在村子里乞讨或者卖艺，怕认识的人笑话他，乡里乡亲的瞧不起他父母。

这一次出去，孟杰待了俩月，挣了九十多元。

回到家，他把钱悉数交给了母亲。母亲很是惊喜：孟杰这孩子出门卖唱，比挣工分的大人们收入还高哩。

但是，孩子遭遇的辛酸艰难却是父母所想象不出来的。这一路上，孟杰真可谓风餐露宿。背着包袱，沿路乞讨，哪儿天黑哪儿歇。下雨了，随便到谁家的屋檐下去避一避。白天，到了人多的地方，摆开家伙就开始说唱，大伙儿被逗乐了高兴了就赏他一些小钱。晚上，他就住到别人家的马棚里或者草场上。有时遇到个别的好心人，看着他可怜，就把他领回家去住一宿。一路上口渴了，就跟东家讨碗水喝，饿了没得吃了，就跟西家讨点剩饭剩菜。如果有好心人送给他一碗热汤菜或者热饭，那就是他几天来吃到的最好的伙食了。只有到夜里一个人独处时，细细数数自己赚来的一分一角钱，才是最令他欣慰的时刻。因为无论如何艰苦，如何受累受罪，自己好歹能够赚钱了，而且，不是去偷去抢，全部是靠自己的辛苦表演、卖唱卖艺赚来的，况且一点儿也不比健全人赚得少。

孟杰似乎渐渐地看清了自己的前途。他要朝着这个目标奔去。他知道，自己不能恋家。在家里换洗了衣物，他就打算再次出门。

为了出门装带行李方便，这一回，他让父亲请人帮忙打了一只木箱子。箱子正方形，边长只有四十厘米左右，两端系上了宽绳子，很方便双肩挎背在背上。

这只箱子可帮了孟杰的大忙。他可以将自己简单的两套换洗衣服、碗、勺等日常用品装在里面，每次赚到的钱也可以藏在箱底。箱子上面，则放上绑好的小被子。这下，他出门可利索多了，东西也不会东丢一件、西少一样的。背着放上被子的小箱子，肩挎三弦坠胡，手里拿着一根竹竿。在以后的十八年里，他几乎都是这副装束出门。

他告别了父母家人，向着西边走去。像一叶浮萍随风漂浮，四处流浪，只有养活自己的目标，没有行走的路线和方向。从南和县到任县，从任县到隆尧县，一路摸索着行走，一路卖唱。渴了求大爷大娘给口水喝，饿了向好心的大叔大婶讨口饭吃。晚上随便在哪个麦草垛或是牛马棚里住上一宿。如果赶巧了，能找寻到一座破祠堂或是寺庙，那就能睡个舒服觉。要是遇到热心的老乡，偶尔也能在人家里借个宿。

拜师学艺

一路行走，穆孟杰都没忘了拜师学艺的梦想。

原先听说隆尧县有一位说书老艺人马增申，名气非常大，说的坠子书，当地人称"盖三县"。孟杰真希望一步就能走到马老师的门前

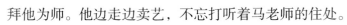

拜他为师。他边走边卖艺，不忘打听着马老师的住处。

有一天天黑了，他还忙着赶路，结果不小心掉进了一口旱井里。好在那井并不深，孟杰只是手臂有点儿擦伤，别的倒都无大碍。他试图自己往外爬，可是井壁很光滑，他尝试了很多遍都徒劳无功。他大声呼救求助，可是因为天已经黑了，始终没人答应。

这一夜，孟杰是蹲在井底里度过的。直到第二天早晨，下地干活儿的村民听到了他的呼救，找来了绳子，才将他从井底拉了上来。

1978年2月，孟杰摸索着来到了隆尧县北楼村。

这天，他放下行李包裹，坐到了箱子上开始拉弦。铮铮铮一阵起弦过后，他仰起了脖子，开始说唱："各位大爷大娘，叔叔婶婶哪，大家暂请留步，听我为大伙儿啊，唱上一曲——"边说唱，边淙淙、淙淙地拉弦。吸引了一圈人围上来。只见这盲童说唱得特别起劲、卖力，嗓音敞亮，很是吸引人。

曲终人散后，看着孟杰正在默默收拾自己收钱的盆和坠胡，一位老大娘走上前来，对孟杰说："嘿，小伙子，你唱得不错呀，很好听！"

孟杰谦虚地回答："马马虎虎吧。"

"但是，"那位大娘接着说，"你这弦拉得可不标准。人家盲人拉弦，那个动作和姿势可不像你这样子。你是哪个老师教的？"

"我都是自己练，自己摸索的，没有老师教。"孟杰如实相告。

"那可不行。你年纪轻轻的可不能自个儿给耽误了，应该拜个老师好好学艺。正好，我们村有一位马增申老师，也是个盲人，弦拉得可好了，我领你去吧。"大娘热心地说。

"那敢情好哇！谢谢大娘！"听说自己仰慕已久、一路寻找的马增申老师就住在这个村子里，孟杰喜出望外，背起包袱跟着大娘就走。

马增申正好在家。大娘热情地替孟杰作了引荐，还一个劲儿地夸这孩子嗓子好，是说书的料。孟杰也赶紧表达了自己对马老师的景仰之情和早就渴望拜他为师的愿望。

马老师走过来，摸摸孟杰的身高，又摸摸他的小脸，问："你这么小就出来卖艺呀？"

"是的，马老师。"孟杰回答。

"不容易呀！那你想学什么呢？"马老师问。

"我什么都想学。学会了长本事我就能自己养活自己了。"孟杰脆亮地回答。

"好！但我这个师父收徒弟，学礼都是明码标价的，一个徒弟一年是六十元学礼，学满三年可以出师。"

穆孟杰说："我没钱。"紧接着又补充道："我家里穷，没有钱。"

吃过很多苦的马老师特别同情盲人，说："没钱不要紧。你想学不想学？"

孟杰大声地回答："想学！"

"你想学就好办了。学礼不着急交，等你以后学会说书，挣着钱了再还我。"

就这样，当时马老师就收了穆孟杰做徒弟。师父教他说书、拉弦。

那时，马老师一共带着八个盲人徒弟，就属穆孟杰聪明，学得快、记得住、模仿得好。

从此，马老师每次外出表演，都要带着孟杰同行。一个老人带着几个徒弟在一个村庄和另一个村庄之间不停地迁徙。马老师说坠子书的时候，孟杰就帮着打板子或者敲鼓，或是拉弦，一边给老师做伴奏，一边仔细倾听老师说唱的内容，用心去记。遇到一些听不清、记不准的地方，晚上睡觉前就向马老师请教。

孟杰从小就是一个有心人，见贤思齐，见到比自己更有能耐的就虚心地去向人家学习，而且悟性和记性都特别好，基本上教过的就能学会，都记得住。现在，好不容易拜到马增申这样一位仰慕已久的老师，孟杰更是刻苦和用功。马老师用心教，他专心听讲，基本上老师下午讲的内容，到了晚上，他就能登台表演，而且基本不出什么差错。

别人两年才能学会说一部书。孟杰一年就学会了《呼延庆打擂》《刘公案》《大八义》《小八义》。接下来,他又学会了《杨家将》《水浒传》等几部大书。

十四岁时,他跟着师父上台说书。到了十五岁,他就能一个人上台表演了。于是,孟杰学习一年后,马老师就让他毕业出师了。

跪别马老师之后,孟杰从隆尧县北上,到了石家庄、保定一带说书,开始走南闯北,走村串户,到处说书卖艺,独自闯荡天下。他把师父教他的坠子书发挥得淋漓尽致,赢得了满堂喝彩。

第一天晚上,表演结束后,他清点自己小铁盆里的钱,居然有二十多元,几乎赶上了以前十天挣的钱。那一宿,躺在村民家的牲口棚里,孟杰的手里握着那一把的纸币和硬币,心潮澎湃,激动得难以入睡。

是啊,盲人应该学艺,盲人每学会一项新的本事,挣的钱就会更多,也就能更容易地养活自己,自立于社会了。孟杰越发感觉到学习本领的重要性。

从那儿以后,孟杰就在村子里住了下来。每天晚上准时开场。村民们都被他声情并茂、惟妙惟肖的表演吸引了来,早早地围坐在场子里等着他开讲。他把一整套的《呼延庆打擂》说了下来,整整说了两个月。穆孟杰粗略地算了算,那两个月里,他一共往家里汇了三千多元钱!

盲校上不成了

1979年,东辛寨大队接到通知,说保定盲人学校开始招生,盲童经考试合格后就可以入学。那时,穆孟杰正跟着师父在石家庄、保定一带说书,听说保定盲校在招生,就兴冲冲地赶去了。

接待他的老师姓孟。孟老师亲自测试,考的是简单的加减乘除。孟杰答得不错。

孟老师问他:"你现在在干啥?"

孟杰回答："在跟着一位盲人老师学艺，学说书哩。"

"哦，看不出来。你都学会了说什么书？"

"会说《刘公案》《呼延庆打擂》。"

"嗬！还真不简单。"孟老师觉得自己发现了一位优秀的盲童。

按照学校规定，盲人要学摸点位认盲文。孟老师让孟杰试着摸了几个盲文字母，让他说出分别都是什么点位。没想到，孟杰的触摸和判别能力很灵，竟然全答对了。

本来，保定盲校是不收全盲儿童的，只收低视力或有残余视力的孩子，但是，看到孟杰这么聪明伶俐，孟老师说："你这个情况，可以特殊照顾。你可以来我们学校上学。"

孟杰问："那上学需要交学费吗？"

孟老师回答："上学三年，每年交二百二十元学费，每个月另外交十八元生活费。"

孟杰一听，心凉了半截。别说学费，光生活费家里也供不起呀。

他虚晃一枪，告诉老师："那我回去跟家里商量一下。"

"好，我们欢迎你来上学。"孟老师说。

孟杰到正规学校求学的梦想便破灭了。原来，盲校也是要收费的，家里的情况他不是不清楚，自己根本就上不起这样昂贵的学！

满怀郁闷地走出校门，他顿时产生了一个想法：自己将来挣到钱了说啥也要办个盲校，让像自己这样家里没钱的孩子都有学上！自己任何费用都不收他们的！

大雪中死里逃生

上不起盲校，孟杰便接着说书。

这一年的冬天，孟杰摸索着来到了藁城县说书。

有一天晚上，天气很冷，他没有去麻烦人家借宿，就睡在麦场上人家为了看守麦子而修建的简易的小棚屋里。

早上，他被冻醒了。天气太冷，被褥显得太单薄了。

孟杰赶紧起身，穿上了棉衣，收拾好包裹，准备推门出去找附近的人家讨口热饭。

他用力地推开那扇小门，发现天正在下雪，北风呼呼地吹着。他赶紧缩回到小棚屋里。

冰天冻地的，一阵阵寒风从门的缝隙刮进来，像刀子一样尖锐地割在脸上。在那风中间，还夹带着丝丝湿冷的冰气，冻得人牙齿直打战。孟杰赶紧把随身带的衣服全都穿上了。他背起箱子，用竹竿试探着往外走。

雪下得实在是太大了。地上的积雪很深，每迈出一步都十分艰难。

孟杰试探着找寻昨日从村子里走过来的路，走着走着，就没路了。他退回来，换一个方向再往前走，走不多远，还是没路。反反复复走了好几个来回，总找不到昨日来时的路。

他被困住了。他大声地喊叫，希望周围能够有人听见。

然而，人声尽无，只有北风在发出尖厉的呼啸。

孟杰大声呼喊。

依旧没有任何回音。

他已经大半天都没有吃一口饭，喝一口水了。经过这一顿折腾，他的体力也快消耗殆尽了。

他不停地呼喊："来人哪！""来人哪！"

大雪茫茫，仿佛把整个天地都遮蔽了起来，他的喊声根本就传不出去。

孟杰试着拿起他的坠胡，开始用力地拉奏。但在又厚又密的雪幕中，他的琴声根本传不远。

时间不知过多久。孟杰喊累了，疲倦不堪。

还是没有人来。

是啊，这么天寒地冻的，大家都缩在自家暖和的家里，谁还会莫名其妙地跑到麦场上来挨冻啊！

时间似乎停止了。

孟杰冻得直哆嗦，似乎发起烧了。他退回到小棚屋里，混混沌沌地想着：一个人都没有，这次自己怕是要死在这里了！

到了下午，雪融化了一点儿。他颤颤巍巍地背起包裹，继续去厚厚的雪地上探寻通往村子的道路。

走来走去，还是找不到路。

明明昨天还走过的路，可今天一下雪却怎么走怎么都感觉不对。莫非是遇到鬼打墙了？

风冰冷地割着自己的脸。这可咋办呢？真是呼天天不应，叫地地不灵。

这时，孟杰想到了自己的家，想到了爹娘，想到了自己出门三年来的各种经历和遭遇。他的眼泪忍不住顺着脸颊一个劲儿地滴落下来。

当初自己真该听从娘的劝告，好好地待在家里，让爹娘养着，起码求个平安无事啊？自己当年真是年轻气盛，不知天高地厚，连爹娘苦口婆心的话都听不进去。

他感到后悔。但是，巨大的恐惧迅速压倒了他的后悔。

他真害怕了！瞧今天这阵势，身体都快被冻僵了，看来是难逃一劫，真要活不成了？

死？这个念头像头怪兽，突然从心底里冒了出来。自己才十五岁，年纪轻轻的，像一朵鲜花，还没来得及开放难道就要凋谢？像一棵幼苗，还没来得及长大成材难道就要被狂风拦腰折断？

死？自己哪能心甘！

孟杰又开始不停地高声叫喊，呼喊，求救！

"来人哪！"

"救命啊！"

喊声很快就被厚厚的雪吞没了。但是孟杰还在坚持，还在喊：

"来人哪！"

"救救我呀！"

哪怕有一个小孩儿出来玩雪！哪怕有一个路人正好走过！

可是没有。啥都没有。四周静谧得只能听见他自己的喊声。

冬季的天说黑就黑。孟杰已经一整天没有进食，嗓子也早都喊沙哑了。但是，他仍旧没有放弃！他，不想死！或者，他不想让自己就这样死去！

又不知过了多久。终于，恍惚中传来了一阵沙沙沙的踏雪声。

这声音，像天籁，像救世的福音！

天哪！终于有人来了！

孟杰大声喊："大爷大娘叔叔婶婶，帮帮我吧！"

接着，他听到了一个苍老的声音："孩子，你怎么待在这里呢？"

他试图张口说话，却已经什么都说不出来了。

说来真是天不绝人，也是孟杰福大命大。那天，老人家里烧火的柴火正好烧完了，他是到麦场上来抱麦秸秆的，碰巧就听到雪地里有动静，刚开始还真吓了一跳，以为是什么野兽被困在雪地里呢！

老人赶紧走过来牵住他的手。

孟杰浑身无力。

老人帮他背起包裹，拿起坠胡，一手拉着他，一步一步走向自己的家。

到了家，老人让他躺到火炕上去暖一暖身子，自己则将一碗红薯粥放到炉子上去热。

热好了递给孟杰，一边让他趁热喝了，一边数落道："唉，你这个小瞎子，这么冷的天不在自己家里待着，你跑出来干啥呀？"

孟杰喝过红薯粥，一下子活转过来，脸上也泛起了红晕。他已经一整天水米未进，疲惫不堪，元气大伤。

看着冻僵了的孩子慢慢地缓过劲来，老人也停止了唠叨。是啊，要是日子过得好谁愿意大冷天跑出来卖艺讨食啊。

"孩子，你晚上就住在我这里。正好我老头子一个人，你来了可以给我做做伴。"老人说。

"谢谢您，大爷！您救了我的命！"孟杰体力缓过来了，由衷地感激道。

"快别说了。能遇上我，那就是咱爷儿俩有缘呢。"老人说。

在老人家里休养了两天，孟杰才恢复了元气。他给老人鞠过躬道过谢以后，告辞了。前方的路，他还要继续走下去。

从那儿以后，孟杰又长了一智。每晚住下前，都要考虑安不安全，有没有什么隐患。譬如，会不会下雨下雪啦，会不会有野兽啦，或者，会不会有车辆等驶过这里。因为格外加了小心，在后来的流浪生涯中，他再没遭遇过这样危险的困境。

被人丢到了野地里

开始时，孟杰随着师父的文艺演出队到处去演出。老师登台说书，他就帮着敲鼓打板子，或是拉坠子胡。有时师父说累了，他就登台接着说书。

孟杰的嗓子好，声音洪亮清脆，大伙儿都喜欢他的说唱。十五岁能独自登台说书以后，孟杰显得越来越自信。

现在，他已经学到了说书本领，开始了独立谋生。他已能够比较熟练地一边拉弦，一边说唱。往往，他在一个地方一待就是一个月。每到晚上，周围邻村的乡亲们都会拥到他说书的地方，接连不断地听他说完一部书。

每次开讲，孟杰都显得胸有成竹。有时是拿起夹板有节奏地拍打，有时则拿起坠胡拉奏。随着乐器悦耳的伴奏声，他清了清嗓子，声音洪亮干脆连说带唱地开始说："上一回，给大家说了半部《刘公案》，咱说说大人……"

说书说到一半时，孟杰说解道：

"你们看，俺们来到村里不容易，好心的老大伯、老大娘给捧捧场，帮衬帮衬。没君子不养艺人。给十块不嫌多，给一毛不嫌少。"

然后，放一只小铁盆在桌子上。那些朴实的听众们有的便掏出钱来，纷纷扔到铁盆里。多的有给一块的，少的有给几分几毛的。

孟杰的评书说得生动形象，引人入胜，村民们都喜欢听。每晚说书，总有一百多人来听。如果很久不去一个村子，那个村子里的人还会专门到别的村子去找到孟杰，邀请他继续回去说书。不久，孟杰就成了十里八乡远近闻名的一名小艺人。

孟杰每次赚到钱了，都及时地给家里汇去。有时还请人代书一封家书一并寄回家。

儿行千里母担忧。自从孟杰离家外出后，母亲整宿整宿地睡不踏实，夜夜祈求上天保佑孟杰平安。每次提起孟杰，她总是愁眉苦脸，唉声叹气，常常以泪洗面。因为天天发愁，五十岁的母亲头发很快就全白了。现在，收到了孟杰寄来的钱和信，仿佛亲眼看到了自己的孩子，知道他在外面很平安，也很健康，而且能够挣钱了，也就能养活自己了，母亲的心才稍稍宽慰了些。

在流浪说书的过程中，有时也会遭遇一些祸事。

一次，孟杰拄着竹竿走在道路上，对面有个骑自行车的一把将他撞倒在地，竹竿和坠胡都掉到了马路边。骑车人下来看了一眼，发现没事，翻身又骑上自行车走了。

丢了竹竿，孟杰没有了探路的工具，就不知道该往哪里走了。他慢慢地爬起来，根本顾不上身上的疼痛和伤口，赶紧用双手在四周不停地摸索，寻找他的小竹竿，找了十几分钟才找到。

还有一回，孟杰走路时不知道是不小心撞到人家的，还是人家故意撞他的，双方撞到了一起，对方破口大骂："你个瞎子，走路都不看路！好好的路你不走，竟敢撞到你大爷我身上来！"

孟杰一个劲儿地道歉："对不起！对不起！"

对方看了他一眼："果然是个瞎子！你在家待着好了，干啥跑出来？"对方依旧怒火冲天，不依不饶。

那人似乎很强壮，用手死死地拽着孟杰的衣领，把他给丢到了一片野地里，骂了句："你给我老实待在这儿！"

这样他还嫌不解气，又故意拿起孟杰探路用的竹竿，扔掉了。

孟杰好不容易爬起来，赶紧去找他的竹竿，那可是他的眼睛啊！没了"眼睛"，一个盲人将寸步难行。

摸索了小半天，也没能找到竹竿。孟杰眼睛看不见，根本不知道那根陪伴了自己几年的竹竿究竟跑哪里去了。

他伤心得哭了。

然而，哭又有什么用呢？擦擦眼泪，他就又在地上摸索，浑身都沾满了泥土，好不容易找到了一截木头。那可能是农民用来扎篱笆的木桩。他只好捡起这截木头，充当自己的盲杖，拄着它继续朝前走。

"货换货"学针灸

有一天，孟杰来到了新乐彭家庄说书。散场时，听众中有个人走上来和他打招呼："你书说得不赖呀！你在保定盲人学校上过没有？"

穆孟杰回答："没有。考上了，没钱，上不起。"

那人问："那你怎么学的说书？说得这么好哩？"

孟杰回答："我是跟老师学的。拜师学了一两年。"

那个人说："你真了不起！"这时，他开始自我介绍："我叫李小平，也是个盲人。我就住在这个村子里。我是保定盲校毕业的，你想学啥，我教你。"

艺不压身，向自己遇到的每位老师学一招，是孟杰一路流浪卖艺过程中最大的愿望。一听说对方上过盲校，并主动提出愿意教自己，他高兴坏了，连忙回答："我想学针灸、按摩。"

李小平说："行。咱们来个'货换货'。我教你针灸、按摩，你教我说书，行不？"

听到这个好主意，孟杰马上高声响应："好哇！咱们就来个'货换货'！"

于是，两人便开始相互合作。

两个盲人从一个村庄迁徙到另一个村庄，形影不离地相处了一年多。白天，李小平教孟杰针灸和按摩；晚上，穆孟杰则教他说书。相互都不收钱，不付学费。事实上，也就是互相拜师学艺。李小平是正规盲校毕业的，不但会针灸按摩，还懂盲文。穆孟杰抓住这个绝佳的学习机会，虚心地向对方请教，双方配合得非常默契。

为了学习针灸，孟杰开始时在卫生纸上练习扎针。为了摸索清楚针灸的穴位，感受疗效，他在自己身上扎针。各种不同的病症，如感冒、头疼、咳嗽、恶心、腹泻或是小儿尿床，针对不同的病情需要在不同的穴位施针。配合学习按摩，他慢慢地练习在身上找寻各种穴位，什么足三里呀，什么百会穴、人中穴、涌泉穴……找准了穴位按压捏挤推拿，那个部位就会有酸疼感。在学习的同时，孟杰牢牢记住了李老师的指教，譬如，在人的后背上不能随便施针，尤其是在脊柱上更不可轻易施针。

等到孟杰逐渐掌握了人体穴位分布和施针用针的方法手法之后，李小平老师便开始让他接手给一些病症较轻的患者施针。那些人都听过而且很喜欢孟杰说书，所以跟他都很熟悉。经过治疗，大多都有效果。

半年之后，穆孟杰便掌握了针灸、按摩技能，李小平则学会了说《刘公案》。

学会了针灸、按摩，穆孟杰又多了两种养家立业的本事。他十二岁流浪学艺，十四岁就能攒钱养家糊口。白天，他给村民们进行按摩或针灸治疗，晚上，则给大家说上一个半小时的评书。每次按摩或针灸，如果有效果了，人们一般付给他三五角钱，而每晚说书，因为他说得好，人们都很喜欢，因此赚的钱也多。

那个时候，有时在一个村子里能遇上两拨说书的流浪艺人。那么，大家就会自觉地分成两头，一拨在村西说书，一拨在村东说书。由于孟杰说得生动风趣，村民们往往都爱凑到他说书的地方去。一个晚上，别人说书通常能赚二十元，他却能赚到五十元。

随着钱越攒越多，经常往家里邮寄不仅麻烦，而且要多花汇费，而随时带在身上又很不方便。为了安全，每当攒够了一百元钱，孟杰便把它存到当地的农村信用社。到了年底，再把它们取出来，带回家去。每年他都要等到年底腊月二十八九了，才会回老家东辛寨村去。而过完年，正月初六七就又离家说唱卖艺。十几年里，他从未在家里过过正月十五元宵节。

孟杰挣的钱越来越多，到1983年，他已经积攒了四千元。

原先，父母家的房子是一座土坯房，睡的是土炕。屋顶是用高粱秸秆混合着白灰炭渣打成的，最害怕下雨天。一下雨，屋顶准漏雨，屋里就得准备好大盆小盆接漏下来的雨水。屋子里到处都是湿漉漉的，待在里面，又冷又湿。

孟杰是个孝顺的孩子，从小就想着长大赚钱了要好好孝敬父母。他把所有的积蓄全都拿出来，给父母翻盖了房子。在墙体的土坯外面加上一层"立砖皮"，给四面墙的表面贴上一层陶砖，当地人称这样的房子为"表砖房"。贴了面砖，可以很好地防雨，屋顶又盖上了红瓦，这样一来，下雨天屋里就不会再漏雨，家里永远都是干燥清爽的了。东辛寨村有几百户人家，就属孟杰他们家的房子修得好，生活过得好。

过了两三年，孟杰又攒了不少钱，他就帮助父母把"表砖房"翻盖成了"卧砖房"，就是在墙外面用砖头横着摞起来，一直摞到屋顶。比起表面贴砖的"表砖房"，"卧砖房"要用的砖头多了好几倍。

这可是东辛寨村第一座真正的砖瓦房。昔日经常被邻里讥讽嘲笑的老穆家，一下子变成了方圆十里八乡令人羡慕的家庭。穆东修排行老五，因为家里俩儿子是盲人，那些伯伯们原先都瞧不起他们家，现在，他们家盖起了平乡镇头一户的砖瓦房，亲戚邻居们都对他们家刮目相看。乡亲们对孟杰的母亲说："还说你命苦，咱们村谁住上砖瓦房啦？看你的命多好哇，仨正常人也比不上你家孟杰！"

母亲笑了，谦虚地回答："哪里，哪里！我们也就是图个家里不漏雨罢了。孟杰走村串巷，赚的都是辛苦钱哪。"

嘴上虽这么说，心里却是甜丝丝的。

是啊，儿子不仅没有成为家里的累赘和包袱，而且还能独立养家了。这孩子从小要强，还真是为爹娘争了口气！

从此，穆东修两口子在村里都能挺直腰板走路了。

第四章　一根竹竿闯天下

◎ 闻到了麦子的清香

亲人般的大娘

1984年，孟杰到新乐曲都村说书时，遇到了一位好心的大娘。

孟杰这个人，长年在外流浪，特别懂得礼节，嘴巴也特甜。说书时，开篇和中间都要热情地跟听众打招呼：

"各位大伯大娘，各位叔叔婶婶，兄弟姐妹……"

话说得很婉转很周详，让观众听着心里特别受用。

在这一群每天晚上都来听书的听众中，就有这么一位老大娘。她每晚都来听他说书，非常喜欢。看到孟杰这个小伙子说书特别卖力，大娘怕他嗓子疼，每天都端碗汤给他喝。没有做汤的时候，她就把家里珍藏的仅有的一点儿白糖拿出来，每次冲一碗开水送给孟杰喝。

开始的时候，孟杰还很不好意思，一再推辞："大娘，白糖很稀罕的，您年纪大了，留着自己吃吧。我说书说惯了，不用喝糖水，没问题的。"

"我家里还有。你喝吧！人家医生说，喝糖水对嗓子好哩！你是个说书人，靠的就是一副好嗓子。嗓子坏了，怎么说书哇？"大娘的回答声如洪钟，显得中气十足。显然，这是一位体格健壮的老人。

实在推辞不过，孟杰就接过碗把糖水喝了。

看到孟杰听话地照做了，老大娘心里别提有多高兴："这就对了！大娘以后还给你做吃的。"

后来，别人告诉孟杰，这位老大娘已经八十五岁了。一个人住在一个破败的小院子里。

哦，原来是一位孤苦伶仃的老人。我也要对她好。孟杰心里想。

老大娘依旧每晚都来听书。她觉得孟杰一个人在外面流浪，风餐露宿的，一定吃不上啥好的。于是，每晚，她都包饺子，煮好了给孟杰端到街上去。

"孩子，给！你吃！这是我包的饺子。"大娘说。

"大娘，您留着自己吃吧！我有吃的。"孟杰推辞道。

"你吃！我回家吃去，家里还有好多呢。"老大娘不由分说就把饺子碗和筷子塞到孟杰手里，然后故意扭头就走。

孟杰没办法，只好接过来。

等老人一走远，旁边就有人告诉孟杰："她岁数大，饭不干净，别吃她做的饭！"

有的人附和道："是啊，她家买的肉几十天都舍不得吃，不新鲜，都变味了。吃她做的饭不卫生啊！"

孟杰一面谢过人家的好心提醒，一面却端起碗来，一个饺子接一个饺子，全吃掉了。

这是大娘的一片心意呀！她自己都舍不得吃的东西，咱咋还能嫌人家的东西不卫生呢！

知道了老人的处境，要离开这个村子的时候，孟杰专门摸索着寻到大娘家去看望她，跟她告别。然后送给她十元钱。

大娘怎么也不肯收，再三推辞道："孩子，你赚点钱多不容易！我怎能收你的钱？"

这么多天，大娘一直都是把他当作至亲的人一样对待，这份亲情，自己怎能承担得起？

孟杰愣是把钱塞给了她。他知道，钱买不来人间的真情，但是，或许也只有钱，才能略表他对大娘无尽的感激之情。

以后，无论走到哪里，他的心里始终装着这位善良的大娘。到石家庄说书时，孟杰偶然听说老大娘的儿子不孝顺，不管她的吃喝，为此他还专门到新乐给大娘送钱。从此，只要路过新乐，他都要去大娘家看望，一直到老人九十三岁时去世。

一包针都给扔了

随着年龄的增长，孟杰越长越英俊。如果不是认真察看，一般人很难看出他是一个盲人。他的说唱也越来越熟练。每到一个村子，人们都围着他，听他说书拉弦，表演拟声、口哨等曲艺。能给大家消愁解闷，逗大伙儿开心笑，他自己也很开心。他的表演，以说为主，兼带唱歌、模拟人声和动物声，逗哏取乐，讨人欢笑，赚人眼泪。观众中，男女老少都有。上至八九十岁的老者，下至七八岁的小学生，还有一大拨青春活泼的大姑娘、小媳妇。

开始时，他主要是在河北省邢台市所辖的地面上活动，去过任县、隆尧县、南和县、威县和内丘县。十四五岁时则主要在石家庄和保定地区活动，到过新乐县、正定县、无极县、藁城县、赵县、灵寿县等，保定地区去过唐县、易县、满城县、望都县、阜平县等。这两个地区绝大多数的村庄孟杰都曾去那里说过书。去邢台、石家庄和保定地区，他都是步行走着去的，边走边唱，一路流浪卖艺。

后来，他还乘火车往北最远到过吉林、黑龙江，向西到过山西太原、陕西宝鸡等。像山西省著名的大寨所在地昔阳县以及吕梁市的交城县、运城市的垣曲县等，他都曾独自去卖过艺。他觉得，东北人都能听得懂他的口音，山西人的口音却不好懂。

当然，他十几年在外流浪，最主要的活动区域还是在石家庄和保定地区。

十七岁那年，孟杰在石家庄的一个村子里说书。白天给村民们扎针灸治病。

有一位老太太找到孟杰，说是经常失眠睡不着觉，请他给自己诊治诊治。孟杰就拿起竹竿探路，跟着老太太摸索着来到了她家。

孟杰掏出自己的针灸包，按照李小平老师教他的和自己在按摩、针灸过程中摸索出来的经验，在火上把针烧热消毒，然后找到穴位将针一一扎好。

陆续治疗了几次，老太太自己说，感觉好多了，夜里能睡着觉了。

正在孟杰打算给老太太继续治疗的时候，有一天，老太太的儿子从地里干完活儿回来了，一看，家里有个陌生人，便大声喝问：

"你是干什么的？跑我们家里来做啥？"

孟杰听见声音，回头回答道："我是个盲人，在给老大娘针灸治疗呢。"

"治疗？你是正规的大夫吗？你有行医证吗？"那个汉子走上前来，追问道。

"没有，我没有哇。"孟杰怯怯地说。

"没有行医证，你还敢给我妈胡乱治疗！你这是无照行医，懂不懂！要是出了什么事情，抓到派出所去，法院都要判你刑的！"

"但是，我只是做针灸、按摩，对人体没有副作用的。"孟杰试图为自己辩解。

"你还想狡辩？快给我滚！"那人一把推开孟杰，接着便开始拔插在老太太身上的针。

孟杰踉踉跄跄地后退了几步，扶到了墙壁才总算没跌倒。

那汉子拔下那些扎针，冲出门外，一把就将它们全都扔到了地上。

"滚！你给我滚得远远的！小心别让我再看到你！"汉子怒气冲冲地叫嚷，"再让我看到你，我就把你送到派出所去！"

他把穆孟杰一面往外推搡，一面捡起地上穆孟杰的箱子也给扔到了屋外。

哐啷一声，还没等孟杰再开口他就把门关上了。

"孩子，你别那样欺负人家！他是我找来治病的。"这时，老太太已从床上慢慢地爬起来，开始劝她孩子。

"娘，你别上他的当！他是个瞎子，自己都看不见，还能给你治病？这不是明摆着骗人害人吗？"汉子转头对他母亲说。

孟杰在地上摸索着，想要找回那些扎针。可是，针那么细那么小，他的眼睛又看不见，这简直就像是在海里捞针。

"孩子，那你也不该把人家的针都给扔了呀。"

"对这种人就该这样，要不他还得去别的地方害人呢！"汉子回答。

老太太不忍心，自己下地来，开了门出去。看到孟杰还在地上摸索，赶紧上前去帮他找齐了那些掉得满地都是的扎针，把它们交还给了孟杰。

"孩子，你走吧。真是对不住得很！"老大娘由衷地表示歉意。

那个汉子又追了出来："瞎子，你快给我滚！要不我敢把你的腿打折，让你爬着回去！"

孟杰背起箱子，用竹竿探着路，一步步地走开了。那个莽汉，估计真的什么都做得出来。

在流浪卖艺的过程中，孟杰时不时地就会遇到一些不讲理的人。有时在说书时，有的人嫌他挡了路，或是影响了自己的生活，竟会抬起一脚就把他的小铁盆给踢崩了。还有的人，还会从他的铁盆里把钱给偷走。

多数的时候，村民们都欢迎他去说书或者给他们按摩、针灸。

学会心理咨询

在流浪学艺的时候，孟杰跟一位师父学习《易经》。

师父是个健全人，对于《易经》和人的心理都有相当深入的研究。《易经》指《周易》中同《传》相对而言的经文部分。由卦、爻两种符号和卦辞（说明卦的）、爻辞（说明爻的）两种文字构成，都是为占卦用的。共六十四卦和三百八十四爻。需要背的内容都不合辙押韵，不仅内容繁多，而且十分复杂。学习者须平心静气，专心致志，才能学会那些枯燥乏味又深奥艰涩的内容。当年，跟着同一位师父学习的有十一个徒弟，只有三个徒弟学成出师了。失明的孟杰正好是一个用心专一的人，他就是跟师父学懂《易经》并运用《易经》进行心理咨询的徒弟之一。

学懂《易经》和运用《易经》来给普通人作心理咨询，成了穆孟杰在拉弦说书和针灸、按摩之外的又一项特长。他在外流浪，就有了三种可以赚钱的本事。

开始时，他用《易经》给人作心理咨询，一次收费五角钱，平均一天能有十几个人。后来，逐渐涨到了一次一元、两元、十元、二十元。现在，他给人作一次心理咨询收费五十元，多给自愿。孟杰用灵活生动的心理咨询来给那些有烦恼愁闷和困惑的人答疑解惑，开解排忧，很受大家的欢迎，也为他赢得了很大的名声。如今，方圆几十里甚至数百里的人们，都会找上门来，一大早就守候在他家门口，等着求他指点迷津。

学会用《易经》给人作心理咨询的本事后，等于增加了一项谋生赚钱的技能。因此，穆孟杰对他的师父由衷地感激。他时时记着自己的人生信条，人不能忘本。每年，他都要专门到五台山去看望住在那里的师父。以前，他都是自己一个人摸索着去拜访。现在，师父已经去世，圆寂后葬在了五台山，孟杰每年都要让儿子华飞陪着他上五台山，去师父墓前祭拜。

与此同时，孟杰的说唱技巧越来越娴熟。他每到一处，都大受村民们的追捧。不管男女老少，都爱听他说书弹唱。每到晚上天一黑，村民们就都在场地上坐满了等他，连家里有电视也不看，都愿意跑来听他说书。

每当他将板子一打，三弦一拉，还没开口，大伙儿就已鸦雀无声，安静地等着倾听下文。

孟杰的开场白每次都有些变化。

有时他连说带唱道：

"三弦琴哪，带三横，自个个拉来自个个唱啊，大家喜欢听都来听啊。开书来，我把大家呀，全倾倒。请大家，坐稳位子，慢慢听。俺头回说书来，都不要说话，你们说话呀，吵得难听清。"

稍一停顿，又接着弹唱道：

"都听我说书之人，口舌如簧哎。——说书的人不论我嗓门儿大小，只有我逐句逐字把字，把字咬清，要不大家都听不准哎。开书来，我把大家问了一遍，问一遍男女再问村庄，问了风土人情。问了大家，爱听古还是爱听今，爱听文还是爱听武。爱听文咱就说说《刘公案》，爱听武咱就说说"杨家兵"。我双眼一合，把这酸甜苦辣说一番。咱说说岳飞精忠报国，再说说一百单八将被逼上大梁山……"

有时，他的说书开场简洁明快：

"听书，听书，单听这两句。哪两句？就是这两句：天上星多云不灭，地上人多心不平；山上花多开不败，河里鱼多水不清。老少男女请洗耳恭听，不要嫌我说书之人口笨舌拙、南腔北调，听我慢慢为大家学上一回。哎——"语调抑扬顿挫，一张一弛，接着便是三弦伴奏的唱腔，非常生动活泼。现场气氛也一下子被他调动了起来。

孟杰说的是坠子书。这种说唱艺术在河南、河北一带十分盛行，称得上是家喻户晓、脍炙人口的一种口头艺术。孟杰说书说得好，特别能抓人。每次他一说书，村民们几乎倾村出动，都围到草场或空地上去听他说唱。

通常，孟杰三个月能说完一部书。因此，他在一个村子里常常一待就是两三个月。而每到年关，他就会回到东辛寨村。村里的人也都知晓他说书的盛名。他在老家一般只待不到一个月，这时，村东、村西都纷纷邀请他去。他便在村西、村东各说书半个月。一部书未说完，就只能等到他下次回来时再接着说。

孟杰在自己的卖艺生涯中渐渐地摸索出了一整套的挑、逗、引的艺术。在说书中，他时而装男声，时而扮女声，时而学老人一样咳嗽，时而如幼童一般嬉笑。有时，他又模仿猪叫、羊叫、猫叫、狗叫……他的表演无不绘声绘色、惟妙惟肖。正因如此，他走到哪里，就被众人簇拥到哪里。在石家庄、保定等地的一些乡村，提起穆孟杰，几乎无人不知、无人不晓。

采访手记

自助者天助

人最绝望的不是走投无路，不是自己身体的残疾，而是心理的残疾，是不相信世上总会有给人走的路，不相信自己能行，也不相信自己能够帮到自己。

穆孟杰不相信命运，他相信自己。从小，他就不信盲人会没有生路，不信盲人会"啥都干不成"，他勇敢地走出了第一步、第二步……

盲人的路充满坎坷，坑洼曲折。他不止一次地跌倒。但是，他从没有趴倒在地，没有偷懒、依赖，指望着天降救世主或是别人平白无故地伸来援手。他总是依靠自己，依靠自己顽强的毅力和坚强的意志，一次又一次地从地上爬起，蹒跚着向前方走去。

或许，在这条求生存、谋发展的道路上，布满了荆棘杂草、风霜雨雪和困难灾祸，但是，穆孟杰从未退缩，更不轻言放弃。他总是信心十足。一个人，一根竹竿，走南闯北，独闯天下。

他自信，自助。他不停地向命运抗争，向不幸抗争。最终，命运低下了头，不幸屈服了。穆孟杰掌握了自己人生的船舵，找到了适合自己立足和发展的事业。他成功了，成功地突破了一个盲人事业的极限，取得了连健全人都感叹、都羡慕不已的成就。

自助者，人必助之。自助者，天助也。我们倡导助人为乐，人与人要互相帮助。但是，我们更强调每个人要自强、自助。只有每个人都发挥出自己最大的能量，社会的总能量才可能达到最大。帮助，是一个美好的词汇，是一个充满善意和爱心的词汇。"人"字的结构，就是相互支撑。首先是人的双手相扶、双脚共撑，是个人自力更生，依靠自己，帮助自己；其次才是人与人之间的相互扶持与帮助，是向那些处于困难之中、需要帮助的人及时地伸出援手。

如果，我们每个人都能做到勇于自助和乐于助人，那么，人与人之间，家庭内部，单位内部，以至于整个社会，都将会更加的和谐、和睦、融洽和愉快，生活也一定会变得更加温暖、幸福和美好。

第五章　遇见知心爱人

孟杰从小就长得聪明伶俐。到了十七八岁，他越发显得英俊，脸庞方正，白里透红。眼睛虽然瞎了，但因为性格温和，却像是双眼时时都在微笑的样子，特别令人喜欢接近他。他身材挺拔，坐姿端正，腰板笔挺，言语谈吐流利风趣。看起来，他根本就不像一般的农民，而像是一个有文化的知识分子。事实上，他一天书都没念过，所有的知识和本事都是跟着一路上遇到的一位位老师学习得来的。

派出所扣了他一夜

因为长得帅气，加上言谈举止得体，话语风趣，不仅老大爷老大娘喜欢听他说话，许多的年轻人也喜欢跟着他跑，听他说书。

那时候，孟杰很走红。基本上，他每到一个村子，说上两天书，立马就红了，全村内外人人都知道他说书说得好。经常会有一些姑娘成为他的铁杆听众，每晚都去听他说书。有时候，还会遇到一些痴心的姑娘，暗暗地喜欢他。外村的人都跑来邀请他，约他讲完一部书以后就去他们村说书。

大伙儿纷纷夸赞说："咱这看得见的还不如人家看不见的！"

"是啊，咱两天挣的钱，还不如人家一会儿挣的钱哩！"别人附和道。

因为现在孟杰有本事了，钱也挣得多，人们都羡慕他、尊重他。

以前，他走在路上，经过坑洼时，有的人故意拉着他的竹竿，让他跟自己走，对方跨过了凹坑，却不告知孟杰，孟杰一脚踩空，便踩到了泥坑里。对方扔下竹竿，哈哈哈大笑着跑走了。现在，他走在道路上，地上有水或是木头啥的，别人看见了就会赶紧拉着他绕开走。有坑坑洼洼什么的，也都会及时提醒他。

由于长得帅，不少姑娘都来追求他。

十八岁那年，孟杰在新乐东岳村说书。依旧是白天针灸、按摩治病，晚上拉弦说书。

村里有一个正上高中的姑娘看上了他。第一天，趁说书结束，大伙儿陆续散去后，姑娘偷偷地走上前来，送给孟杰一个煮鸡蛋，说："师傅，给你吃！"

第二天，她又给孟杰带来了一个煮熟的粽子。渐渐地，她开始跟孟杰搭话，告诉他自己很喜欢他，愿意跟他走。

孟杰心里一惊，又有点儿暗喜。问她："你家里人知道吗？他们会同意吗？"

姑娘回答："我没有爹娘，跟叔叔婶婶一起住着，是他们把我养大的。"

"那你叔叔婶婶会同意吗？"

"我今年已经十六岁了，我的事我自己做主，不用他们拿主意。"姑娘毫不犹豫地回答。

那些夜晚，小姑娘每天都来陪孟杰，跟他交流谈心，一再表示要跟孟杰一起走。

已经进入青春期的男孩儿，感受到一位异性深情的依恋和爱慕，心里也是陶陶然的。在他的感觉里，阳光显得更加和煦，空气也变得更加清新，就连鸟儿的叫声都更加婉转悦耳。孟杰发现：原来，被一个姑娘喜欢着，是一件如此美好的事情！

然而，好事难持久。

女孩儿的叔叔婶婶开始注意到每天女孩儿回家都很晚，便追问她到底去哪里了。

女孩儿并不回答。叔叔便偷偷地"侦察",发现她竟然跟来村里说书的盲艺人整天黏糊在一起,便怀疑他俩是在谈恋爱。

他追问侄女:"你是不是跟那个来村里说书的瞎子谈恋爱了?"

"是啊,我喜欢他。"姑娘坦然回答。

"不行!我和你婶婶都不同意!你不能跟一个瞎子好!他两眼都瞎了,将来怎么照顾你呀?"叔叔竭力反对。

"这是我自己的事情,你们都不要管。他瞎了我正好可以照顾他。我就是要光明正大地跟他好!"姑娘很倔强。到了晚上,照样去找孟杰聊天儿。

第二天,姑娘的叔叔找到穆孟杰:"你别说书了,快走!走得远远的,也别再回来了!"

"为啥呀?"孟杰一头雾水,问道。

"为啥你不清楚?我家女子都快被你给拐跑了!"大叔提高了声音,"你快走!别在咱村里说书了!"

说着抓起孟杰的手臂。

孟杰一听这话,心里明白了,是姑娘的叔叔出来干涉了。

他收拾包裹,恋恋不舍地准备离开。

这时,村子里有几位村民见到了,大感惊讶,问他:"嘿,师傅,你这是要走哇?"

"是啊。村里不能再待了,我得走了!"孟杰叹了口气。

"咋啦?你那《呼延庆打擂》还没说完呢,我们都等着听下文哩!你咋能说走就走呢?"那些村民拽住了他的包裹,不让他走。

"不行啊,这村里我不能再待了!"孟杰就把有人要赶他走的事情说了。

"嘿,我说是咋回事,好好地咋就不说书了。"那人恍然大悟。

有人劝他:"你别理他,照说你的书,看他能把你咋的?"

经不住众人的劝说,孟杰就留了下来。

那天晚上,孟杰正在说书,突然来了两名公安。众人正听得入神,都不知道发生了什么事。

只见那两名公安径直走到孟杰跟前，高声对他说："我们是公安。你，停下来，别说书了。马上跟我们走！"

孟杰停住了拉弦和说唱。众人面面相觑。

孟杰收拾了一下包裹，拿起竹竿，跟着公安走了。

村民们窃窃私语，都在探问究竟是怎么回事。

没人知道是咋回事。

孟杰心里也在打鼓。自己说书，说的都是历史典故，既没有反动言论，也没做啥坏事啊，公安找我干吗呢？

他一路忐忑着，跟着公安来到了镇上的派出所。

"你坐到那儿。"一个公安拉着他的手让他坐到一张椅子上，然后，转身走了。

孟杰老老实实地坐到椅子上。他真不知道自己到底犯了什么错。

整整一个夜晚，孟杰都一个人静静地坐在椅子上，不敢到处走动。这一夜也没人走过来问他话，或者告诉他究竟是怎么回事。

他心里感到很害怕。思前想后，把自己过去做的事情全都回想了一遍，也想不起来究竟自己犯了什么法，不知道自己到底摊上什么事了。

第二天一早，一个公安终于走过来，跟孟杰说话。

"嘿，你知道我们为啥抓你？"他问。

"我不知道哇。我究竟犯啥事啦？"孟杰反问道。

"你真不知道哇？村里有个小姑娘喜欢你，要跟你跑，对不？"公安启发他。

"对呀。是有个小姑娘喜欢我。但我没对她做什么呀！"孟杰理直气壮地回答。

"没做什么？告诉你，她叔叔找到我们，告你拐骗小女孩儿。你赶紧走，离开东岳村，回你老家去，再也别回来了！要不，我们还得抓你！"公安说。

孟杰很害怕，连声答应："好好好！我走，我这就走！"

他背起包裹，一手拿着坠胡，一手拿起竹竿探着路。走出去老远，他还担心公安会不会跟上来再把他抓回去。

从此，他再没回过东岳村。

这一场虚惊着实让孟杰害怕了。

以前，每到一个村子，总会有一些姑娘喜欢他，送他东西，追求他。有时，还会有一些热心人，想要给孟杰提亲。为了避免再有这方面的麻烦，只要有人对他好、追求他，或是有人跟他提亲，穆孟杰都撒谎说自己在老家已经有媳妇了。到哪个村他都这样撒谎。于是，再也没人给他提亲，也没人追他了。

这样，倒是让孟杰消停了很长时间。

未来的小舅子当"媒人"

1986年，穆孟杰像往年一样，过完春节就开始外出卖艺。

正月十九，他来到了正定县南牛乡木庄村，在这个村子里一待就是十几天。白天给人针灸、按摩，晚上拉弦说书。那时候，村子里电视很少，一共只有几台。天一黑，大伙儿都结伴来听孟杰说书。大家都说，这个残疾人真不简单，拉弦说唱样样都很娴熟，古剧说得精彩生动。

村里有一位中年妇女赵小兰，有三个如花似玉的女儿和一个儿子。小女儿曹清香更是村子里的一枝花，越长越好看，要身材有身材，要长相有长相，一米七的个子，苗苗条条的，端庄贤淑，村里人人都夸她。

这一年，赵小兰的儿子十五岁。也不知怎么回事，学校刚开学，这个孩子整天就是哭，无法去上学。赵小兰很着急，到处找医生看，都查不出原因来。孩子终日躺在床上，连地都下不了。她束手无策，不知该如何是好。

这时，村里有人告诉她，到他们村来说书的那个盲人师傅会扎针灸，已经帮村里好多人治好了病。抱着试试看的心理，她一路打听着，找到了穆孟杰。

"小伙子，你能治病不？"她问。

"什么病？谁生病？"孟杰问。

"是我的小儿子，十五岁了，也不知咋了，整天就知道哭，也不能去上学了。"赵小兰回答，口气里满是焦灼和不安。

"我去瞧瞧吧！"孟杰说。

"啥时去？"看着孟杰一直在忙碌，小兰不放心地问。

"明天下午去。"孟杰干脆地回答。

第二天下午，赵小兰找到穆孟杰，拉着他去自己家。

那孩子就在床上躺着。

孟杰摸上前去，问他："你咋了？哪儿不舒服？"

孩子一声不吭。

孟杰试着给他把把脉，闻闻他的气息。然后问他母亲：

"啥时候开始这样的？"

"就是今年过完年。这不，学校才开学两天，他就闹着不肯去念书，然后就是哭，整天地哭。"赵小兰回答。

孟杰心里有了一点儿底。他猜测，这孩子一定是因为厌学，导致神经有些错乱。这种情况，病根在脑神经，属于情志不舒、心气郁结，应以疏导为主。

想好病因和治疗方法，他拿出一根针来，在孩子的足三里处取了一次血。

然后，他就收拾好包裹准备走了。

"小伙子，这样子就行了？"赵小兰疑惑地问。别的大夫都要开一大堆的药，或是把脉、扎针忙活大半天呢。

"行了！明天我再来看看。"孟杰回答。

说来也怪，孟杰前脚一走，小孩儿后脚跟着就能下地了。

第二天，赵小兰赶紧又去找孟杰。

"小伙子，你真神！我那孩子能下地了！"她说，"你再去给看看。"

拉起孟杰就走。

◎ 夫妻共享荣誉的喜悦

    这一次，孟杰又给他取了一次血。孩子的精神有了明显的好转。

    接下去几天，赵小兰又找孟杰先后去了五次，孟杰每次都给孩子针灸、按摩。

    孟杰在木庄村住了一个多月，把赵小兰孩子的病治好了。儿子又成了个正常人，又能自己去上学了，当母亲的自然非常高兴，对穆孟杰万分感激。那些天，她心里一直在琢磨着：穆孟杰这小伙儿长得又帅，人又聪明，还特别能挣钱，对我儿子又好，要不我把小女儿许配给他。但是，转念一想：我还不知道人家结婚了没有？他是个盲人，我们家清香愿不愿意呢？

    "也好，让我先问问孟杰这孩子。"她自言自语道。

    第二天，赵小兰趁着孟杰又来给儿子做按摩的工夫，装作无心拉呱的样子，问道：

    "小伙子，你结婚了吗？家里有媳妇吗？"

    孟杰一听，像往常一样撒谎道："结了。我家里有媳妇。"

"媳妇叫啥？"赵小兰不信，追问道。

"叫×××。"孟杰接着编。

"那你岳母叫啥？"赵小兰还不甘心，接着问。

"叫×××。我儿子都一岁多了。"孟杰只好继续编下去。

这下，赵小兰死了心了。人家孩子都一岁多了，怎么可能还没结婚呢？

为了报答孟杰的相助之恩，她又主动邀请他：

"小伙子，你看，你把我娃的病治好了，我也没有多少钱给你，也不知道怎么报答你。你要不嫌弃，干脆，你跟我的娃结拜做个兄弟吧！以后，你就把我们的家当作自己家。"

"好哇！"孟杰脱口而出。他心想，多个朋友多条路，多门亲戚，世上就多了一个落脚的地方。

于是，两个半大的男孩儿正正规规地拜了天地，正式结拜为兄弟。

告别了赵小兰一家，穆孟杰走了，到别的村庄继续流浪卖艺去了。

"孟杰的媳妇呢？"

到了农历七月，也就是新学期开始时，赵小兰的儿子又犯病了，还是整天地哭，下不来床。

这可咋办呢？孟杰又不在，他四海为家，也不知这会儿都流浪到哪儿去了？赵小兰可是急坏了。

情急生智。赵小兰突然想到，当初孟杰走时给她留了一个家庭住址。

她找出来，抱着找到他家去打听看看的心理，搭车来到了孟杰家。

孟杰的父母接待了她。赵小兰把自己的来意说明了。

"我们家孟杰不在家，他还没回来呢！"孟杰母亲邢冬月说。

"那你们知道他现在在哪儿吗？"赵小兰着急地问。

"他到处流浪卖艺，家里也不清楚他这会儿在哪里呀。"邢冬月回答。

"不久前，孩子倒是来了封信，"老穆突然记起了什么，"那信封上好像写的有地址，是新乐的什么乡。"

"哦！那太好了！"赵小兰说。

可是她转念一想，不对呀，孟杰是个盲人哪！

她疑惑地问："可是，孟杰自己怎么能写信呢？他眼睛不是看不见吗？"

"是这样的，孟杰每次出门，到了一处新地方都要给家里写信，告知自己的情况。他是看不见，写信时都是自己口述，请别人代写的。"邢冬月回答。

信找出来了。果然，上面清清楚楚地写着地址。

穆孟杰父母留赵小兰吃饭，一边吃饭一边同她闲聊着。

赵小兰告诉孟杰母亲，他的小儿子和孟杰已经结为拜把子兄弟了。

"哦，这事孟杰都没告诉我们！那，我们就是一家人了，你到我们这儿来就更不要客气了！"邢冬月搭话。

饭端上来了。赵小兰左顾右盼，似乎在找觅什么人。

"孟杰的媳妇呢？叫她也上桌吃饭哪！"她说。

"什么媳妇？我们家孟杰还没结婚呢！"邢冬月回答。

"孟杰告诉我，他在老家有媳妇，儿子都一岁多了！"赵小兰疑惑地说。

"哈哈，那是这娃骗你的！"穆东修接话，"他今年虚岁才二十二岁，婚都没结，哪来的媳妇和娃呀！"

"这孩子，怎么能这么自我介绍?他这样一说还咋找媳妇？那还不得打一辈子光棍儿啊！"邢冬月有点儿生气地说。

"哦，是这样啊。"赵小兰说。原来，这孩子一直都在骗自己呢，他根本就没结婚。

那么，他为什么要骗自己呢？赵小兰百思不得其解。

按照孟杰父母给的信封上的地址，赵小兰找到了新乐。经过反复打听，终于找到了孟杰。

听说拜把子的小弟又患病了，孟杰二话不说，收拾好包裹就跟着赵小兰回了木庄村。

到了赵家，孟杰又给小弟取血针灸，按摩。

赵小兰让他住在自己家里。闲聊时就问他："你家里人说你还没结婚，没有孩子，那你为啥说自己有媳妇呢？"

孟杰就把过去自己的遭遇告诉了赵小兰。

赵小兰叹了口气，心里突然有了什么事似的，也不再言语了。

过了三天，孩子的病又治好了。

赵小兰希望孟杰多住几天，但孟杰执意要走："我答应了新乐那边的乡亲，过几天就回去接着说书，咱不能言而无信。"

赵小兰没法，就让孟杰回新乐去了。

婚恋像一层窗户纸，一挑就破

不承想，到了农历十月，孩子的病又犯了。赵小兰又去找孟杰。说也奇怪，孟杰一来，一治疗，就又好了！

这一次，赵小兰死活不肯放孟杰走，一定要他在家里多住几天。

住到有半个月的光景，村子里有位做媒人的妇女小翠找到了孟杰。说是有事找他，就把孟杰请到了她家里去。

到了家，小翠告诉孟杰："小师傅，我给你说个媳妇。"

孟杰回答："你要说就说个有毛病的，没毛病的铁定成不了！"他的意思是，自己残疾了，找个残疾人譬如腿有点儿瘸什么的才般配，自己也能接受。

"没有毛病，是个健全人。"媒人说。

"姑娘没毛病，你别说，说也不成。"孟杰说。

"如果人家愿意，难道你还不愿意？"

"我怕她家人不愿意呢！"孟杰回答。

"你猜猜是谁呢？"媒人又问。

"我哪儿猜得出来。"孟杰回答。

"我给你说实话吧。我给你说的，就是你干兄弟的姊妹曹清香啊！"

"不行！不行！绝对不行！"孟杰连声回绝。

"怎么不行？这样不就亲上加亲了吗？"

"那是我干兄弟的姐姐，也就是我的干妹子。那咋行呢？——如果亲家成不了，我以后还怎么进这个村哪？"孟杰说。

媒人回答："要不，成不成的，你们两个先试'面'一下。我先啥都不挑明。"停顿了一下，接上一句："下午摘棉花，那姑娘也去地里。到时候你来，站在那里听听。我再问问清香的意见。"

下午，摘棉花的时候，媒人就凑到清香跟前，故意挑起话题，让清香看看孟杰，对她说："你看人家多好哇！长得特帅，挣钱还多。虽说眼睛看不见，但是看不见，也不用下地干活儿，不用日晒雨淋的，还受不了那份罪呢！"

清香以前跟别人结伴，听过好多回孟杰拉弦说书。她感觉残疾人真是挺不容易的，对孟杰很是同情。在孟杰为她弟弟治病期间，清香也经常为他端茶送水，和他近距离接触过好几回。现在听人一说，她仔细打量站在不远处的孟杰，发现他确实长得英俊、帅气，而且态度温和，令人倍感亲近。

"你看那是多好的一个小伙儿啊！清香，你要愿意，我去跟孟杰说说。"媒人趁机追问。

清香是1969年出生的。这一年，清香才刚十七岁，长得高高、瘦瘦的，又年轻，又好看。她感觉穆孟杰这人确实不错，对他很有好感，便默默地同意了。

媒人又去找孟杰。说："人家姑娘同意了。你若愿意，我再去跟她娘讨。"

"你别跟我说，最好不要去讨。"听说人家女孩儿同意了，孟杰心里有点儿暗喜，但又担心她母亲会不同意，于是这样说，"百分之一百五不成！你要去讨，可千万别说是我让你去说的呀！"

媒人找到赵小兰，直截了当地跟她提亲。

赵小兰沉默不语。

媒人见她不说话，紧接着对她说："你看孟杰这小伙儿，虽然眼睛看不见，但是他有手艺，比正常人挣得都多。他会拉弦说书，还会针灸治病。你那孩子，总生病，人家一来，一治，嘿，病就好了！你就这么一个儿子，将来你的几个女儿都嫁出去了，有一天你死了，谁来管你儿子啊？"

媒人这么一激，赵小兰心里仔细一琢磨，竟然同意了！

这时，孟杰却打起了退堂鼓。他怎么也想不到，曹清香那么好的一个年轻女孩儿竟然愿意跟他。他心里感到既惊又喜，却也充满了担忧。

他自己找到清香，对她说："你跟着我，怕丢不起那个人，受不

◎ 今生携手同行

了那份罪。"

清香却干脆利索地回答："你人好心眼儿好，俺愿意跟你一辈子。"

"清香啊，你要是找了我，以后我走到哪儿，你还得拉着我。再说，一个盲人，现在能说书唱戏，如果以后老了，说不成书了坐在家里，你还得干伺候我一辈子呢！"孟杰把将来可能遇到的困难都诚恳地道了出来。

谁知，曹清香不仅没被这些话吓倒，反而说出了一句让穆孟杰感动不已的话："只要你对我好，再苦再累我愿意伺候你一辈子！"

孟杰又说："清香，你要跟我，将来可能遇到什么情况咱事先都得说清楚，遇到困难了你能照顾我，我却照顾不了你。这些，你都要考虑清楚。"

清香觉得孟杰处处都在替自己着想，人非常诚实，自己嫁给这样的人，准没错！

她偷偷地量了孟杰的鞋码，用彩线给他纳起了绣花鞋垫。

当孟杰收到清香亲手纳的两双鞋垫，感动地说："没想到，你的手这么巧，还会绣鞋垫子。"

孟杰和清香的恋情就公开了。家里准备着给他俩办婚事了。

没料到，却引起了轩然大波。

"你一个好女子怎能嫁给瞎子！"

农村的乡亲们，在当时观念上大都还比较传统保守，听说一个十七八岁的漂亮姑娘，不缺胳膊不少腿的，竟然要嫁给一个盲人！这，在正定顿时变成了大新闻。

乡亲们纷纷议论："漂亮的大姑娘，却要嫁给一个瞎子，金凤凰咋就落在了草窝里？"

外面的人风言风语，家里的亲戚们也竭力反对。

清香家里跟她叔叔一说这事，叔叔就强烈地反对。他对清香说：

"听说你要随那个瞎小子，叔叔难过得一晚上睡不着觉。人说，水往低处流，人往高处走。自古以来，嫁娶都讲究门当户对，你一个好女子怎能嫁给瞎子？"

清香是个倔脾气，自己拿定主意的事，别人越反对她态度反而越坚决。她回答道："叔叔，你同情我爱护我，这么想我倒不要紧。但是，你别反对。孟杰这个人我是随定了！"

"你要这么犟，我把你的腿绑起来，不让你去见那瞎小子！"叔叔威吓道。

清香毫不退缩地回应："那我就把孟杰拉我家里去！"

清香的姑姑也找到她妈妈，竭力阻止这门婚事："清香是个健全人，跟一个盲人，哪吃得起那份苦？"

赵小兰回答："清香五六岁上就没有了爹，从小就吃过很多苦，受过很多累。她嫁给孟杰，能吃得了那份苦。"

清香的一个大伯是大队的支部书记。他看到亲人们的各种劝阻都没法改变赵小兰一家人的决定，竟做出了一个令人意想不到的举动。他跑到派出所去举报，说赵小兰包办女儿婚姻。公安就把清香母亲抓起来，关到了派出所。

这下可有好戏瞧了！村里人都在纷纷议论这件事。

接着，当地派出所会同妇联一道展开了调查。经过认真走访当事人和亲戚邻居，确认事实并不像清香大伯所说的那样，这才把赵小兰给放了出来。

派出所和妇联还找到清香大伯，对他说："这事你不能管。我们国家都讲婚姻自由。你要是管着，万一出了事，你就是知法犯法！"这话，终于把大队支书给压住了。

正在这时，远在外乡的清香的七十多岁的姥姥和六个舅舅闻讯赶来，要坚决制止这门婚事。

舅舅们威胁说："小兰，你要坚持让清香和盲人成亲，我们就和你断亲。"

赵小兰回答："我知道你们都是好心，是怕清香将来受苦。但是，结婚这件事，只要清香自己愿意，你们谁都别管！"

就在事情闹得不可开交的时候，清香的姥姥提出来，她要亲自见见孟杰这个盲小伙儿，看看究竟是怎样一个人竟能把她的外孙女给迷住。

没想到，一见到孟杰，姥姥就喜欢得不得了，觉得这实在是一位知书识礼、英俊耐看的好小伙儿。于是，她的态度来了一个180度大转弯。本来反对二人婚事的她倒反过来劝起清香的几个舅舅："我这宝贝外孙女，她不怕受罪，你们谁也不能拦着她。新社会讲婚姻自由，谁要管她，出事了，我豁出老命也要跟他拼了！"

清香的姥姥这么一说，谁也不敢再言语了。

他俩的结合轰动了两个县

男女双方都同意了，清香家里也都没人干涉了。赵小兰挑了一个好日子，领着闺女就去了孟杰家。

孟杰父母看到一个又高挑又漂亮的儿媳妇送上门来，高兴得合不拢嘴。

就这样，两家人商定了迎娶成亲的日子。

1986年农历腊月二十二是一个好日子。穆孟杰身穿崭新的西服，曹清香披上了洁白的婚纱。

他俩的婚事成了平乡和正定两县轰动性的新闻。

以前，因为家里有两个盲人，穆孟杰一家常常被几个伯伯和村里人瞧不起。孟杰的一个伯伯都曾下过断语，说他哥儿俩眼睛都看不见，终生都娶不上媳妇。现在，村里人娶亲，最显耀的头一份就该数孟杰了。

因为家住得远，成亲前一天，清香就住在了孟杰的姐姐家里。

到婚礼那一天，孟杰用自行车去驮新娘子回家。一路上，喇叭唢呐震天响，敲锣打鼓闹得欢。酒席摆了得有二十桌，来了有两百人。其中有很多都是孟杰学艺时认识的朋友。

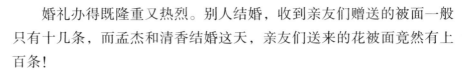

婚礼办得既隆重又热烈。别人结婚，收到亲友们赠送的被面一般只有十几条，而孟杰和清香结婚这天，亲友们送来的花被面竟然有上百条！

孟杰从小便发誓要为父母争口气。小时候老被别人瞧不起，连伯伯们也看不起他们，见了面都不搭话。那一个月，村子里和孟杰一样年龄的小伙儿共有三个人娶媳妇。村里人都说就属孟杰的媳妇长得最好，个头儿高又苗条，长得"一表人才"。看到这些，邻居们都对孟杰母亲说："咱们村里就属你命最好！你儿子这么争气、这么有出息呀！"

听到这些话，孟杰母亲的脸上笑成了一朵花。孟杰自己也感到很自豪。

孟杰的婚事，一时传为了当地的美谈。但是，村里人同时也在悄悄议论："这么好的媳妇，跟孟杰这样一个盲人能过得下去吗？"许多人认为，人家一定是看上了孟杰现在有钱能干，将来日子肯定过不长。

那时候，孟杰父母的心里也在打鼓，现在我们家孟杰能挣钱人家会跟着，如果有一天，孟杰不能挣钱了，人家姑娘会不会就要跟他分手了？

度完蜜月，孟杰就继续外出卖艺挣钱去了。清香则回娘家居住。

每次孟杰半路回家，就到清香的娘家去。而到了腊月年底，两口子都要回到东辛寨村，到了正月初七八孟杰又外出卖艺，清香则再回到娘家。

结婚第二年，他们的第一个孩子出生了，是个男孩儿。孟杰按照家族的排行，给他起名叫穆华飞。华飞过满月喝喜酒的时候，全村的人都来，大家都羡慕这个小康之家，如今又添子加丁，日子越过越红火。办完满月酒，孟杰还出外说书挣钱，清香则回到娘家照顾孩子。

1989年女儿华鑫出生，孩子们几乎都是清香一个人拉扯着长大。清香是个要强的人，在地里干活儿是个好劳力，在家里又把孩子照料得无微不至。儿女们都长得虎头虎脑、健健康康的。

1992年，穆孟杰带着妻子曹清香回到东辛寨村。村里给他分了一块新的宅基地。他便和自己父母家分开，在新宅基地上，盖起了一座院子。技工都是专门从石家庄请来的。楼顶大梁用的是钢筋混凝土，墙体和屋顶使的都是整块的水泥空心板，墙壁上则都贴上了白瓷砖。院子为独门独院，五间大北屋，一水儿卧砖到顶。房屋布局合理，光线充足。这座新房子，在当时的平乡，大概都要算是头一户。

孟杰还请人在自家院子里打了一口井。以前，他家和邻居们要吃水，都要走到一里路外的村西去挑。现在他家打了水井，既方便了自家，也大大地方便了左邻右舍。大伙儿都夸奖孟杰做得好。

有了房，村里又给了四亩地。平时，孟杰还出去卖艺。地里的活都是清香一个人干。有时，孟杰的父母也能够帮些忙。他们这就算是正式有了自己的小家。

如今，日子一晃已经过去了二十七八年。当年的这一对小夫妻如今都已步入中年，而且儿女双全。穆孟杰创办起了特教学校并担任校长。妻子曹清香不仅是他的贤内助，还是他事业上最得力的助手。夫

◎ 家庭会议

第五章 遇见知心爱人

妻之间恩爱如初。在别人面前，清香有时还会拍着孟杰的肩膀，夸奖道："这个意中人，俺是没选错。"

采访手记

爱情是心灵的契约

　　心好面善。穆孟杰是个聪明、善良的青年。虽然他眼睛看不见，但是他的心灵之眼却始终睁开着。在流浪学艺、卖艺的过程中，在遭受无数的歧视、偏见和嘲讽之后，他变得成熟起来，他的心灵善良如处子。因此，他的面相也善，长相也俊，令人乐于接近。

　　他心地善良，又是一个有本事、有作为的人，难怪年轻貌美的曹清香会看上他，并且冲破重重阻力与他结合。

　　爱情是心与心之间的呼应与共鸣，是心灵不渝的契约。曹清香认定，穆孟杰是个实诚人；而穆孟杰看好，曹清香是个善良的姑娘。天下姻缘一线牵，这根把他们牵到一起的红线，正是共同的善良与诚实。

　　真正的爱情，是植于心灵深处的连理树，根深干直，枝繁叶茂，因此能够屡经风雨磨难而不折，遭遇挫折不幸而挺立！

第六章　办学圆梦

　　1995年，在外流浪卖艺十八年的穆孟杰手里已经积攒了近百万元，这在当时算是东辛寨村第一富裕户。这一年，他终于结束了自己四处流浪的生涯，回到了家乡。

　　得知丈夫不打算再外出奔波劳碌，妻子曹清香自然是最欣慰的。孟杰有手艺，既会针灸、按摩，还会说书拉弦弹唱，而且还能给人做心理咨询，名声远扬，十里八乡乃至附近几个县的人都知道他的大名。因此，无论他是在外流浪，还是待在自己家里，都不愁有人找他治病、说书或是做心理咨询。孟杰回到家，不仅不会耽误继续挣钱养家，还可以帮着妻子料理农活家务。这，实在是一件一举两得的好事，难怪妻子整天乐呵呵的。

妻子要跟他离婚

　　回到家后，穆孟杰并没有闲着。他除了每晚在村东、村西说书外，白天还在家里给人做按摩、扎针灸。每天大清早，就有客人找上门来，请他用《易经》帮他们释疑解惑，做心理咨询。所以，他天天都很忙碌。因为忙碌，而感到很充实、很愉快。

　　是啊，经历过十八年的摸爬滚打，到处流浪，穆孟杰早已学会了一整套身为盲人的生存技能。但是，他永远无法忘怀自己的过去。他忘不了当年自己失明后，村里人都瞧不起他，故意刁难他，甚至连亲人

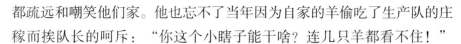
都疏远和嘲笑他们家。他也忘不了当年因为自家的羊偷吃了生产队的庄稼而挨队长的呵斥："你这个小瞎子能干啥？连几只羊都看不住！"

他忘不了自己十八年里走街串巷到处受到的冷遇和刁难，忘不了这么多年里自己受的罪、吃的苦。到外乡去流浪，就连吃饭都是站在大街上，风吹过来，沙子洒到了碗里，自己也看不见；夜里住宿，赶上好心人收留住屋里，多数的时候自己都要在麦秸垛或是别人家的屋檐下、牲口棚里过夜，过的是牛马猪狗一样的生活。每一天都在风吹雨打日晒中度过。有几次，走在街上，他差一点儿被大卡车撞上，或是掉进深坑里、旱井里。跌倒、摔倒、擦伤、流血，更是不计其数。要是遇上受寒生病了，更是只能靠自己硬挺过来。

做一个盲人真难哪！

一个盲人想靠流浪卖艺来谋生挣钱，更不容易呀！

只有吃得苦中苦，方能做得人上人。孟杰永远忘不了当年自己想上学而不得的痛苦，忘不了想上保定盲校却又交不起学费的遭遇。现在，他自立了，发家致富了，甚至做到了连健全人都难以做到的事情。他成功挑战了一个盲人生存的极限。

先富起来的穆孟杰，没有忘记那些还在黑暗中苦苦挣扎的盲人兄弟姐妹。

他想：我小时候眼盲被人瞧不起，现在出人头地受人尊敬，那是因为我有本事，会挣钱。可是全中国还有好几百万名盲人，单单邢台市估计就有上万的盲人。他们因为生活不能自理，没有一技之长，有的被家庭遗弃，有的成了社会的累赘和负担。这些盲人当中绝大多数属于目盲加文盲。盲人必须学会一技之长，才能自强自立，成为社会的有用之才，才不会被人看不起。他希望自己能够帮到更多的同伴、更多的盲人。

做到健全人能做的一切，依靠自己自立，这个早年的梦想今已成真。一个新的梦想，又在他的心中升起。

他要为盲人办学，用自己掌握的知识教会他们自立！

他要让走不出家门的盲人走进他的学校，让上不起学的盲人有学上，让更多的盲人都活出个人样来！

1996年年底，他把自己琢磨无数遍的想法跟妻子曹清香说了。没想到，却遭到了妻子最强烈的反对。

"不行！不行！！绝对不行！！！"清香接连说了三个"不行"，"家里有你一个盲人就够我忙活的了，你要再招一些盲人上咱们家来，我一个人哪里照顾得过来？"

妻子的反对似乎在孟杰的意料之中。毕竟，家里还没过上几天安稳日子呢。

孟杰不着急，他慢慢地给妻子做"思想工作"。只要一有机会，就向妻子念叨："盲人只有学会本事，才不会成为社会的包袱、家庭的负担。我就是盲人自立的活教材。我把经验传授给他们，可以改变多少家庭啊！"

他还不时地拿盲童的不幸遭遇来举例，试图打动妻子，激起她的同情心："你看那些盲童，别人朝他们扔石头，嘲笑他们是'小瞎子'、'傻子'，谁都瞧不起。咱要是帮着他们自立了，他们就会跟我一样，不再受人歧视和嘲弄……"

妻子却不听他的，反驳说："办学是一个无底洞，你挣多少钱都填不满。"

那时候，社会上已经兴起私立学校。孟杰把自己想好的打算跟妻子说："我想咱们可以办一个私立学校，既招收健全学生，也招收残疾学生。健全学生收费，残疾学生不收费，以学养学。"

妻子仍旧不同意："你在外十几年靠说唱卖艺、针灸按摩攒钱多不容易，现在刚安顿下来，才过上几天安生日子啊？你又要投资办学校，办学校一投就是几十万、上百万，咱那点家底哪够？如果赔了，咱家的日子咋过呀？再说，你又没有上过学，根本不懂教育。"

穆孟杰回答："钱不够，可以借。不懂教育，我可以聘请专家来。困难再大也要办。盲人的确很不容易，我要让他们学知识走出黑暗，不再吃我吃过的苦。我小时候上不起学，现在有能力了，说啥也不能再让没钱的盲童没学上！"

妻子沉默不语。

孟杰接着劝说："清香啊，你相信我嫁给了我，而我是残疾人。你看得起我，就能看得起所有的盲人。"

尽管清香能够理解丈夫的想法，但是她却怎么也接受不了他的决定。一想到家里就要增加好多个盲人，她的心里就忐忑不已。

孟杰似乎一点儿也不着急，一有时间就跟妻子念叨："残疾人出门多不易呀。我们现在有钱了，办学教他们本事，也是在帮别人。这是在做慈善，是积善积德呀！"

孟杰接着说："原先咱们村这里没有自来水，村里的人都要到外村去挑水喝。你每天也要走老远的路去挑水。后来，咱们自己打了一口井，不仅你不用出去挑水了，连村里东半村的人都可以到咱家挑水。咱们自己受益，同时也能帮助到别人。这是多好的事啊！给盲人办学也是这样的利己利人、利国利民的大好事啊！"

清香回答："我知道你当年挖那口井是因为心疼我，怕我太辛苦。咱们现在不愁吃不愁穿，小钱不断，可以说过的是小康生活。你何必去办学校？办学，资金哪里来？谁来管理？人家健全人搞企业都那么难，你一个残疾人办慈善事业能搞得通？"

清香又跟家里的母亲和哥哥商量孟杰打算办学这件事，结果她的家人也全都反对。

东辛寨村有一千多口人。村里人听说穆孟杰要办学，招收盲童，都觉得不可理喻："自己成了盲人还不嫌麻烦，还要招更多的盲人到家里去。那些盲人又能给他们家带去什么好处呢？"

大家都觉得孟杰想法古怪。有的人则在等着看他笑话："一个残疾人还能办学校，那是做梦娶媳妇——想得美呢！"

"对呀，对呀，那是瞎子瞎想呢！癞蛤蟆还能吃上天鹅肉不成？"

孟杰办学的决心非常坚定，依旧一次又一次耐心地劝说妻子。

这次，妻子可真生气了：

"你听到村里人的各种风言风语了吗？人家都等着看我们笑话哩！办学了你吃啥喝啥呀！你要坚决办学校，我就跟你离婚！"

一气之下，清香抱起女儿，回正定自己的娘家去了。

孟杰一下子蒙了。他没想到，妻子的态度会如此激烈。

那么就不办学了？那么，自己当年发的誓愿就化成泡影了？难道，那么多人帮助过自己，自己学会了一身的本事，就只是为了让自己一家人过上好日子？

孟杰心里十分纠结。他理解妻子的心情，知道她也是为了自己好，为了自己的家庭着想。但是，一个人活着，难道只是为自己活着，为家人活着吗？

那些天，他寝食不安，饭菜不香。

再说清香，回到了娘家，气呼呼地告诉母亲：

"娘，孟杰非要办盲人学校，我这日子过不下去了！"

赵小兰一听便明白了：女儿是赌气跑回娘家的。

穆孟杰这个女婿是她亲眼相中的。这么多年，她也是看着孟杰和清香小两口儿的日子一天天红火起来的，做母亲的心里当然是欣慰的、高兴的。这个女婿没有选错，自己没有看走眼！现在，他要办学，按说也是一件大好事，但是，对于家庭来说却无形中就要增添许多的负担。因此，赵小兰的内心也很矛盾。一方面，她希望女儿女婿和和美美地过日子；一方面，她也承认孟杰的想法并无不对。

这是一位善良的母亲。她耐心地劝清香："你跑回娘家了，把孟杰一个人扔在家里，他一个盲人谁给他做饭哪？他还得做事挣钱呢。"

"娘，我才不管他哩。他一心只想着要给盲人办学，这个家还怎么过下去？"

"女儿啊，孟杰他的心思是好的呀！常语说得好，帮人就是帮自己。孟杰如果能够帮到别的盲人，那也是在帮他自己，是在帮他实现自己的念想呢！"

"我知道孟杰以前发过愿要给盲人办学。但是，办学是个无底洞，家里有再多的钱也填不满哪！"清香说。

"古人说：二人同心，其利断金。夫妻俩任何时候都要同心协

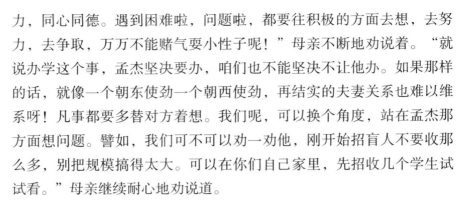

力，同心同德。遇到困难啦，问题啦，都要往积极的方面去想，去努力，去争取，万万不能赌气耍小性子呢！"母亲不断地劝说着。"就说办学这个事，孟杰坚决要办，咱们也不能坚决不让他办。如果那样的话，就像一个朝东使劲一个朝西使劲，再结实的夫妻关系也难以维系呀！凡事都要多替对方着想。我们呢，可以换个角度，站在孟杰那方面想问题。譬如，我们可不可以劝一劝他，刚开始招盲人不要收那么多，别把规模搞得太大。可以在你们自己家里，先招收几个学生试试看。"母亲继续耐心地劝说道。

清香想了想，觉得母亲的提议也不无道理。如果自己一定要拗着不让孟杰办学，那么，他心里也不痛快。人说：人活着，头等重要的事就是图个心安，求个愉快。如果天天发愁烦恼，那样的日子该多难过呀。因此，她没有反对母亲的建议。

听到女儿没吭声，赵小兰心里有了底。

她给孟杰打电话，告诉他，清香回到娘家了，还在发脾气。同时她也劝孟杰，在办学这方面他毕竟还没有经验，不能急于求成，要从长考量，慢慢做起来，因此，刚开始时可以先招几个学生来试试看。

在岳母面前，孟杰不敢违拗。毕竟，当年他们家顶着那么大的压力，把一个好女儿嫁给了他，自己一直都是心存感激的。

在电话里，他答应岳母，这两天就租辆车去把清香娘儿俩接回家。决不能太随便了，得让妻子有面子找个台阶下。

赵小兰回过头又来做女儿的工作："孟杰同意了，答应先招几个孩子，就在你们家里教。试试看，行就办，不行就拉倒。清香啊，我看他能做这样的妥协也可以了。况且，孟杰在电话里也说了，他要租辆车来接你回家。这就像是用八抬大轿子来接你，给你赔礼了。你回家不？"

清香是个通情达理的女子。听了母亲的劝说，她默默地点了点头。

就这样，孟杰专门租了辆车，从正定岳母家把妻子和女儿接回了平乡。

"孟杰家都成了瞎子窝"

说办就办。孟杰开始着手了解谁家有盲童。他在附近的几个村子里一个一个地去打听。

那时候，家里有残疾人的人家都觉得不光彩，不愿意把孩子放出来，每天都把孩子锁在家里，只管吃喝。

太阳再暖和，也有照不到的地方。

在找寻盲童的过程中，穆孟杰发现，许多盲童的生活就是太阳照不到的地方。他在走访中了解到很多盲人的处境，许多孩子都比他当年更为不幸。有些人向盲童扔石头，更多的人认为他们都是傻子。更大的不幸不只来自外界，还来自这些盲童的家庭。在家里，他们同样受到了不公正的对待乃至歧视和虐待。有些父母把孩子整天绑在床上，不让他们走动。有一户人家甚至把盲孩子扣在一只盖了盖子的大瓮里，把孩子锁到地窖里。许多家长从来就没有教过盲孩儿任何知识，甚至连走路、吃饭、穿衣、大小便等最基本、最简单的生活自理能力都没培养过。

孟杰动员这些人家，请他们把孩子交给自己去学本事。有的人家担心，自家的孩子从未离开过家门，连吃饭穿衣都不会，怕到了孟杰那里会很不适应很遭罪；有的人家则担心穆孟杰要收很贵的学费，自己家里没钱交不起。孟杰一个劲儿地跟他们做工作，说自己是个盲人，办学纯粹就是为了教会和他有相似遭遇的盲童一技之长，将来长大了可以自立，不致成为家庭的负担；他只酌情收取很少一点儿的伙食费，不收学费、住宿费，云云。

经过好几天深入细致的查访打听和苦口婆心的劝说，孟杰在临近村子里总算招收到了三个盲童：史国忠、史朋强、史宗召。年龄一个十一岁、一个十三岁，还有一个十五岁，都是智力正常的孩子。

1997年春，这三个与穆孟杰非亲非故的盲童走进了他们家。孟杰一家人住在北屋，三个盲童住在东屋。大家同吃同住，生活在一起。

第六章　办学圆梦

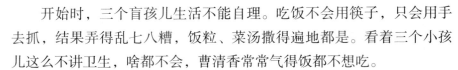
开始时，三个盲孩儿生活不能自理。吃饭不会用筷子，只会用手去抓，结果弄得乱七八糟，饭粒、菜汤撒得遍地都是。看着三个小孩儿这么不讲卫生，啥都不会，曹清香常常气得饭都不想吃。

有的盲孩子不会数数，不会走路，更有甚者，连白天还是夜晚都分不清，也辨不清方向。因为在家里，从来就没人教过他们这些。看到盲童们这样的状况，孟杰心想：他们本不该受到如此不公正的对待。作为一个从小就失明的人，他对此深有体会：一个人，看不见常人的世界，还不是最坏的事情；感受不到世界的温暖，将会给这些孩子带来终生的遗憾。因此，他办学育人的决心变得更加坚定了。

盲童们大小便也找不准便坑，经常把屎尿拉到了便坑外面，一不小心，脚还会经常踩到自己拉的屎。他们的眼睛看不见，这踩了屎的脚就在屋子里、院子里到处走来走去，弄得整个屋子和院子臭不可闻。曹清香无可奈何，只好跟在这三个盲学生后面，一天到晚不停地收拾、清洗。

她的心里老大不痛快。她对孟杰埋怨说："俺伺候你一个盲人心甘情愿，再管别的盲人不愿意哩。"

孟杰拍拍她的肩，劝慰她："我就是见不得盲人受委屈，正因为他们在自己家里家长不会管不会教，才送到咱们家。咱要是再不管，他们就真成废人了！清香，你就把他们当成自己的孩子吧。"

清香是个心直口快的人，刀子嘴豆腐心。虽然看到孩子们啥都不会，还把自己家里搞得乱七八糟，但是，她一向把这些盲孩子与自己的孩子一视同仁，自家孩子吃什么，仨盲学生也吃什么。

有一回，曹清香给孩子们吃香蕉。有个孩子说："师母，你真好，比我妈妈都好！我妈妈有好吃的只给我哥哥和妹妹吃，就是不给我吃，只让我去干活儿。"

听了这话，曹清香心里大惊：作为父母，怎能这样偏心？对自己的残疾孩子不仅不去格外关爱，反而还要虐待。这，让清香受到了巨大的震撼。从此，她暗暗下定决心，绝不能再让这些可怜的盲童在自己这里受到伤害，要让他们感受到家的温暖。

她觉得，自己开始有点儿理解丈夫了。

态度转变了以后，清香对盲孩子们更有耐心，也不再那么嫌弃了。

但是有一天，她突然气呼呼地从外面回家来，对丈夫说："孟杰，你知道外面人说你啥？'孟杰是个瞎子，还嫌家里瞎子少，又招了三个小瞎子，都成了瞎子窝了。'"

没想到，孟杰倒很平静。他对妻子说："你别管别人说三道四。他们越这样说，我越要办学。今年招三个，明年招三十个，后年招三百个！只要你理解支持我就行！"

孟杰办学，他一个人教盲童们学习生活自理技能，学习说书拉弦、盲文和文化课。为了让孩子们学得更快，他把盲人该怎样走路、如何穿衣、如何辨别方向、怎样吃饭等都编成了朗朗上口、易于背诵的顺口溜，一个个教会他们。

妻子曹清香则帮着照料大家的生活，有时也帮着教教孩子们生活技能。平时她帮孩子们洗衣、做饭，伺候他们穿衣、洗漱、吃饭。当孩子们病了，她还要去买药，专门给孩子做容易消化的面条吃，一直守护在身旁。

要为盲人盖大学校

到了1997年夏天，孟杰又招收了五名学生。原本宽敞的家里，一下子变得拥挤起来了。这时，穆孟杰动起了新的念头：他打算跟村里租块地，盖一座教学楼，正式把盲人特教学校办起来。

他将这一想法提出来同妻子商量。

妻子心疼孟杰，说："人家正常人办学都很难，你一个失明的人要办学校，谈何容易呀！"

孟杰笑着回答："我就是要挑战一个盲人的极限。如果说，我以前靠自己赚到了钱，成功地挑战了盲人生存极限的话；这一次，我就想再试一试，能不能成功地挑战盲人创业的极限。一般正常人都做不到的事，我也要通过努力去做到！"

丈夫的话掷地有声。

清香无疑还是要继续支持他。但她更担心，一旦办起学来，哪里去找那么多的办学资金呢？

孟杰仿佛猜到了妻子的心思，告诉她："我打算等学校办大了以后，招收一部分正常学生，每年收部分学费，但是学费一定要比其他学校少得多，这样就能把正常学生吸引到咱们学校来。然后，我再用这些学费来贴补盲童们的学习费用。每个盲童家庭只需要交少量的生活费，估计数额不大，他们大都也能接受。如果做到了这样，我们就可以'以学养学'，学校收支大致可以取得平衡。再说了，在办学的同时，我还可以继续通过做心理咨询和按摩、针灸赚钱呢！"

清香仔细想了想，感觉丈夫的想法似乎也还可行，没再执意反对。跟孟杰共同生活十一年，她知道，一旦他认定了的事情，谁也拽不回头。既然如此，那就由他去做，自己乐观其成好了。

古语道：贤妻令夫贵，恶妻令夫败；妻贤夫祸少，子孝父心宽。正是因为背后有曹清香这样一位贤惠能干的妻子，穆孟杰的事业才能蒸蒸日上，吉星高照。

从这一年夏天开始，穆孟杰开始跑办学的各种手续。

首先是跑县教育局，取得办学资质；其次要跑县里的土地管理部门，批准一块用于办学的土地。这些事，哪一件都不简单。

村里人听说孟杰要办学校，都议论纷纷："一个健全人想办点事都不容易，他一个盲人能行？"

穆孟杰是个性顽强的人。十几年的独自外出流浪卖艺，他早已磨炼成了刚硬的性格，凡事不达目的绝不言弃，永不罢休！

穆孟杰打了个车来到了平乡县里，他先找到残疾人的"娘家"——县残联。

县残联的领导热情地接待了他。听说他要办私立学校，招残疾儿童，县残联领导激动地说："孟杰你有气魄，有眼光！这是为残疾人办大好事，我们全力支持你！"

有了残联这个"娘家人"的支持，孟杰的心里好似吃了一颗定心丸。

　　要办一所残疾人的学校，光有残联组织的支持还远远不够。按照残联领导的指点，孟杰又摸索着找到了县教育局。

　　教育局的人可不像残联的人那么好打交道。

　　一见到穆孟杰拄着竹竿走进办公楼，马上就有人把他拦住："你干啥呢？"

　　孟杰说，他是个盲人，想要办一所私立学校。

　　教育局的办事人员根本就不相信。

　　孟杰又说，他要找局长。

　　结果局长不在。

　　孟杰转身去了国土管理局。

　　隔了两天，孟杰又去教育局。教育局的人告诉他："领导不在，你改天再来吧。"

　　孟杰丝毫不灰心。他想，不就是找人吗？不就是找局长说明情况

◎ 穆孟杰

吗？再难，也没有当年流浪学艺难！

他一遍又一遍地去教育局找人。那里的人对他都很熟悉了。每次他去的时候，大家不想搭理他，都故意躲着他。有时，孟杰明明听见前面有人说话，走过去了，那些人又都不言语了。孟杰又看不见，他只能摸索着，一个门一个门去敲，又一次次地碰壁。

他又到国土管理局去跑土地手续。

国土管理局的人厉声质问他："谁让你办学的？谁批准的？"

孟杰哑口无言。

但他没有气馁，更不会就此放弃。他是说啥也要办学的。政府部门的工作人员越不支持越不叫他办，他越要办给他们看看！

无奈，他只好又返回头去教育局找人。

"你图个啥？受这么大的罪！"

孟杰一次次地登门，一次次地询问打听。

这一回，教育局局长终于在办公室。他认真听取了穆孟杰的计划，让他回去拿出详尽的办学方案和一系列的申请材料，然后再送到教育局来审核。局长心里想着：这个盲人，没事闲着不好，还非要办什么学校？我看他准办不成！

等到孟杰拿着各种材料去教育局里，局长说还要出具财产证明等各种资料。

孟杰心里说："你上一次咋不一块儿说了？害得我再来跑一趟！"

但他嘴上却什么都没说。

这是8月盛夏的一天。从教育局出来的时候，已是下午四五点钟，只见外面狂风大作，暴雨倾盆。

孟杰摸索着走到街上，好容易拦住了一辆出租车。人家一听说要跑到平乡镇东辛寨村，马上一口回绝："不去！"

孟杰恳请道："师傅，你看，我是个盲人，实在不方便。你看这样行不？我再给你加些钱。平时人家都是二十元，我给你五十元。"

"不行！加钱也不去！"一想到乡下的道路泥泞不堪，有的地方可能根本就没路，出租车司机毫不松口。

没办法，孟杰只好继续等。

等了得有一小时，终于找到了一辆愿意跑东辛寨的出租车。可是司机说了，这么大的雨，没有八十元他是决不去的。

孟杰无奈地答应了，但是要求司机一定要给送到家门口。

路上几乎没有车辆和行人。这么大的暴雨，如果不是为了生计，谁还会跑出来呀！

挡风玻璃完全被大雨覆盖住了。司机启动雨刮器不停地刮去雨水，一面小心翼翼地往前开着。

车几乎像是在水里游动，缓缓地、笨拙地行驶着。

从县城到平乡镇的道路还好走。到了平乡镇，道路变得泥泞起来，雨水几乎淹没了马路。汽车像蜗牛一样行驶。到了就要拐向东辛寨村方向的北柴村路口，积水得有半米深，漫过了路面，车轱辘都陷在了水里。司机把车停了下来，说啥也不肯往前开了。

"你下车吧！这路没法再往前开了！"司机对穆孟杰说。

"师傅，咱不是说好了开到我家门口吗？"孟杰吃了一惊，这么大的雨，离家还有六里路，自己一个盲人怎么走回家呀？

"是啊，我们是说好了开到你家门口。可是，你看这么大的积水，我这车要是陷进去了还怎么回去呀？"

"师傅，你就行行好吧！你看我一个盲人不容易，这么大的雨怎么走回家呀？要不，我再给你加钱，行不？"孟杰恳求道。

"老哥呀！这不是钱不钱的问题。实在没办法，这么大的积水，我可不敢开过去。你别说给我加钱，你给我再多的钱，我也不敢再往前开了。我也求求你，你就在这里下吧。我不多收你钱，你还是给我二十元好了。"司机反过来求穆孟杰。

凡事无法勉强。孟杰只好付了车钱，下了车。

雨还在哗哗地下。

打着一把小伞的孟杰，衣服一下子就被淋湿了。他拄着竹竿，摸索着往回走。

地上到处都是积水，都是水的陷阱。孟杰深一脚浅一脚慢慢地往前探着路。通往东辛寨村的道路本来就是一条很窄的小泥路，下过大雨，路上都成了汪洋一片，即便是明眼人，要在这么大的积水中穿行都很艰难，何况他一个盲人！

孟杰高高地卷起了裤脚。水已经没过了他的膝盖。竹竿探到水底的路上，都找不准踏实的地面。在有的路段，积水形成了湍急的水流，冲击着他的竹竿。有好几回，他几乎都要站不住了，差一点儿摔倒。

下暴雨天黑得格外早。路上一个人影都没有。穆孟杰身上的衣服全都湿透了，寒意一阵阵地袭来，他不停地打着冷战。心里却不住地在提醒自己：我可不能倒在这里！

今天出门的时候没带多少干粮，中午在县城等候局长的时候都已经吃光了。随身带的小袋子里没有吃的，也没有喝的。孟杰感到又冷又饿。地上的积水太深，他几乎是一小步一小步地蹚着水在走，速度慢得几乎跟一只小蚂蚁一样。

他尽量小心翼翼地摸索着探寻结实的路面。然而，千防范万防范，也有马失前蹄的时候。一不留神，孟杰的一只脚踩进了一个深坑里，他一下子摔倒了。袋子丢了，竹竿也被水冲跑了。

孟杰的脑子里一片空白。心里暗叫了一声："完了！这下完了！"

整个人都跌倒在了水里。

过了几秒钟，他的意识仿佛又清醒起来了：不！我不能倒在这里！我得站起来！我还要给盲人们办学校呢！

他用手摸索着撑着地，竭力地爬起来。

手臂擦伤了，脚也崴了，身上到处都是泥和水。

等缓过劲来，孟杰一手紧紧地抓住雨伞，一面在水里不停地摸索，试图找回他的那根竹竿。

可是，哪里还能找到竹竿的影子啊？

大约过了十分钟，孟杰意识到，自己的竹竿一定是被水冲跑了。

这可如何是好呢？竹竿可是他的眼睛，没了竹竿，他还怎么摸到回家的路！

雨还在下，丝毫没有停歇的意思。

孟杰只好用一只手向前探索，继续朝家的方向一点儿一点儿挪去。

半小时过去了，他还在摸索；一小时过去了，他还在往前探路；两小时过去，他还在雨中挪步……

如果是一对情人，如果是细雨霏霏，那么情景一定十分浪漫，令人感动。可是，孟杰是一个盲人，孤身一人，这么大的雨，如此黑沉沉的夜。哪里才是尽头？何时才能到家呀？

有一阵子，孟杰甚至怀疑自己快支撑不住了。

手臂伤口的疼痛早已麻木，寒冷也不再使他发抖。他的心里陡然升起了莫名的恐惧：自己这条命不会丢在这里吧？

他回想起自己十几年的流浪生活，尝尽了人间的酸甜苦辣百般滋味，也为家里积攒了近百万的财产。如今，自己也有了子女。按说，人生的几件大事——成家立业、发家致富、生儿育女、赡养父母——他都已逐一完成。这一辈子如果就这样了结，倒也可以问心无愧了。可是，我的生命真的就要这样完结了吗？我才三十二岁，精彩的人生才刚刚开始，好日子也才开了一个头，我的事业都还没起步呢！

我不甘心！

我怎能甘心呢！

孟杰心里仿佛突然增添了一股劲儿。不能服输，不能屈服，这是他一生做人的准则。

会没事的，一切都会过去的。家里，是啊，家里还有娇美贤淑的妻子，聪明伶俐的儿女，他们一定都在眼巴巴地等着盼着我回家呢！我怎能在这半路上躺下呢！

这天下午，在家里带着幼小子女的曹清香就开始暗暗地感到不安。因为天下雨了，而且越下越大。她担心去县城找人的孟杰能否顺利地返回，一路上还好吗？

到了晚饭时分。平时，孟杰应该回到家了。清香打上伞，走出门去探望。

没有人。

孟杰还没回来。

饭菜都凉了，孟杰还是没回来。

清香的心里越发感到不安，甚至有一种不祥的预感。都已经晚上八九点了，孟杰怎么还不回来？难道他会在城里过夜不成？可他从来都舍不得花钱住宾馆哪！那么，莫非他在路上遇到了什么——不测……

不能想了。越想，清香越感到害怕。

她索性打上雨伞，拿着手电筒，走到两里路外的村口去。她要在那里守候着她的丈夫孟杰回家来。

等啊等，等啊等，总是望不见人影。

都已是半夜时分。路上，除了雨声，还是一个人都没有，一点儿别的声响都听不见。

孩子们留在家里。天黑漆漆的，小妹妹华鑫害怕得直哭，哥哥华飞一个劲儿地安慰着妹妹："别哭，别哭，爸爸妈妈就快回来了！"

清香还在守候着，像一棵树，一动不动地矗立在村口。她也不知道丈夫这会儿在哪里，但她一定要等到他回来！

孟杰一直在摸索着。因为丢了探路的竹竿，他的行进变得十分艰难。但他一步都不敢停下，不停地向前挪动着脚步。或许，前面就快到村口了；或许，再走两步就到家了……

大约等到了凌晨2点，都快绝望了的曹清香，就着昏暗的手电光，远远地看见有一个人影在移动。她飞速地跑上前去。

天哪，是孟杰！

没错，是亲爱的孟杰！

曹清香跑上去，一把抱住丈夫，紧紧地。热泪忍不住喷涌而出。

"孟杰，你是怎么啦？路上没事吧？"看到孟杰浑身上下都是泥水，清香连声询问，声音里充满了焦灼和忧虑。

"没事，没事！就是摔了一跤。"孟杰慢慢松开了妻子，说，

"唉，今天这雨下得可真够大的！——咦，你怎么出来了？孩子们留在家里能行吗？"

见到妻子，孟杰的心安定下来了，随即又担心起孩子来。

回到家，在灯光下，看清了浑身湿漉漉、冻得直哆嗦、手臂还在流血的丈夫，曹清香心疼不已。又一次紧紧地抱住孟杰，大声痛哭起来。

"孟杰，你这是遭的啥罪呀？怎么整成这样了呢？"

孩子也都围了上来，不停地雀跃着叫嚷："爸爸，妈妈！爸爸妈妈回来了！"

孟杰拍拍妻子的肩膀，劝慰道："清香，别哭了。我这不没事嘛！"

"没事？瞧你这一身的伤，一身的泥水，这叫没事吗？这学，咱说啥也不能再办了！政府都不叫咱办，咱不再受这份罪！放着好好的日子不过，我们干吗要去受这罪？"清香松开了丈夫，哭诉道。

"别哭了，清香。别让孩子们笑话。你快去帮我找身干衣服换上。"孟杰赶紧转移话题。

换过衣服，热过饭吃了。看着丈夫渐渐地缓过劲来，清香继续劝他：

"孟杰，你图个啥？受这么大的罪！这学校，咱不办了呀？别人都不去办，健全人都办不成，咱也别办了。行不？"

孟杰不慌不忙地回答："清香，人家说，行百里者半九十。咱们建学校，都已经烧了九十九炷香，拜了九十九尊佛，就差最后这一炷、最后这一拜了。不能半途而废，前功尽弃呀！"

"可是瞧你今天这样子，都让我担心死了！"清香委屈地说。

"你看我这不没事吗？吉人自有天相。我是吉人，不会有事的。古人又说，大难不死，必有后福。清香啊，我们后面的路子会越来越顺的。"孟杰耐心地劝说。

在他的心里，创办一所盲人学校，是他今后生活的最大梦想，也是他生命的根本意义所在。

穆孟杰，这位从千曲百折中走过来的年轻盲人，哪会轻易就放弃

自己的梦想呢?

盲人要办成事真难

在家里休养了两天,整理好教育局需要的材料后,穆孟杰又一次来到县城。

当教育局长在办公室里见到他时,大吃了一惊。原以为自己上次提出的烦琐要求一定会把穆孟杰难住,或许他会就此知难而退,不承想,这个盲人是认真的,这次真把私人办学需要的各种复杂的材料全都备齐了。

孟杰给局长讲了一遍上次回家时的遭遇。这,让局长大受感动。局长说:

"我原来不知道你办学有这么大的决心。要不,这一次我就给你把手续办了。"

"谢谢局长啊!我办学不图啥,也不图名利,只图能给盲人们建一所属于他们的学校,让盲人学到本事少受罪,不用白天黑夜地去受风吹雨淋的苦和罪!"孟杰由衷地说。

"好!孟杰,你以后在办学过程里,还有啥困难,就尽管来找我!"局长的态度一下子变得异常热情,几乎与之前判若两人。

"谢谢!谢谢!有局长您这话,今后就是有再大的困难,我穆孟杰都会挺过来的!"孟杰也很激动。真是,有志者事竟成;世上无难事,只怕有心人!

申办私人学校的手续确实烦琐。有关部门一次又一次地审核孟杰的申报材料,多部门联合到东辛寨村来实地考察穆孟杰的办学资质和能力。

经过两年多的奔走,历尽千辛万苦,孟杰总算把办学所需的各种手续都跑下来了。在这两年的时间里,他遇到的各种阻力和困难,真是无法一一叙说。

但是,新的问题又出现了。当他拿着教育局、土地管理局等部门的批准文件，找到村里，希望按照公益用地收费标准跟村里租块土地建学校时，却遭到了村民们的强烈反对。

土地是农民的命根子。平白无故地拿出一大块优质的耕地去建学校，村民们大多不能理解，更难以接受。百分之八十的村民都反对，甚至找到村里去闹。

有的村民说："穆孟杰办学校是要出个人风头，要出名。"

有的村民说："孟杰是要靠学校来挣大钱，发大财呢！"

各种议论沸沸扬扬。村干部也不敢擅做决定。

穆孟杰不着急。他一户一户地去找村民，一遍又一遍地跟他们解释自己办学的初衷。他不厌其烦地告诉他们，自己的眼睛看不见，又不做坏事。他给他们讲自己过去十几年在外流浪学艺学本领的各种艰难，真是吃尽百般苦、受尽万种罪。现在他有了一些钱，希望建一所学校，是为了让许许多多跟他一样的盲人可以不花钱就能坐在教室里学到真本事，将来为家庭和社会减轻负担。他告诉乡亲们，一旦自己的学校办起来了，大家的孩子们都可以优惠入学，残疾孩子一律免学费。他还主动表示，自己要拿出钱来，给村里安装高压电线，更新变压站。

村民们听了穆孟杰的解释，看到他真的拿出三万元钱来为村里安装了高压线和变压站，陆续转变了态度，纷纷表示："孟杰，我们明白了，你确实不易。原先我们误解你了，不知道你以前吃过那么多的苦，也不知道你办学是啥想法，光知道你办学要占不少的地。现在，我们理解了，我们支持你办学校！"

东辛寨村一千多口人，穆孟杰通过挨家挨户做工作，终于赢得了大家的同情和理解。村里按公益用地价格，租了十五亩地给穆孟杰，租期五十年。穆孟杰为此支付了十五万元租金。

"我连死的心思都有"

1999年9月19日，孟杰的特教学校正式开工。当鞭炮震天响起的时

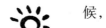

候，穆孟杰激动得眼泪都流下来了。

这所学校从1997年开始跑手续，历时两年多，终于开建了。他的办学梦想就要实现了，心里能不高兴吗？！

他从石家庄请来了最好的施工队，买来了最好的建材。家里多年积攒的上百万元积蓄一点儿一点儿地像流水一般花出去了。

那时候，一个工一天的工钱是二十多元。为了省些工钱，穆孟杰和妻子曹清香每天都带着华飞、华鑫，早早地来到工地，帮着搬运砖头什么的。

到了腊月初九，天寒地冻的，别人家的大人孩子都在家里烤火取暖，穆孟杰、曹清香却要领着儿子和女儿在工地上搬砖、拾掇。他们一心想着，建学校要花很多钱，钱要省着花，省下的都是赚的，能省一分是一分。

孩子们冻得牙齿直打寒战，父母还不让他们休息叫他们继续坚持。至今回想起这些来，曹清香都觉得自己对孩子亏欠得太多。

不承想，问题又出现了。

由于那一年建材和工钱都不断涨价，孟杰原先预算的建设资金已经见底了。当教学楼盖到一层的时候，家里的钱就花光了。

他到处去找亲戚和朋友们借钱，去找人作担保向银行贷款。甚至还借了几十万元的高利贷。这些钱全都投进去了，可是，还是不够。

2000年春节前，施工队的包工头找到了孟杰，要求赶紧付工钱。

"老穆哇，你看工人们就要回家过年了，你把今年的工钱先给结清了？"

孟杰手头已经没有一分钱了。他如实地告诉包工头："兄弟，我现在手里真是没钱，等我筹到钱了，就给你。"

"不行啊！现在国家天天都在宣传，不能拖欠农民工工资。我吃了豹子胆也不敢拖欠哪！老穆，如果你要实在没钱，那我只能让工人们停工了。"包工头摊开双手，一副无奈的样子。

穆孟杰跟包工头说尽了好话。人家还是不听，就是一个要求：赶紧付清工钱。

钱！钱！钱！

钱不是万能的，钱不是一切，但是，在你需要钱的时候，它却能把一条汉子生生地给憋死！

穆孟杰绞尽脑汁想办法。能借的地方都借了，能贷的款都贷了。咋办？咋办？咋办呢？

一时间，他束手无策。

他打电话找人，他上信用社去咨询，他求包工队再宽限些日子……

他想尽了各种办法，几乎到了走投无路的地步。

难道，这学校建一半就要停下来？

难道，就因为缺钱，这学咱就不办了？

穆孟杰哪能甘心！

但是，到哪里去借钱呢？哪里又能弄到钱呢？

他白天愁，黑夜愁。没几天，头发都变花白了。

看到丈夫天天愁眉苦脸、唉声叹气的，曹清香也跟着犯愁。咋办呢？亲戚朋友们能借的钱都借了，还能到哪里去借呢？

钱，说穿了只是一张纸，可是它竟会难死个人哪！

盲人要办成点事，咋就这么难呢！想当初，妻子和家人都不同意，都反对自己办学，都说办学是个无底洞，多少钱都不够填的。现在，果真都让他们给说准了。现如今，自己真的是无路可走了，进无可进，退不能退，还不能远走高飞一走了之。穆孟杰每晚都翻来覆去地想。有时半夜醒来，万般无奈，他甚至连死的心思都有。

可是，死，死又能解决什么问题？一死百了，难道人一死，真的就能什么都了了？

不！

我不能死！我辛辛苦苦十几年挣了近百万的钱都投进去了，难道我就要眼睁睁地看着它们都化成泡影，烟消云散？难道我花了两年多时间，好不容易跑下来的办学手续，就要这样功亏一篑吗？

不！绝不！

一个声音在孟杰的心底高声地叫响。

盲人们向他伸出了援手

世上无难事，只怕有心人。人生就没有过不去的坎。想想自己，从小被人嘲笑、被人戏弄，被人骂作小瞎子啥也干不成，处处受人冷眼鄙视，甚至连伯伯这样的亲人都瞧不起，都断言自己娶不上媳妇。这么多年，流浪卖艺，多少次自己差一点儿被大货车撞死，差一点儿掉进深坑里、枯井里死掉，差一点儿困在大雪里死掉……可是，一次又一次地，自己都没有死成，自己都活下来了，而且通过自己的艰苦奋斗，不也挣到钱、娶上媳妇、盖了房子、生儿育女了吗？

是的，上苍没有绝人的路。卧薪尝胆越吞吴，破釜沉舟事竟成。想当年，西楚霸王项羽不就是在平乡附近的巨鹿与秦朝章邯带领的数十万大军决一死战，最终以数万之众以一当十大胜对方，并且留下了"破釜沉舟"这样的传唱千古的典故吗？

对！破釜沉舟！人就要有一股子干劲，就要有一种精神。一个人，只要精神不倒，意志不垮，勇于登攀，就一定能够到达光辉的顶点。孟杰不断地在心里给自己鼓劲，慢慢地，从消沉的情绪中摆脱了出来。

难道真的就没办法了吗？真的没地方可以筹到钱了吗？

他苦苦地冥思着。

恍然间，像是灵光一现，又像是醍醐灌顶，他突然想到了盲人的"娘家"——盲人协会。可不可以跟别的盲人聊聊，向盲人协会反映反映，看看别的盲人有没有可能借给一点儿钱暂渡难关？

抱着试试看的心理，穆孟杰找到了邻县沙河县的盲协主席李光拥，人称"李二喜"。二喜听说孟杰在建盲人学校的过程中遇到了资金困难，二话不说，答应发动平乡县和附近的沙河、南和、任县三县的盲人都来捐款。

盲人们闻讯，纷纷赶来，多的捐几百元，少的捐五十元。这一下，就筹集了两万多元。

当李二喜把这笔现金交到孟杰手里时，这条刚强的汉子不由得泪流满面，一句话都说不出来。

人说，打虎亲兄弟，上阵父子兵。关键时刻，还是咱们盲人相亲哪！

这时，穆孟杰认识的一位石家庄的企业老板也打来了电话。他听说孟杰盖学校缺钱，开口便问孟杰："你还缺多少钱？"

孟杰没敢多说，回答道："还差两万多。"

对方马上说："我借给你五万元。"

孟杰回答："不用那么多。"

对方说："一个健全人要办学都属不易，何况你一个盲人呢！你啥话都别说了！"

孟杰说："那我给你打个借条吧。"

对方说："打什么借条？你办的是大善事。我相信你，啥时有钱你再还我就是了，不还也没关系。"

盲人捐的这两万多元和石家庄这位朋友给的五万元，可是帮了穆孟杰的大忙。

4月底，学校又开工了。

十里八乡的乡亲们看着一个盲人为建残疾人学校忙前忙后的劲头，都深受感动："能为盲童办点好事，这钱花得值。"

于是，乡亲和朋友们不计报酬，纷纷跑来为建学校尽一份自己的力量。用穆孟杰自己的话说是"有时间的出时间，有劳力的出劳力，有钱的出钱"。

然而，这几万元的钱虽然解了建校一时的燃眉之急，但还是杯水车薪。迫不得已，孟杰又借了二十多万元的高利贷。

2000年夏天，一所占地十五亩的特教学校终于建起来了。

梦圆时分

2000年8月25日，这是穆孟杰一生中最开心的一天，也是他终生难忘的日子。

经历了数不清的苦口婆心，经历了无数个备受煎熬的不眠之夜，由他独自投资一百二十五万元、占地一万平方米的平乡县特教学校终于正式竣工。学校举行了隆重的开学典礼。

这是邢台地区第一所民办特教学校，可能也是我国农村第一所由农民创办的特教学校。而他的创办者，竟是一位三十五岁的盲人！

穆孟杰在两百多名学生的簇拥下，参加了升国旗仪式。

当请来的军乐队用大、小号吹奏起雄壮、嘹亮的国歌时，在二三百名师生的簇拥下，穆孟杰泪流满面，激动万分。

二十多年来的办学梦想，今天，终于圆了！

在开学典礼上，县里来了一位副县长、一位教育局副局长和县残联理事长。

新华社记者唐成瑞、《河北日报》记者赵云梦以及《邢台日报》、《燕赵都市报》、河北电视台、河北电台的记者们闻讯，也纷纷赶来了。

一个青年盲人，依靠自己的努力，创办起了一所规模不小的学校。这，一下子便成了当地的一条爆炸性新闻。

学校建起来了，这是大喜事。但是，穆孟杰自己，却从以前的百万富翁，变成了"百万负翁"，欠下亲友和各种高利贷的债务，接近百万元。

从此，穆孟杰再到县里去找人、办事，人家再也不敢蒙他说人不在，总是客客气气地请他坐下、喝水。但是对于要办的事，有时还是推推闪闪的。一切，都没法打击穆孟杰办学的决心，反而更激励了他要好好办学。

采访手记

利乐人世就是大善

何为善？有益于他人即为善。古人云：百行孝为先，万事善为首。做人，最根本的就是要存善、从善、行善、积善。不以恶小而为之，不以善小而不为。

行善，就是要做对他人有益的事情。一个人立身处世，考虑的如果都只是他自己、他的家庭这样的一己之私、一家之利，那还不能称之为行善。行善，应该为他人着想，为他人谋利益、争幸福，应该能够切切实实地帮到别人。雪中送炭，给别人带去"利"和"乐"，亦即利益、好处与快乐、幸福，让别人从你的行为中受益。这，才是真正的善，大善。

人之善心，往往由自己的心里生发，常常是推己及人。所谓的"老吾老，以及人之老；幼吾幼，以及人之幼"。穆孟杰本身是位盲人，十几年里尝遍了盲人的千种辛酸、百般苦难，因此，他从自己的处境出发，设身处地，推己及人，发愿要免除别的盲人去再次经历自己这样一种到处流浪、风餐露宿，苦苦寻求拜师学艺、谋生自立的坎坷遭遇。于是，他不惜"倾家荡产"，要为盲人创建一所学校，只为了让盲人们可以坐在宽敞明亮的教室里，风吹不着、雨淋不到地学习本事，将来可以从事一份体体面面的工作，过上自立自足的、有尊严的日子。

为了实现自己的宏愿，他不畏艰难，花费了两年时间跑各种审批手续；在自己遇到资金困难时，他又不惮巨额举债，高利借贷。而这一切，对于一个盲人而言，尤其艰难。穆孟杰之所以能够成功实现自己的大梦想，全都源于他有强大的内心，博大的爱心和善心。

爱和善的力量是巨大的。善的动机、善的行为，能够产生无坚不摧的伟大力量。

第七章　学校越办越红火

　　1997年刚开始招学生时，穆孟杰只招到了三名盲童，不久后又招了五名。那时候，他都是一个人包揽了所有的教学课程，既教盲文、按摩、针灸，又教拉弦说书，还教他们生活自理技能。

　　1999年，学校有了十五名学生。孟杰一个人教不过来，就招聘了两名老师教盲文。因为工资低，有的老师没教多久就辞职走了。

不设入学门槛，愿意学就免费教

　　2000年，新校建起以后，穆孟杰有了新的规划。这就是他原先想好的"以学养学"的路子。学校招收了两百多名健全学生，同时招收盲生。对健全学生，学校收取的学费等比其他同类学校要低四成，通常一名学生一年的学费是五百元。而对残疾学生，则实施学杂费全免的政策。这样子，以健全学生的学费来补贴残疾学生的费用、支付教师工资等，加上县、市教育局、残联每每在最困难时及时给予的扶持和社会各界的赞助，每年学校的财务基本上能够做到收支平衡。加上孟杰自己还在用心理咨询等方法赚钱，维持学校的正常运转基本上没有问题。

　　特教学校正式建起来后，穆孟杰决心扩大招收盲生的规模。

　　他到邢台、保定和石家庄等地考察了几所特教学校，发现这些学校大多是"一推六不要"：十八岁以下的盲人不要，智障的不要，生活不能自理的不要，考试不合格的不要，交不起学费的不要，儿童不要；学习期满后，不管学会没学会，只要学满年限，就让其毕业，一律推出校门外拉倒，啥都不管。

了解到这些情况，穆孟杰的心情十分沉重：定了这么多条条框框，还怎么让盲童上学？上学又能顶啥用？

针对这些学校的不当做法，他给自己的学校立了个完全不一样的规矩，叫"四不三要一包"：不面试，不考试，不限年龄，不收学费；智障的要，生活不能自理的要，陪读的也要；管教包会，啥时候学会啥时候毕业，一包到底。迄今为止学校已经毕业了二百四十七名学生，其中刚入学时，年纪最大的五十多岁，最小的七八岁；有的学两年就毕业了，有的在学校待了五六年还没学会。穆孟杰说："我们特教学校就是盲人的家，家长不能往外撵孩子，啥时候学会啥时候算。毕不了业，可以待到老，要不咱学校咋成为盲人的家？"

刚刚创办的时候，孟杰的特教学校没有什么名气和影响，大家都看不到进校学习的效果，因此很多盲人的家长都不愿意送孩子来。穆孟杰打听到哪个家里有盲人，就挨家挨户上门去做工作。他了解到这些家长的顾虑，一是怕孩子来学校后磕着碰着，二是觉得学了知识也没用，健全人找工作都难，何况盲人。穆孟杰并不反驳，只是耐心地跟家长分析道理：如果把孩子锁在家里，他照样会摔，照样也会磕着碰着；学校不收学费，只收一点儿生活费，跟在家里吃喝相比并不多花钱，还能见见世面；如果孩子愿意学，像他一样，学会了按摩、针灸或是拉弦说书，就能找到适合的工作，挣钱养自己……

经过穆孟杰千方百计费尽口舌的动员和做思想工作，一些家长终于同意把孩子送到学校先试试看。

给新生做心理辅导

以前在农村，这些盲童一直被独自锁在家里，完全封闭，几乎不与外界接触，所以一个个都变得像个傻子似的。刚入学时，有的孩子

◎ 美丽的校园

不敢走路，不会穿衣服，不会数数。穆孟杰经过细致的思考，结合自己的亲身经历和体会，总结出了一整套非常管用的教学方法。

首先是进行心理辅导，树立盲童的自信心。因为自卑，不少孩子害怕接触健全人，常常躲在房间里哭。穆孟杰就拉着他们的手，告诉他们："健全人能够做到的，咱们盲人照样能够做到。你看我不就会走路、吃饭，还会读书、按摩、针灸、说书、拉弦吗？你跟着老师学，一定也能学会看书。健全人黑着灯不能看书，咱们还能看，比他们还要高级呢！"

为了打开盲童们的心扉，穆孟杰总是主动找他们谈心、聊天儿，问寒问暖，无微不至地关心他们。他除了拿自己的亲身经历讲给孩子们听之外，还经常给他们讲述海伦·凯勒和张海迪的事迹，鼓励他们克服身体的残疾。

他告诉孩子们：张海迪比他们都要不幸，从五岁起就因为患脊髓血管瘤而导致高位截瘫。截瘫后的小海迪只能整天躺在床上，但是她却丝毫没有气馁，每天在天花板上挂一面镜子，借助镜子的反射倒过来看书学习，以惊人的毅力学会了四国语言，并先后翻译了十六本海外著作。张海迪还通过自学，掌握了针灸技术，为了体验针感，她甚至在自己身上反复练习。经过短短的几年时间，她居然成了当地一位年轻的"名医"，为群众无偿治疗一万多人次。有位耿大爷瘫痪了很多年，一直没有治好。张海迪一面在精神上鼓励耿大爷增强战胜疾病的信心，一面翻阅大量书籍，精心为耿大爷治疗。在海迪的治疗下，耿大爷终于能说话了，也能走路了。张海迪还以顽强的毅力和恒心自学了大学课程，通过了研究生论文答辩，并获得哲学硕士学位。她勤奋写作，相继出版了《轮椅上的梦》《绝顶》等多部长篇小说，成为一位著名的作家。张海迪自己说："我像颗流星，要把光留给人间。"她的人生信条是：活着，就要做个对社会有益的人。

听到张海迪这样一个严重残疾的人都能取得如此了不起的成就，盲童们一个个听得特别专注和入神，都很受鼓舞。

穆孟杰有时给孩子们讲保尔的故事。他说："张海迪被人们誉为'中国的保尔'和20世纪80年代的雷锋。那么，这位保尔是谁呢，他又是怎样一个人呢？保尔的全名叫保尔·柯察金，是苏联作家奥斯特洛夫斯基在他的自传体小说《钢铁是怎样炼成的》中塑造的主人公。年轻的保尔在战争中受过多次重伤，后来健康状况逐渐恶化，最后全身瘫痪，接着又双目失明。但是，严重的疾病也没能把这个满怀生活热情的年轻人束缚在病榻上。他一方面决心帮助自己的妻子达雅进步，另一方面决定开始文学创作。在别人的协助下，他开始创作长篇小说《暴风雨所诞生的》。保尔一生的信条就是：'勇敢，相信自己的力量，并在任何情况下也不怕困难。'"

穆孟杰鼓励孩子们要像保尔那样始终相信自己，任何时候都不要被困难所吓倒！他还让老师们把保尔的这句名言用大字书写在教室后面的黑板上，激励每一位盲童——勇敢，相信自己的力量，并在任何情况下也不怕困难！

穆孟杰给孩子们讲述得最多的，是同为盲人的著名的海伦·凯勒的故事。

他对盲童们说："孩子们，你们知道吗？海伦·凯勒是个美国的小女孩儿，她跟大家一样，是个盲人。但是，她比我们大家更为不幸，因为，她不仅眼睛看不见，而且又聋又哑，出生十九个月时就因病失去了视觉、听觉和说话能力。然而，就是这样一位又盲又聋又哑的重度残障者，却创造了生命的奇迹。她从小就在黑暗中摸索着长大，并没有因为自己身体的缺陷而绝望。七岁时，家人为她请了一位家庭教师，也就是影响海伦·凯特一生的导师安妮·莎莉文。在她悉心的指导下，海伦·凯勒用手触摸学会了手语，摸点字卡学会了读书，后来又用手去触摸别人的嘴唇，终于学会了说话。接着又学会了写作。1898年，海伦·凯勒考入了哈佛大学附属剑桥女子学校。1900年秋，又考上哈佛大学拉德克利夫学院，以惊人的毅力读完了大学四年的课程，成为人类历史上第一位获得文学学士学位的盲聋人，也是一位同时掌握了英语、法语、德语、拉丁语、希腊语等五种文字的著名作家和教育家。成名之后，海伦·凯勒走遍美国和世界各地，为盲人学校募集资金，把自己的一生都献给了盲人福利和教育事业。她赢得了世界各国人民的赞扬，并获得了许多国家政府的嘉奖。除此之外，她还写下了十四部文学作品。她的自传体作品《我的生活》《假如给我三天光明》，出版后引起了强烈反响。她的事迹传遍了全世界……"

海伦·凯勒的故事极大地震撼了每个孩子，也激发起了他们的自信心。谁说残疾人就是废人，我们大家都能像张海迪、保尔和海伦·凯勒那样，做到残而不废，残而不疾；通过自己的刻苦努力，盲人同样可以获得人生的成就和事业上的成功。

冰雪都会在暖阳下融化。这些从小受惯了歧视、偏见和轻视的孩子们，在穆孟杰的悉心关怀呵护下，慢慢地建立起了自尊心和自信心。而整天与盲人们相处，遇到的、感受到的都是与自己相同境遇的人，也更加增强了他们的自信。盲童们渐渐地能够放开手脚，变得没那么拘束和紧张了。

教穿衣吃饭走路，也教做人

心理问题解决了以后，穆孟杰就要教他们基本的生活本领了。

这些孩子的生活在家里基本上都由父母包办，大多不能自理。来到学校后，吃饭不会使筷子，衣服经常穿反，大便不会使卫生纸……几乎啥都不会。

穆孟杰就从最基础的生活技能开始教。

双脚穿鞋子的时候，他让孩子们用手去摸，摸到鞋子弯得很厉害（弧度较大）的那一侧，要把它穿在朝里的一面才对，如果摸到弯得厉害的那一面穿在外头，那就是穿反了。或者换个方法检验：双脚并拢时，两只鞋子各自弯得厉害的那一侧要相互紧挨着，不能穿到外侧去。这样穿鞋，保证就不会穿反了。

他又教孩子们穿衣服。首先，拿起衣服来，摸到上衣的领子，仔细摸，找到领子上有一个硬硬的小牌牌，这是衣服的标签，要让标签处在衣服的内里，然后把圆领的衣服从头顶上套进去；如果是对开襟的衣服，则分别用左右手穿进两侧的袖筒里。注意一定要让领子上的标签贴着自己后脑勺儿下的脖子。如果用手摸自己的脖子，感觉不到标签挨着它，那就是衣服穿反了。

穿裤子的时候，则要注意让裤裆在里侧，也就是在自己身体的前面。裤裆上一般会有拉锁，摸到拉锁就找到裤裆了。如果没有拉锁，那就摸索比较看看，哪一面比较窄比较紧的，就是裤裆。如果裤裆不在身体的前面，那么裤子就没穿对。裤子要注意两条裤筒在下边，两条腿分别插进一只裤筒里，再抓住裤子的上摆往上提。

盲童们学会了自我生活护理的技能后，穆孟杰又教他们走路，教他们怎样使用盲杖。

为了让孩子们更好地记住动作的要领，他根据自己多年摸索的经验，编撰了相应的歌谣《走路歌》《用杖歌》《方向歌》等，一一教给学生。

"未曾走路别抢走，走路记着靠右边。人躲车是非缺，车躲人祸临身。"这是《走路歌》。

"一不走悬崖扇子面，二不走凤凰三点头，两边打一打，中间收一收。井坑泥水试着走，障碍物资难碰头。人多挤密，碎点稀泥，预防安全，小心注意。"这是穆孟杰的《用杖歌》。他边教学生背诵，边细心地讲解，既让孩子们学会基本的交通安全常识，又学会了如何正确地运用盲杖来探路，确保安全。接着，他又手把手地带着每个盲生拿着盲杖一遍一遍地练习，直到他们能够熟练使用为止。

在穆孟杰多年总结的盲歌里，不仅仅要教会盲童们走路，同时也在教育他们做人。

在《走路歌》里他这样教学生："盲人云游串四方，要懂礼貌和规章。……我是盲人不盲心，只把困难化恒心。立下愚公移山志，学好本领为人民。"

他自己是这样说、这样做的，他也时时刻刻这样来教导盲童。

穆孟杰是一个有艺术天分的盲人。他编的这些盲歌不仅朗朗上口，通俗易懂，而且富含人生哲理，使人获益匪浅。

每天，全校师生都要高声吟唱穆孟杰自己创作的特教学校校歌。在校歌里，穆孟杰这样勉励他的盲孩子们：

> 特教学校引航向，心明眼亮意志强。
> 开启迷惘的心窗，生活充满日月光。
> 信心恒心助辉煌，自尊自爱更自强。
> 练好技能苦学习，开启慧眼显灵光。
> 不管凄风冷与狂，不管江涛掀巨浪。
> 不管道路多泥泞，坚持不懈往前闯。
> 冰雪严寒何所惧，烈日喷炎又何妨？
> 身残志坚强不息，超越自我见明光。

通过这样的歌谣，他教育孩子们一定要有恒心，要努力奋发图强，将来做一个对社会有用的人。

把孩子送到了穆孟杰的特教学校后，有些家长开始时还定期来看望孩子，看到孩子在这里生活整天乐呵呵的，也就放心了。有的家长感觉就像是甩掉了一个包袱，甚至半年都不来看望孩子一次。有的孩子在学校生病了，穆孟杰给他们的家长打电话，家长都不接。有时即便接了电话，也说，再缓几天去接孩子……对于家长们的冷漠，穆孟杰显得很无奈。他只有用加倍的爱心和耐心，用心呵护每一个盲童。

到了学校放假，这些盲童回到了自己家里。亲人们看到这些原先不会用筷子、不会穿衣走路上厕所的孩子，突然生活各方面全都能自理，好像完全换了个人似的，都感到十分惊讶，也非常高兴。有的孩子进校一个多月就完全变了个样。有的还很快便学会了本事，能给家里挣钱了。因此，每年都有好几位家长给穆孟杰的特教学校送来锦旗，由衷地表扬和感谢。那些锦旗，挂满了一个教室又一个教室。

走出阴霾的盲童

盲人崔海水的童年是不幸的。他出生于河北省邢台市南和县史召村，原本是个健康聪明、活泼可爱的小男孩儿。1997年他十三岁时，由于视网膜脱落，一下子变成了两眼一抹黑的盲童。从此，他连生活都不能自理，穿衣、吃饭得家里人帮忙，连走路、上厕所都得有人领着，大便后还要别人帮他擦屁股。

因为害怕别人笑话，他哪里都不敢去，连家门都不敢迈出一步，整天躺在炕上唉声叹气，一言不发。

为了给孩子治病，他父亲到处去找亲戚和邻居们借钱，又向乡信用社贷款两万多元，找到大医院求诊。先后花了五万元钱，做了六次手术，都没能治好海水的眼睛。

眼睛治不好，海水成了盲人。他认为自己这一辈子彻底完了。他不想活了，好几次想要自杀。他的父亲崔章全和母亲紧紧地看着他，怕他寻短见。

这时候，父母都还年轻，可以照顾他，他们担心的是，等到自己岁数大了，谁来照顾海水呢？崔章全觉得天都快塌下来了。

海水整天愁眉苦脸，不声不响的，有时又会突然地号啕大哭。看着孩子痛苦的样子，父母也是心如刀割，却不知该如何是好。村里有人告诉他们："孩子的心病要用心去解，你们快找个盲人跟孩子交流交流吧。他们之间兴许能谈得来，彼此可以沟通。"

听了这位好心人的话，崔章全赶紧去周边的村庄打听哪里有盲人。

好容易找到岗上村一位盲人，他答应同崔海水聊聊试试，但不管住宿，必须每天接送。岗上村离史召村有十几里路，崔章全每天接送孩子，还要出去挣钱还债。海水的妈妈则要照料家里的两位老人和海水的两个小兄妹。去了岗上村一两次，海水便觉得父母太辛苦了，说啥也不肯再去了。

到了2000年，河北省邢台市平乡县平乡镇东辛寨村穆孟杰创办了一所特教学校，专门招收盲人学生，还管吃管住。这个消息传到了南和县。崔章全得知后，当天就骑着车子找到了穆校长。

穆孟杰听了他的请求后，当即爽快地答应："行！没问题。啥时候把孩子送过来都行。"

第二天，崔章全便把海水送来了。

开始时，海水跟谁都不说话，一个人闷闷不语地待在宿舍里。自己不敢走路，也不愿意走，整天躺在床上胡思乱想。海水性格异常倔强，父母走后，谁的话都不听。连穆孟杰跟他说话，他也爱理不理的。

孟杰知道，这是因为一个盲童在家里封闭久了，缺乏与人交流的机会，造成了极度的自卑和自闭。他搬过来，和海水睡在一张床上，日夜开导他。

他问："海水，你以为眼睛看不见就咋了？"

海水回答："眼睛看不见就等于废人。我原先眼睛好好的，现在变成了家里的累赘，活着还有啥意思？"

孟杰鼓励他："眼睛看不见不等于就是废人，盲人也能学本事。海水，我也是眼睛看不见，而且比你看不见的时间还早，我七岁就看不见了。你看，这个学校就是我办的。"

接着，孟杰耐心地给他讲述一个个残疾人自立成才的故事。最后他动情地说："人的一生难免会遇到这样或那样的不幸，像保尔、张海迪、海伦·凯勒，他们的不幸比我们的更大。我们不过是眼睛看不见，海伦·凯特却是集盲、聋、哑于一身，如果没有坚强的毅力，她不会有现在的成就，不会成为人们学习的榜样；张海迪在高位截瘫的情况下，仍旧刻苦学习外语，会扎针灸，会写书。希望你勇敢起来，用毅力战胜困难，首先要学会走路，学会生活。"

海水问："盲人能学啥本事？"

孟杰回答："学针灸、按摩，学说书、拉弦，学会了盲文、电脑，你还能写书当作家哩！"

海水叹气道："我在家里连厕所都找不着，啥也学不会。"

孟杰说："找厕所好学，我今天就教你找厕所。"

他拉着海水的手给他做示范：出门下台阶要慢，下了台阶后先用两手摸一摸，摸着冬青树再往前走，一棵一棵地摸，一步一步慢慢往前走。走到头，摸不到冬青树了，再向右首拐，那里是一个猪圈，再往前走几步，就能摸到厕所门了。

穆校长亲切的话语打动了海水，把他从悲观和绝望中拯救了出来。他开始下地，跟着穆校长一次又一次地练习。半天下来，终于可以自己摸到厕所了。

原来，找厕所并不难哪！

学会了找厕所，崔海水似乎一下子就有了自信。他变得开朗起来了，连说话的口气都和刚来时大不一样了。

没过几天，心里惦记着孩子的崔章全专程赶到学校来看海水。

出乎他意料的是，海水和同学们有说有笑的，还能自己上厕所了，拄着棍子也能慢慢地走路了。

这学校真神哪！这学看来真是上对了！老崔心里想。

一个学期结束了，海水从学校回到家。遇到邻居亲戚，他都主动跟人打招呼，有说有笑的。大家都说海水这孩子像是变了个人。崔章全回应道："对呀！我想想心里都后怕，海水在家里若是再待下去，恐怕连命都没了。幸亏遇到穆校长，他给了我儿子第二次生命！"

海水学会了生活自理后，穆孟杰又手把手地教他按摩、针灸、盲文和拉弦说书。

海水本来就是个脑子精灵、记忆力惊人的孩子，他很快就学会了这些本事。

两年多后他顺利毕业，孟杰诚恳地挽留。他便留在学校当数学老师和说书老师，用他学会的本领去教会更多像他一样曾经对生活失去信心和希望的盲童。

海水说："自从眼睛失明后，从来就没有觉得自己还这么有用，可以为其他人做一些事情。"

当海水领到第一个月一千多元钱的工资时，他悉数交给了父亲。

崔章全手里捧着这些钱，激动得哭了起来。

这个曾经对生活丧失信心一度想要自杀的残疾儿子，而今终于能够自立了！还有什么比这更叫人激动和感恩的吗？

后来，崔海水还娶了媳妇，日子越过越红火。

现在，他又有了新的奋斗目标："我一直有一个梦想，希望让那些和我一样身体有残疾的孩子都能走出自卑的阴霾。"

给学生"吃小灶"

盲童入学之初，一般都是由家长牵着手走路，他们既不会自己走路也不会用盲杖。被送到特教学校来学习的学生，此前因为双目失明，父母和乡亲大都没把他们当人看，下地干活儿时，就把他们锁在家里。

由于从来没有人教他们，有的学生进学校后，都十五岁了还不会数数，左右和东西南北也分不清。那些自幼双目失明的盲童，刚来学校的时候，身体总是习惯性地左右、前后摆动，让别人看起来确实就像个"傻子"。但是，事实上他们一点儿都不傻。而那些中途失明的人，有的连走路都不会，只能趴在地上走。女生付丽梅就是这样一个盲童。她出生在农村的一个普通家庭，由于父母常年在外工作，无人照料，便把她送到了孟杰的特教学校。

丽梅被送来的时候已经十二岁，但却连最简单的数数都不会，也分不清方向，不敢走路，坐在床上老是摇头晃脑的，身体也是前俯后仰。

穆孟杰心里清楚，盲人容易自闭，尤其是半路失明的孩子。如果不用阳光驱走她心灵的黑暗，她就不能迈出自立自强的第一步。于是，他特意为这个学生单独制定了课程，亲自教她。

因为丽梅长期不和别人接触，话也不敢大声说，总是支支吾吾的说不清。穆孟杰便首先对她的语言能力进行训练，教会她怎样运用语言来表达自己的想法，然后再教她怎样去和别人交流。

经过一个多月的精心辅导后，丽梅比刚来的时候爱说话了，人也开朗多了。穆孟杰的付出取得了效果。接着，穆孟杰又手把手地教她数数，教她用自己的手指来数"1，2，3，4，5，6，7，8，9，10……"丽梅会数数以后，孟杰再教她加、减、乘、除。

"小灶"吃了近一年，付丽梅终于能和其他同学在一起交流和上课了。

穆孟杰在教育丽梅的过程中发现，这些孩子其实都很聪明，关键在于如何教他们。他深有感触地说："看不见常人的世界，还不是最坏的事，体验不到世间的温暖，不能用阳光融化这些孩子心中的坚冰，才会给这些孩子带来终生的遗憾。"他决心在今后的教学中不管有多大的困难也要坚持下去。他也经常这样教导老师们："搞特殊教育，不但要有耐心，还要付出十足的爱心。"

"有钱了我也要办学校"

盲童周立良是河北省石家庄市正定县人，这个孩子更加不幸，因为先天性双目失明，一出生，亲生父母就把他遗弃了。幸亏有对没有子女的好心夫妇收养了他。

别人劝周立良的养父母说："养这瞎子干吗？白白增加负担。多少睁眼的你们不收养，收养个瞎子将来还能指得上？"

那对养父母回答："瞎子也是条性命呢！让咱捡到就是缘分，俺们不求回报也不指望，就盼孩子能平平安安地活下来。"

为了给孩子治病，养父母跑遍了全河北省。他们对立良无微不至地关照，亲戚们都纷纷嘲笑他们。

有一回，周立良的一个哥哥骗他要带他出去玩，结果把他推进了猪圈坑里，身上沾满了臭泥，头也磕破了。立良觉得自己真没出息，对不起养父母，而且还连累了他们。他想到了自杀，用水果刀割破了自己的手腕，血流不止，一下子昏迷了过去。养父母发现后，赶忙把他送到了医院。

等到立良醒过来后，养父母哽咽着对他说："你咋这么傻呢？你要是死了，我们该多伤心哪！"

父母之爱，深如大海。

然而，一个盲人又能干什么呢？周立良每天都是一个人留在家里，哪儿都不敢去。他感到很自卑。

2006年冬天，养父母在家里看电视时，无意中看到河北省邢台市平乡县平乡镇东辛寨村有所专门为盲人开办的学校，他们高兴地告诉立良："孩子，明年就带你去上学。"

过了年，养父便带着十八岁的周立良来到了平乡县特教学校，见到了穆孟杰。

孟杰告诉立良的父亲："你孩子来我这学校，就能得到光明，从黑暗中走出来。"

因为立良已经成年，手劲也足，穆孟杰便手把手地开始教他按摩、点穴，在身上画经络图。上完了课，又拉着他的手，教他拿着盲杖走路。他告诉立良，虽然离开了父母，但你也有一双自己的眼睛，那就是心灵之眼。立良便慢慢地学着自己走路，尝试着走遍了学校的每个角落。

孟杰又教育他："你别把自己当盲人。盲人也有自己的路可走。只要你有意志、有毅力，任何事情都难不倒你。"他又时常给立良讲自己的故事，讲那些盲人残疾人自强成功的故事，不断地来激励他。

平时，孟杰待立良同自己的孩子一样，有什么吃什么，毫无差别。渐渐地，立良不再自卑了，也不再绝望了。他感受到了光明，感受到了除父母之外的人间亲情和温暖。

这期间，有一件事是周立良这辈子都忘不掉的。

那是2007年的冬天，天气出奇地冷。周立良因为感冒高烧39摄氏度。穆孟杰在他的床头守了整整一天一夜，没吃一点儿东西，没喝一口水。一直到他的烧退下去，孟杰才离开。

病好后，懂事的立良问穆校长："穆老师，你这样守着我值吗？为什么对我这么亲？"

穆孟杰回答："既然来学校，你们就都是我的孩子。你们生病了，我就该把你们当成我自己的孩子一样看待。哪有孩子病了离开一步的大人？"

立良学习了三年，学会了按摩。

穆孟杰又专程跑到北京，去给他找实习的地方。他先后跑了四回，找了四家按摩店。

有一次，孟杰刚出门一小时，就突然变天，大雨瓢泼。立良一心盼着穆校长快点回来。校长回来时，全身上下全都淋湿了，这可把立良心疼坏了，他一下子哭了起来。他哭着问穆校长："您这样做值吗？您受累了，我该怎么感谢您哪？"

穆校长淡淡地一笑，答道："只要你能够自立，就是对我最好的报答。"

一年后的2011年，在养父母的帮助下，立良在正定老家开办起了自己的按摩店，每月收入六七千元。周立良终于能够自立了，可以自己照顾自己了。

谁也想不到的是，后来，他的养母因为患病，变成了植物人，养父需要时刻留在家里照顾养母，整个家庭一下子没有了任何经济来源，全都靠立良一个人的收入来支撑。立良的按摩店挣了钱，既要给养母治病、买药，又要供给一家人的吃、喝、穿、用。他的养母感慨地对穆孟杰说："当初都说俺们指望不上立良，今天俺可全指望着他。要不是我这个儿，我们老两口儿可咋过呢？"

周立良自己说："我娘没想到现在能享我这个瞎儿子的福。我姐家不宽裕，外甥上大学都是我供着……"而这一切，都亏了有穆孟杰的教育和扶持。

4月18日，是穆校长的生日。每次周立良都要从正定专程赶过去，送去鲜花和蛋糕，给恩师过生日。

面对恩师，他说："穆校长，您辛苦了！如果我有能力，我一定要尽一份孝心。"

2012年，在"盲人穆孟杰事迹报告会"上，周立良动情地说："我的愿望是：等我有钱了，我也要办学校，让千千万万的盲人走出黑暗，走向社会，报答父母，用双手去创造美好的明天！"

毕业那天，"扔小"号啕大哭

盲人张孟波是河北省邢台市隆尧县北楼乡张庄村人，小名叫"扔小"。他从小就被亲生父母遗弃，是村里的一位四十岁的光棍儿收养了他。那位老光棍儿有些智障，给张孟波起名叫"扔小"。

扔小长大后知道了自己的身世。他始终想不明白：为什么亲娘亲爹把他给扔了？现在他们都在哪儿呢？他觉得自己活得不明不白，想不开，天天生气。

养父将他送到几家聋哑学校去，人家都不收。他抱着一线希望，把这个泥猴一样的孩子送到邻村北楼村去跟马增申老师当学徒。

后来，马老师年纪大了，便把张孟波托付给徒弟穆孟杰。

2004年农历九月初三，穆孟杰租车把张孟波接到学校，到了腊月才给他送回养父家。

2005年春节一过，穆孟杰又租车去把他接了过来。这次孟波在学校待了一年，直到过年才被送回家，过完年又被接到学校。穆孟杰和曹清香夫妇像亲儿子一样对待扔小，给他洗澡，给他换上一套新衣服。每次上盲文课，穆孟杰总是单独给他吃"小灶"。他还让学校里三个优秀的健全生与他一起学习、生活，使他不仅学会了走路、唱歌、盲文，还学会了乘法口诀。

扔小心理上有些晚熟，二十多岁的人，看上去还像十多岁的孩子。在学校里老是待不下去，光想着回家。

有人问穆孟杰："为什么他不愿意待在这儿，你还三番五次地留他？"

穆孟杰回答："他回家后没人管。他养父在砖窑厂上班，早起给他留四个馒头当中午饭。渴了他就自己喝口凉水。一个人在家就是瞎玩，要是再不学点本事，他这辈子就算完了。对心智不全的盲人，不能事事顺着他，还是要耐心地教。其实，他按摩学得不错，快成手了。"

毕业时，扔小的家人来学校接他。他抱着穆校长号啕大哭，恋恋不舍地离开了这个"家"。

扔小回家后，孟杰夫妇又带着衣服和礼物前去探望。

过了段时间，又让人捎信，如果愿意来，学校还免费收留他。扔小成了他们心中永远的牵挂。

像扔小一样，特教学校早已成了每一位盲童温暖的家，穆孟杰夫妇就像他们的亲爹娘。特教学校给了他们第二次生命，放飞了他们人生的梦想。

"穆氏6+2教学法"

2000年秋季，穆孟杰的特教学校正式开学。通过宣传和推介，学校招收到了二百多名健全学生和三十多名盲生。因为健全学生的收费比同类学校低百分之四十，附近十里八村的乡亲们都愿意把孩子送到孟杰的学校来。

身为校长，穆孟杰对教学有着自己明确的理念和追求。他认为"施教要讲究方式方法，这是关系学校存亡的'关键的关键'"。

穆孟杰的特教学校是一所全日制寄宿式民办学校。健全生来自附近村庄，大多数走读，按照国家《九年义务教育全日制教学大纲》的要求授课。盲生则来自全国各地，按特殊教育教纲开设盲文、计算机、英语、声乐、按摩、针灸等课程。

因为学校同时招收健全学生和残疾学生，所以开始时，学校实行"一校两制"，即健全生和盲生分开教学、分别管理，泾渭分明，相互间井水不犯河水。

学校共有南北两座主教学楼，三层高的南教学楼供一至六年级的健全学生上课用，共设十一个班；两层的北教学楼则专门供盲生上课用。教学楼后面的宿舍区住着一些寄宿的健全生；在操场西边小院子里的两排平房，则住着全校的盲生。

因为实行"一校两制"，健全生和盲生平时仿若隔着"楚河汉界"，相互不接触也不交往，形同两个不同的世界。

孩子的天性总是乐观、好奇的。平时，盲生们在学习声乐课时，课堂上响起一阵阵悠扬悦耳的二胡独奏、坠胡拉弦声和威武雄壮的军乐合奏，那些动听的琴声和喧闹热烈的锣鼓声以及抑扬顿挫的说书声，总会吸引不少的健全生驻足倾听。他们一面陶醉于这些美妙的音乐之中，一面又十分佩服盲生们出色的演奏技巧和身残心不残、顽强的意志和积极乐观的心态，对身边的这群与自己不一样的盲孩子充满了好奇。

同样，当健全生们喊着整齐划一的震天响的口号，迈着豪迈的步伐在操场上做操的时候，他们恣意嬉戏、追逐打闹玩耍的声响，引得盲生们也常常站在操场边的角落里用心倾听。而当健全生们你追我赶，在操场上跑步、打球、蹦蹦跳跳的时候，那些欢乐的笑声又不断地灌进盲生们的耳朵，令他们向往，让他们羡慕不已。

健全生更受家长的疼爱。每到放学时，家长们都会来把他们接回家。

听着健全孩子见到父母时叽叽嘎嘎说个不停，那种高兴和兴奋的声音，令这些常常只有放寒暑假才能回家的盲生们往往都有些失落，倍感孤独和寂寞。"同样都是父母的孩子，为什么健全孩子生活得那么快乐，有人心疼有人爱，而我们盲孩子，却没人来看望，也没人像宝贝一样地疼爱呢？"

学校招收的健全生数量越来越多。2003年招收了五百多名健全生，五十多名盲生。

盲生们大多来自农村，从小"与世隔绝"，不会与人交往，性格容易孤僻或者怪异。

如何打破"一校两制"的局限，让盲生和健全生很好地融合到一起，联合举办一些交流活动，让两种类型的孩子实现优势互补、取长补短、共同欢乐、共同进步呢？穆孟杰开始琢磨这些问题。

经过一番苦思冥想，孟杰终于想出了一个办法。他计划把每六个健全生和两个盲童组织在一起，组成一个互助小组，让他们相互交流，互相帮助，取长补短。当他把这个想法在教师例会上一提出，立即受到了大家的认可和赞赏。老师们认为，这样的互助小组对于健全生和盲生都将获益匪浅。

穆孟杰把这个活动称为"同一片蓝天，共享七彩阳光6+2活动"。

这是穆孟杰自己创造出来的一种全新的特教方法。老师们把六个健全生和两个盲童编成一个个小组，分别用当地历史上和现当代的一些名人来命名，叫作"扁鹊组""郭守敬组""董振堂组""穆孟杰组"等。扁鹊是战国时代的名医，出生于今河北任丘北；郭守敬是元

◎ 校园大道

朝的天文学家、数学家和水利学家，出生于今河北邢台；董振堂出生于河北邢台新河，曾任红军第五军军长，1937年1月20日率部队在甘肃省高台地区与国民党军作战中壮烈牺牲。这些名人都是特教学校经常用来教育学生们的生动教材和做人的榜样。

平时，穆孟杰将盲生分配到各个健全生的班级里。通常一个班级安插进两到三名盲生，让他们随班就读，学习文化基础课。每周三下午第三节课，每个互助小组共同参加学校组织的活动。各小组间开展歌咏比赛、智力问答、洗衣读书互帮互助等形式多样的活动，让盲童和健全生亲身感受到"走进特教门，就是一家人"的氛围，以驱散盲童心里存在的自卑感、孤独感等心理障碍，达到开发智力、学会交际的目的。这个活动开展以来，深受全校孩子们的喜爱。

每周一上午10点，全校学生都聚集到操场上参加升旗仪式。由十余名盲生组成的乐队演奏国歌。盲生和健全生彼此相依，紧紧地站在一起，就像一个整体。场面非常壮观和感人。

升旗仪式结束后，健全生结伴领着盲生回宿舍休息，也有一两个盲生听着声音自己摸索着去教室，没有用盲杖探路。他们听音走路的神态非常专注。但是，没有一个孩子觉得在和煦的阳光下盲人独自行走的姿势很异样。这里是他们的世界，安全，温馨，祥和。

刚开始参加"6+2"互助小组时，学生们都怀着兴奋而好奇的心情。健全生与盲童正面接近，从盲童们的言谈举止中发现，由于视觉和过去的经历，他们在生理功能和内心上都有明显的不足，采集和接收外界信息时出现各种问题和困难，容易产生敏感、小心、被动、封闭的心理特点；在与外界进行交往时防御心理非常严重，不愿意与陌生人说话，不愿意表达内心的真实感受，经常处于心理压抑的情绪状态。但是，随着活动的不断深入，健全生热情地帮助盲生克服自己的障碍，树立起了自信。逐渐地，这些盲生变了，敢于同健全生接触交流，变得爱说爱笑了；许多孩子在活动中享受快乐的同时，还经常通过唱歌、说笑话等逗其他孩子开心。而健全生也感受到了一个人失明以后生活和学习处处都不方便，因此对盲生们都很热情，乐于帮助他们去做一些力所能及的事情。

活动取得了出乎所有人意料的效果。不仅盲童逐步克服了心理障碍、增强了交往能力，还从健全生那里学到了许多文化知识和生活技能；而健全生也在活动中收获了课堂和书本中学不到的精神和品格。

那时正在校求学的盲人张建立说："活动就像为我们这些封闭已久的盲童打开了一扇通向外面世界的窗。从这扇窗我们看到了五彩斑斓的世界，看到了不一样的精彩人生。"刚开始和健全生一起参加活动，许多盲童虽然没有表现出来，但是他们心里都在想：我们什么都不懂，和他们说什么呀。参加活动后，他们才发现，原来健全生对他们的生活充满了好奇，相互间有许多话题可以交流。

不久后，盲童们都喜欢上了这种混合的交流互动，每天都盼望着"6+2"活动时间的到来。健全孩子主动给盲生洗衣服、帮着读书读报，让盲童感受到了过去从未有过的亲切和温暖。许多健全孩子也从中学到了很多，变得更加懂事，更加富有爱心。

在学校的黑板报上，有一个健全孩子在作文里这样写道："星期一的早晨，当鲜艳的五星红旗随着雄壮的国歌徐徐上升时，你就会看到我们学校动人的一幕。这嘹亮的国歌，不是录音机放出来的，而是盲童学生演奏的。他们排列整齐，庄严地合奏着高亢的旋律。我的心被震颤着，仿佛看到了盲童内心那双明亮的眼睛。"

"特教班的学生以自强不息的精神结合才艺赢得了我们的尊敬，他们是学校舞台的主角。"一个健全孩子说，"而我们像追星族，是利华、建豪最真实的'粉丝'。利华吹笛的手势，唱歌以及打节拍的姿态，甚至建豪唱歌时的深情，都被我们下意识地接受并模仿。而如果能合唱一曲，那够我们在他人面前卖弄好几天！"

经过近一年互助组的活动，一个个盲孩子变了，原先喜欢独自待着摇头晃脑或自言自语的孩子，现在变得爱说爱笑，总是开心地和小朋友打闹、玩耍。

盲童史华龙是河北省邢台市平乡县油召乡史二町人，十五岁时被送到穆孟杰的这所特教学校学习。刚来时，他非常想家，一天都说不了几句话。学校开展了"6+2"活动以后，他学会了与健全孩子交流。在交流中，他不仅和本小组的小伙伴聊天儿、做游戏，还主动结识其他小组的小伙伴，参加活动的健全孩子十有八九他都认识，并且成了好朋友。每天和健全孩子在一起吃饭，有说有笑，华龙慢慢地也不想家了，感觉学校就是自己的家。

两年后，他学会了拉二胡、吹洋号、说书等多门才艺。他和同学们一起演唱"八荣八耻"歌，有板有眼，很是好听。毕业后，被穆孟杰的办学精神所感动，史华龙主动留校任教。

盲童杨利华先天性失明，他的视力残疾是遗传性的。在过去的十多年里，他从未觉得自己生下来会有什么用处。别人叫他"小瞎子"、"傻子"，就是父母也这么认为。因为说的人多了，连利华自己也默认了。

刚被送到特教学校，杨利华不会洗衣服，也不会叠被子，因此衣服脏了也不换。曹清香看到了，拉着他硬帮他把衣服脱下来洗。以后，曹老师又抓着杨利华的手，教他如何洗衣服。在曹老师耐心的教导下，他学会了走路、学会了吃饭，也学会了洗衣服。他深有感触地说："过去我从来没有感觉生活这么丰富多彩。在学校里，我第一次感受到'光明'，感受到生活的乐趣。"

自从参加"6+2"互助小组活动以后，杨利华变得更加自信了。当有人喊他"傻子"的时候，他总是报之坦然一笑，并且回击道："你们谁可以在黑暗里读书？我行！"

在盲童们心目中，特教学校已经成为他们的第二个家。和在家里一样，吃饭有人盛汤递馍，生了病穆校长给针灸推拿，心里有疙瘩师母帮着给解，学艺在身谁也抢不走。

因为利华有良好的音乐天赋，二胡拉得好，歌也唱得动听，连健全同学都很喜欢他。毕业后，杨利华留校任教，教的就是音乐课。

穆孟杰首创的这种"穆氏6+2特教法"确实取得了很好的效果，这正是他乐于看到的。有人总结说，针对残疾人的特殊教育，无论采取什么样的教育方式，其最终目的都是为了取得一个结果，就是"N-1"，也就是说，通过特教学校的培养，使盲童能够自食其力，从全社会N个残疾人中减去一个社会及家庭的包袱。

穆孟杰十几年孜孜以求，正是为了让更多的盲人能够自立，不再成为家庭和社会的负担。

学校遇到了新危机

2007年，国家对农村义务教育实行"两免一补"政策，也就是对农村义务教育阶段的贫困家庭学生"免杂费、免书本费和逐步补助寄宿生生活费"。

穆孟杰的特教学校，原先依靠对健全生收费来补贴残疾学生费用，以保证学校经费收支平衡，现在，这种做法开始行不通了。越来越多的学生家长看到了国家的优惠政策，纷纷把自己的孩子转到公立学校。学校生源急剧减少。到2008年的时候，学校留下来的健全生不到五十人。

办学遇到了新的危机。

必须痛下决心，拿出新举措！

不少人劝穆孟杰："你不要再办学了，干脆把孩子们遣散，把学校卖掉或者转让给别人，转行干点别的事情。"亲友们也觉得，这学校没法再办下去了，都劝孟杰干脆松手。

穆孟杰心里一度也十分纠结。八年了，眼看着自己的学校办得好好的，就像一棵正在茁壮成长的树苗，突然刮来一阵狂风骤雨，就把小树吹得东倒西歪。

难道就此放弃？这可是自己辛辛苦苦奋斗了十年倾注了全部心血才建立起来的学校，这可是自己这辈子最大的一项事业呀！现在学校刚刚取得了一点儿成绩，一些盲童通过学习顺利毕业，走上了社会，难道自己就要停下这项奋斗了半辈子的事业？

穆孟杰绞尽脑汁，苦思冥想。最终，他还是选择了坚守。

"索性不收健全生，将学校办成纯粹的特教学校！"他下定了决心。他对自己说："其实，只要你觉得一件事值得做，就愿意付出一切代价，再难也不觉得难。"

于是，穆孟杰亲自找一个个留下来的健全生家长谈话，劝他们给孩子们转学。

许多教师看到学校生源断了，付不起比较优厚的工资了，也都纷纷辞职离去。

现在，穆孟杰打算专门招收盲生。他制定了宽松的招生条件，几乎可以说来者不拒，随到随学，随学随教。

生源减少了，教师的工资减少了一多半，但是，学校的事务性、行政性开支却并没有减少多少。

没有了收费的资金来源，学校遇到了不小的经济难题。冬天取暖，学校要买几吨煤；老师辞职了，学校老师匮乏，需要花钱聘新教师……困难接二连三，穆孟杰却丝毫没有灰心。他认为，所有这些困难都是上天在考验他为盲人办学的决心和意志。他过去没有向命运低过头，现在，他仍旧不会低头！

　　为了开拓财源增加学校收入，穆孟杰每天更勤勉地给人做按摩、扎针灸，进行心理咨询。另一方面，全家人也更加节衣缩食，衣服和被子一年都不换件新的。但是，对待盲童的态度，他却丝毫没有改变。甚至，他对这些盲童比对自己的孩子还亲。亲戚朋友来看望他，带来的苹果、香蕉、西瓜等，他都分给盲学生们吃。他宁可自己一家人省吃俭用，也不愿让学生受委屈。

　　这一年的"六一"，学生改善生活吃水饺。妻子曹清香问孟杰："水饺有三块五一袋的，有五块钱一袋的，要哪一种？"

　　孟杰毫不犹豫地回答说："买五块一袋的，钱多的质量好。"紧接着又叮嘱妻子："孩子们饭量大，多买二十袋，买六十袋。"

　　有学生生了病，穆孟杰都亲自打电话联系医生和医院，买药都去大药房。他说，那里不会有假药，那里的药保险。他担心生病的学生会忘记按时吃药，总是安排两个人负责，相互提醒。

　　中秋节，穆孟杰决定给每个学生发月饼和苹果欢度节日。

　　妻子说："月饼不能当饭吃，一人一块，尝个鲜就行。苹果也每人发一个。"

　　孟杰说："每人发两块月饼、两个苹果。"

　　清香有点儿不高兴了："月饼很贵的，过节了大家尝一尝就行了，干吗要发两块？"

　　孟杰坚持说："好容易过一次中秋节，孩子们都不能跟自己的父母在一起共享团圆之乐，就给他们每人多发一块月饼、一个苹果。"

　　清香火了："钱要用在刀刃上，你是不当家不知柴米贵。全校六十多个孩子，每人一样多发一个，那就是几百元钱呢！"

　　"几百元就几百元！多花的钱我再去挣回来！"孟杰也火了，"就照我说的办，一人发两块月饼两个苹果！"

　　曹清香委屈地哭了，心里感到特别难受。她辛辛苦苦为这个家庭操心，为学校操心，没日没夜地忙活，可不都是为了支持丈夫吗？可是，丈夫却不能理解自己！

然而，委屈归委屈，难受归难受，她还是遵照孟杰的意思，去买回了月饼和苹果，一一分给了孩子们。

拿到月饼和苹果的盲孩子们，一个个开心得不行。这是他们有生以来过的最"丰盛"的一个中秋节！

事情过去后，孟杰主动向妻子道歉。

他轻轻地拍着她的肩膀，温柔地说："忙前忙后，你后悔吗？"

夫妻没有隔夜仇。清香一下子就释怀了，回答道："能跟你在一起，我不后悔。"

两口子紧紧地拥抱在了一起。这对历经磨难却始终同甘共苦、同舟共济的夫妻，情感是历久弥坚。如果人世间有所谓的真正的爱情，那么，这种爱情首先应该是一种无私的奉献和给予，是一种毫无保留的坦诚、信任与包容。

为了节约学校的开支，穆孟杰动员了自己的子女亲属到学校任教，自己也亲自上课堂授课。学校里的各种教学设施他都是修修补补，能用的就尽量留下来，都舍不得扔掉。

学校缺乏教具。为了教盲童了解人体结构，在寒冷的冬天，孟杰也只穿一件衬衣，让盲童们在他的身上一遍遍地摸索，了解骨骼、穴位和经络，学习按摩和针灸。当盲童们在他身上摸寻穴位不断地推拿按摩，一个个汗流浃背时，穆孟杰却冻得浑身打战。

孩子们问他："穆老师，您是不是有点儿冷？您是不是在发抖？"

穆孟杰回答："不怕！你们多摸摸，推拿推拿，好好熟悉熟悉。"还不停地鼓励学生："对，找对穴位了，就在这个位置上捏拿。""对了！要用劲，手上要加点力。"

就这样，盲童们逐渐了解了人体，学会寻找按摩和针灸的穴位。许多盲童通过学习按摩，掌握了一项独立生活的技能。

学校的乐器坏了，穆孟杰都是自己想方设法地修理。坠胡断了弦，他就买来新弦自己换；廉价买的葫芦丝质量不过关，总是漏气，他就用透明胶带把葫芦丝一重又一重地包裹起来，凑合着再用……

他想尽了各种可以节省开支的办法。

在伙食方面，穆孟杰一家人同全校师生吃一样的饭菜，不搞特殊。他的妻子曹清香说，她平时穿的衣服都是在集贸市场上买的几十元一套的。在她看来，二十元的衣服和三百元的衣服没什么区别，真不值得在衣食住行方面破费，钱就该花在刀刃上。

清香与穆孟杰结婚二十多年来，一直都是夫唱妇随，勤俭持家。为了省钱，两个人从来都舍不得花钱出去游玩、休闲或是看个电影、娱乐什么的。这么多年了，清香只出过一次远门。那还是陪孟杰到北京去参加全国自强模范颁奖大会，顺便去看了下天安门、"鸟巢"和水立方。除此之外，她基本上就没离开过自己的家。

总书记对他说："希望你把盲人学校办好！"

因为办学成果卓著，穆孟杰的特教学校赢得了社会良好的口碑。乡亲们口口相传，都称道孟杰做了一件大好事。

河北当地的媒体渐渐注意到了穆孟杰，开始纷纷报道他的事迹。而作为一个盲人自立自强的典型，一个盲人创办公益事业的先进榜样，记者们在他身上找到了很多的新闻点。新华社发表了新闻通稿，《人民日报》《经济日报》《光明日报》和香港《文汇报》等多家报社相继刊发，人民网、搜狐、新浪、雅虎等六十余家网站媒体予以转载。穆孟杰创办特教学校的突出事迹和他的无私奉献精神，为他赢得了全社会广泛的赞誉。

媒体的宣传也逐渐引起了社会公众和政府有关部门的关注。各种荣誉接踵而至。

2003年，穆孟杰被中共邢台市委评为"'双十佳'自强先进个人"。

2004年，穆孟杰荣获"'邢钢杯'邢台市首届盲人说书大赛"二等奖。

2006年，穆孟杰被评为2006—2007年度"河北省平乡县宣传文化工作先进个人"；被河北省邢台市精神文明建设委员会评选为"邢台十大好人"；又在"感动河北人物"评选中，以其自强自立、不向命运屈服和大爱精神感动了燕赵儿女，当选为"感动河北十大人物"。

2007年，穆孟杰被中共平乡县委、平乡县人民政府授予"经济社会发展先进个人"荣誉称号，获"河北省平乡县创业精英"荣誉称号，并且入围中央电视台举办的"2007年度感动中国人物"候选人。

2008年，穆孟杰被选为"2008年度感动8300万（全国残疾人）十大新闻人物"。评委会的综合点评称："尽管他们只是匆匆而过的平凡人，没有慷慨激昂的豪言，也没有惊天动地的壮举，却以朴素的道德情感和做人良知，用乐观向上的生活态度和执着坚守的担当勇气，默默地、真诚地为家人为社会尽一己之力。"给穆孟杰的颁奖词称："他散尽家财，守住农村，用一己之力办学，尝试着唤醒农村最底层盲童们的心灵，传授技艺，让他们学会自我改变命运；他再塑着农村盲童们的生命，也希望带给他们的不仅是知识，更有爱和尊严。"

接着，穆孟杰创办的平乡特教学校被中共邢台市委、邢台市人民政府评为"2008—2009年度文明单位"。

◎ 各种荣誉证书

◎ 奖杯与奖状

2009年，穆孟杰再次荣获"邢台市第二届盲人说书大赛"一等奖，荣获由国务院残疾人工作委员会授予的第四次"全国自强模范"荣誉称号。

2010年，穆孟杰荣获"平乡县十大好人"和"邢台好人"荣誉称号，蝉联"邢台市第三届盲人说书大赛"一等奖。

2012年5月，穆孟杰被

河北省总工会授予"河北省五一劳动奖章"，当选为全省劳动模范；6月，被河北省精神文明建设委员会授予"河北省道德模范"荣誉称号，被河北省教育厅、河北省人力资源和社会保障厅、河北省教科文卫工会授予"河北省教育系统先进工作者"荣誉称号。

2013年1月，穆孟杰获"2012年河北年度十大新闻人物"荣誉称号。

2009年7月3日，"第四次全国自强模范暨扶残助残先进集体、个人表彰大会"在北京人民大会堂举行。

会前，中共中央总书记、国家主席、中央军委主席胡锦涛，中共中央政治局常委、国务院总理温家宝，中共中央政治局常委李长春，中共中央政治局常委、中央书记处书记、国家副主席习近平，中共中央政治局常委、国务院副总理李克强等，亲切会见了全体与会代表。

胡锦涛总书记握住穆孟杰的手，问他："小伙子，哪里人氏？"

穆孟杰回答："河北邢台。"

总书记又问："干什么工作？"

穆孟杰回答："办盲人学校。"

总书记把穆孟杰的手攥得紧紧的，亲切地勉励说："小伙子，好好干，希望你把盲人学校办好！"

能够面对面地与总书记交流，穆孟杰感到了莫大的荣耀。

一个从小被人瞧不起，被骂作"小瞎子"、"傻子"的盲人，能够依靠自己的努力，走进北京人民大会堂，受到政府的表彰，受到国家领导人的亲切接见，这是当初谁能想到的事情啊！

然而，在接二连三不断到来的荣誉面前，穆孟杰却从没有陶醉，更没有自满。他感到肩上的压力更

◎ 在表彰大会上

大了，信心也更足了。为了残疾人事业更努力地去拼搏、去奋斗，正应当"百尺竿头，更进一步"。

孟杰永远铭记着自己的誓言："不为名，不为利，只为盲人争口气；不怕苦，不怕累，只为盲人不受罪；不怕黑，不怕暗，要为盲人作贡献。"他办学的唯一准则就是："为了一切的残疾人，为了残疾人的一切！"

采访手记

有志者事竟成

"破釜沉舟"的故事，穆孟杰从小便耳熟能详。"破釜沉舟"的精神从小便沉淀在他的内心深处。他不是一位愿意服输、甘于向命运低头的人。因此，每当生活中或是事业上遇到了什么困难，遭遇了任何的挫折，他从来不会屈服。他总是千方百计地寻找解决问题的办法。

天无绝人之路。从没路的地方蹚出路来，从荆棘密布中走出来，历经风雨方见彩虹，风霜岁月更显英雄本色。穆孟杰就像是一块放到熔炉中去锤炼的钢铁，受到的打击越多，越是坚硬刚强。

在穆孟杰的心中，有一个远大的抱负和理想，就是去帮助千千万万的盲人。这是一个善良博爱的愿景。正是由于有这个高远志向的支撑，他无论遇到多大的挫折和坎坷，都能一步一步地挺过来。他正是一个"不畏劳苦沿着陡峭山路攀登的人"，所以最终能够"达到光辉的顶点"，梦想成真，人生出彩。

第八章　"我有一个更大的梦想"

2004年，穆孟杰的盲人学校通过了河北省省级评估验收。2007年，平乡县特教学校通过了省级验收。2008年1月23日被正式命名为"平乡县特教学校"，并颁发了事业单位法人证书，属县直单位，正式成为一所经国家批准的全日制特殊教育学校。

2005年，穆孟杰又筹资数万元，建起了律动室、语训室、体能室、职教室、微机室、图书室、光盘播放室和音乐室，专门用于残疾人职业技能培训。

2009年，穆孟杰又投资一百万元筹建残疾人就业技能讲习所，为残疾人就业铺平了道路。专门为残疾人提供职业技术免费培训，让不同年龄的残疾人都能到特教学校培训学习，学成以后，便可为当地老弱病残提供按摩治疗。讲习所2010年6月10日正式开业。后来，他又把这座楼的店面转租出去，经营餐饮、理发等业务，收取部分租金，为学校增加经济收入。

学生费用全免

2000年特教学校开办时，健全生和盲生兼收。2008年后学校只招收盲生。学校原来一直对全体盲生免收学费、杂费、书本费，每个月只收取一百元的伙食费。

2011年年初，有一个学生通过穆孟杰的亲戚找到了他，希望到特

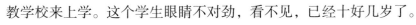

教学校来上学。这个学生眼睛不对劲，看不见，已经十好几岁了。

穆孟杰告诉他，只要他愿意学，学校就收他、教他，不收学费、书费，水电费、取暖费等杂费都不收。

那个学生家里特别困难，连区区一百元的生活费都交不起，如果要交费，他就上不了学。

穆孟杰想了一下，孩子在学校吃饭、吃菜，都是自家地里种的粮食和蔬菜，也不值多少钱；盲生们交这么一点儿费用，一共加起来也没多少钱，与学校每年数十万的支出相比都是小数目，顶不了多大用。于是，他告诉那个孩子："你来上学吧！学校不收你费用。"

过了两三天，那个孩子就被送来了。

但是，问题接着就来了：一个盲生免费，那其他的学生呢？

开始时，孟杰的打算是：对那些情况特殊的盲童不收任何费用，其他的还照收。

然而，很快他就意识到了不妥：到特教学校来上学的盲生，好多人家庭经济状况都不好，一百元钱对许多人来说可能不当回事，但是盲童家庭中还真有不少因为这点钱而宁愿把孩子锁在黑屋里，也不肯送到学校来。孟杰又想到另一个问题：如果有的学生不收费，那么，那些交了费的家长肯定会有意见。

于是，他干脆召开了一次全校大会，公开宣布，对所有的盲生全都不收费，生活费也不用交。

这时，学期已经过半，大多数的学生已经交过生活费。孟杰毅然决定：把已交的费用统统退还给学生。

就这样，从2011年起，平乡县特教学校正式向全体学生免费。任何一个盲人，无论他来自全国的何处，也不论他的条件如何、年纪大小、智力高下，只要他愿意学，就都可以来学习。随到随收，随收随教，学校管吃管住管教。学生只有学会了本事才毕业。

爱心像潮水般涌来

穆孟杰办校十几年来，得到了中共平乡县委、平乡县人民政府和邢台市、河北省等上级有关部门的大力支持。

平乡县是一个国家级贫困县。该县以农业为主，没有矿山，几乎没有什么工业，经济排名在河北全省一百三十多个县中排到一百名以外。近年来，县里上了几个大的项目，特别是"好孩子"自行车生产基地落户平乡，使平乡县逐渐发展成为全国童车生产基地。这两年，县财政收入几乎每年增加一个亿。即便如此，2012年全县财政总收入也才区区三亿四千万元，几乎赶不上东部沿海发达地区一个村或一个镇的财政收入。但是，就是在这样困难的情况下，中共平乡县委、平乡县人民政府还是从政策、财力等各方面，给予了特教学校大力的支持，竭尽所能地为穆孟杰分担起一部分。

平乡县人民政府为孟杰的学校打了一眼三百多米的深井；改造了学校的电路，将变压器从50千伏更新为100千伏；每年冬季都给学校送来烤火煤。供煤和装变压器的费用由县人民政府承担三分之二。

为了把平乡的这所特教学校办出特色，办出水平，办成百年名校，县委、县政府决定，自2012年起对学校实行民办公助，每位教师每月补助一千五百元费用，每年给予每生生活困难补助一千元。公用经费标准也由原来的每年每生五百元，提高到一千元。2012年，县教育局为穆孟杰的儿子穆华飞解决了公办教师身份，每月由财政发给工资六百元。2013年，县里还专门为盲校修通了通往校门的长约三千米的水泥公路，市教育局拨给了十万元教育附加费。县领导还发动全县党员干部及群众为学校捐款。

社会各界的关心和支持同样令穆孟杰感动。

藁城市有位办企业的朋友，借给他四十多万元办校，还送给他一部五菱面包车。有一年因为发不起教师工资，穆孟杰悄悄地把车卖了。这位朋友听说后埋怨穆孟杰："汽车就是你的腿，没腿怎么出门

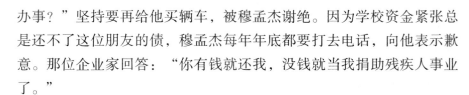

办事？"坚持要再给他买辆车，被穆孟杰谢绝。因为学校资金紧张总是还不了这位朋友的债，穆孟杰每年年底都要打去电话，向他表示歉意。那位企业家回答："你有钱就还我，没钱就当我捐助残疾人事业了。"

邢台市有一位房地产老板，从2006年到2009年，每年资助特教学校三万元，年年春节还给学校送去一头白条猪，改善学生生活。2010年后，每年的资助又涨到了五万元。

河北省电力公司为特教学校捐献了十四台电脑、十架电子琴和两架钢琴。邢台市关心下一代工作委员会顾问、市级老领导到平乡县特教学校慰问，把该校列为"邢台市关心下一代教育基地"，并资助爱心资金一万元。

2012年全年，学校共收到社会各界捐助款三十多万元。2013年，学校盖起了新的食堂，河北省工商联投入了六十万元予以支持。

有两位学生的家长，给学校送来了洋白菜。平乡镇一家专门生产酱菜的民营企业，常年向特教学校免费供应酱菜。那位朋友说："孟杰一个盲人办这么大的事，我能够帮他一点儿小忙，那是微不足道的。"

中国残疾人联合会副理事长程凯到学校视察的时候，看到学校操场还是泥沙地，决定由残联资助二十多万元，为学校进行道路和操场硬化，全部铺上水泥。

中共平乡县委书记杨宪春2013年上任伊始，就两度到学校来视察、调研。

穆孟杰至今清楚地记得，那是2013年8月8日晚上，县委办公室主任给他打电话，告诉他先别睡，一会儿他们要过来看看。没多久，他又打电话说："我们马上到你门口了。"为了不惊动村民和学生，他们把汽车就停在马路上，走到学校来。这时都已晚上9点了。杨书记亲切地对穆孟杰说："我这段时间事情多，学校有什么需要我们帮忙的？"

那一天，杨书记待到晚上10点多才离去。这一次，当场拍板，帮助学校解决两个问题：一是为学校打一眼三百多米的深井，一是将学校的变压器更新升级为100千伏。

过了不到半个月，杨书记又来了一次。孟杰记得那是2013年8月21日，杨书记领着市里的领导来。一见到穆孟杰，就像老朋友一样打招呼："孟杰，看谁来看你了？"

孟杰大大出乎意料，非常吃惊。

杨书记亲切地说："我陪着市里领导来了。我们来看看学校有什么变化？还有什么困难？"

孟杰回答："没啥大困难，有困难也好过去。就是学校建食堂，有些拨款还没到位。没事的。"

杨书记详细了解了一下情况。原来，2012年6月18日，邢台市人民政府副市长刘劲松来学校视察，当场表态：伙房要翻新，我们给三十万元。

杨书记答应回县里过问一下此事。他说："孟杰，你不愿过去找我，我就找你来。"紧接着，又添了一句："我找你好找。"

为了答谢市、县领导和社会各界的鼎力相助，穆孟杰专门把自己的人生经历编成评书的形式。这一次，县委书记和市领导来了，他拿出自己的坠胡，坐在宽敞的会议室里，充满感情地言说了一番，以表达自己微薄的心意：

> 问候大家在台前，下面由我来表演。
> 本人我叫穆孟杰，土生土长平乡县。
> 从小生来很不幸，双目失明看不见。
> 自己为了争口气，流浪学艺十几年。
> 一根竹竿闯天下，走遍冀中大平原。
> 为了所有残疾人，都能上学把书念。
> 东家借来西家凑，倾家荡产把学办。
> 没房没地没资金，每走一步都很难。
> 政府残联一听说，主动上门来支援。

特教学校成立后，由小到大快发展。
咱们学校免学费，吃住都是不要钱。
年龄小的学文化，语文数学和自然。
年龄大的学技术，针灸按摩样样全。
社会各界来支持，学校才能大发展。
大家把我来关心，我将永远记心间。
以后我会更努力，回报社会多贡献。
今天简单唱两句，希望大家能喜欢。
再次祝福大家好，身体健康合家欢。

　　说唱一结束，会议室里顿时响起了热烈的掌声。这掌声，表达了大家对孟杰不屈不挠坚持为盲人办学的充分肯定、钦佩和尊敬。

　　这一次，杨书记和市领导又给学校捐了一万元。穆孟杰感觉，杨书记是一个善良而且有爱心的人。他在平乡县当了七八年的领导，年初刚从县长升任县委书记。

◎ 在建的食堂

　　第二天，一位副县长就给孟杰打电话，了解伙房建设的经费预算情况，得知每平方米建设费大约在一千元。他答应这笔经费马上就给。

穆孟杰的事迹上了《焦点访谈》

　　2007年，记者翟树杰在中央电视台《东方时空》栏目组时，曾经采访报道过穆孟杰。调到《焦点访谈》栏目组以后，翟树杰还一直同穆孟杰保持着联系，经常关心他的学校。

2012年春天，他带着摄影记者等来到了孟杰盲人学校，跟踪拍摄师生们的教学、生活情况，制作了一期专题节目。

4月27日，专题节目在中央电视台一套的《焦点访谈》中播出。盲人穆孟杰和他的学校从此闻名全国。节目指出，目前我们全国有五百万盲人，盲童们需要社会各方面的帮助，民间力量投入特殊教育特别必要，政府有关部门应该做好协调、引导和整合的工作。

节目播出后，在平乡县、邢台市乃至全国都产生了很大反响。中共河北省委宣传部为学校送来了电脑、电子琴和各种学习用具，并且明确指示，要在全省广泛宣传穆孟杰自强自立和倾家办学的精神。

学校自创办以来，共投入约四百万元。经过多年的艰苦努力，穆孟杰还清了学校陆续欠下的七十多万元贷款，其中包括二十多万元的高利贷。

目前，穆孟杰还欠着亲友等八十多万元。这些钱主要是借媳妇曹清香的小姑，借孟杰老丈人的。每年到年关的时候，孟杰都要给自己的亲戚"债主"打电话，告诉他们："今年这些钱还是还不上。"亲人们都很通情达理，说："你不用说，等你有钱时再说。明年你也不用还，这些钱就当是我们也做点慈善吧。"

对于欠债，穆孟杰显得特别有信心。他相信能够通过自己的努力，慢慢地把这些债都还掉。

2012年，学校大约支出了七十万元，基本上做到了收支平衡。他感到歉疚的是，学校教师工资收入不高，工作、生活都很难稳定。因此，他由衷地希望，政府能够给学校再增加几个公办教师的编制，让老师们更有奔头，工作也更有劲头。

"百年名校"的梦想

2012年起，根据县里的要求，穆孟杰创办的"平乡县特教学校"正式更名为"平乡县孟杰盲人学校"，明确其为社会力量办学，属民办公助性质。

现在，穆孟杰又有了一个更大的目标：他要把这所学校办成"百年名校"。

在十几年的办学过程中，他逐渐明确了自己的办校宗旨，就是：关爱和谐互助，自尊自立自强，仁义道德，诚信守法，与人为善，奉献得福。让残疾人学到一技之长，自食其力，为家庭、为社会做出贡献，成为有用之人。总之一句话，就是让盲人都能在这里自立、成才。

2012年前学校只有六十多名盲生，经过《焦点访谈》等媒体的介绍，学校生源源源不断。2013年9月，盲生已经增加到了八十七名。

孟杰盲人学校占地一万平方米，拥有两栋教学楼和一栋学生实践楼，宿舍、食堂、餐厅等设施一应俱全，可容纳学生三百余名。在校生全部为盲人，有二十三名教职工，建有微机室、图书室、电教室和音乐室。

学校工作以教学为主，分为两个教学层次：义务教育阶段和职业教育阶段。义务教育阶段按照国家规定的盲文教学计划和教学大纲，开齐各种课程，包括盲文基础、语文、数学、英语、音乐、计算机、社会、思想品德、自然、体育等；职业教育阶段则根据现行盲文版全国盲人按摩中等专业统编教材开设按摩学基础、中医学基础等十二门课程。目前，学校共设有五个小学（义务教育）教学班和两个按摩（职业教育）班。学生毕业后，学校帮助推荐工作。

每年新学期开学前，孟杰盲人学校都要向社会发布招生信息。新生入学，义务教育阶段的要求其年龄在七周岁以上（含七周岁），职业教育阶段的要求其年龄在十六周岁以上（含十六周岁）。新生可随时报名入学。学校采取"复式教学"模式，做到随来随教、随教随学。鉴于盲生的特殊情况，学校安排有专门的生活老师，负责学生的生活起居，并且为没有生活自理能力的学生专门开设有生活技能课，从吃饭、穿衣等最基本的自理能力教起。学校面向全国公开招生，学生只需带全自己的生活用品，提供残疾证、身份证、户口本等证明，即可注册入学。学费、生活费、住宿费等所有费用全免。周末时，学校安排学生在校休息，家长只需在放暑寒假时接送学生。

可以说，像孟杰盲人学校这样宽松办学的特教学校，在全国都是屈指可数的。这，大概是穆孟杰的一个创举。

在教育方面，穆孟杰经过多年的摸索，逐渐形成了自己比较完整、系统的教学思路和模式。在他看来，特殊教育的首要任务是教会盲童做人，教会他们自尊、自信、自强和自立。他把自己的学校定位为盲生们的家和教育培训基地，一个学生没有完成学业，没有学到本领，学校是不会往外撵他们的，就像家长不会往外撵孩子一样。

在平时的教学中，穆孟杰注意向师生们灌输正确的人生观和价值观。他经常用自己的亲生经历来教育盲生们，告诉他们，自己之所以要办学，就是希望他们免受自己十八年流浪学艺和卖艺的辛酸苦辣。自己当年为啥会受那么多苦，就是因为没学上。如果有学上，学到了真本事，自己也就不会遭那么多的罪。因为目盲没本事，总被别人瞧不起，他就下定决心一定要争气，要活出个人样，而且要比健全人还高；健全人做不到的他也要做到，他要让盲人们都有学上，不再遭他那样的罪。

他总结自己的流浪卖艺的经历，编了一首顺口溜来教育学生们：

艺人江湖风和雨，四处漂泊到处求。
艺人云游走四方，咬定规章不松口。
不义之财不可取，结寨住户礼要常。
街头卖艺要讲仁，饭前用汤莫升堂。
君子江湖天下走，小人的路走不长。

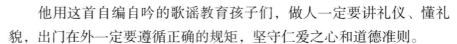
他用这首自编自吟的歌谣教育孩子们，做人一定要讲礼仪、懂礼貌，出门在外一定要遵循正确的规矩，坚守仁爱之心和道德准则。

对于钱财，穆孟杰也有自己的独到思考。他常常对学生们说："人生如梭，转眼百年。有钱不花，死了白搭。"他教育孩子们："钱，生带不来，死带不去。钱非万能，但没有钱不行。有了钱才能更好地帮助别人。钱对于我个人不重要，但对没钱的人很重要。因此，帮助别人是非常重要的。社会上穷人多，好多的人需要帮助。许多人挣的钱一辈子都花不完。省了省了，有人等着。死了死了，死了了。有人死了，却还活着；有人死了，就没人再提起。一个人活着，就要为别人做好事，为周围人做好事。有了钱要用于帮助人，死后才能留个好名声，名字才能永远地留在世上。"

他告诫孩子们："钱不是真正的财富，只有朋友才是一辈子的财富。朋友会经常过来聊天儿，寒暄，关心你，帮助你，是用不尽的财富。"

他以身作则，以实际行动教育孩子们，人就应该帮助人，互帮互助，互相感恩，才能达到人际和谐、社会和谐。国家应该倡导人们要有善心。在2008年的汶川特大地震中，穆孟杰带头捐钱，也发动师生们献爱心。2011年，疙瘩村的盲人刘壮琴得肝癌去世后，他的媳妇下肢瘫痪，住在医院的楼道里，儿子是个弱智，养的姑娘又是盲人。穆孟杰组织盲人给她家捐款。孟杰自己也捐了两千元。平时，得知哪里有盲人特别困难需要帮助，穆孟杰总是热情地伸出援手。他告诉学生们："盲人就该帮盲人。"

孟杰盲人学校自创办至今，深受广大家长和盲生们的拥戴和赞赏。学校每年收到的锦旗、表扬信等数不胜数。那些锦旗挂满了一间间教室四面的墙，后来都挂不下了，收起来了很多。

到2013年年底，学校先后毕业的学生已有二百四十七名。这些学生，绝大多数都实现了生活自立、生存自立，多数都结婚生子，过上了温饱无忧的生活。有不少毕业生不仅能养活自己，还能养家。

对于办特教，穆孟杰觉得，这是一件利国利民的大好事，是一件给予盲童们爱的阳光和力量的光明的事业。

他给笔者简单地算了一笔账：全国共有五百万盲人，这些人中百分之八十在农村，需要接受特殊教育。目前，盲人特殊教育主要依靠政府投入，每生每年需要投入六千元教育经费。如果这些盲人的特殊教育由社会力量来承担，那么，政府总共可以节约开支三百亿元。如果这些盲人都能通过接受特教，学会本领，每人每年平均可为社会创造财富三万元，全国的盲人就可以创造一千五百亿元的财富。因此，民办公助的特教学校，大有可为，也是一件很有意义的社会事业。他决心为此奉献终身。

他对笔者说，他要把自己的盲人学校办成"百年名校"，将来他的儿子还要接着一直把它办下去。他说："我为盲人做的工作并不多，但是党和政府给了我很多荣誉。我就是见不得盲人成为社会的负担和家庭的累赘。我要让盲人们都真正学到本领，自食其力，将来更好地回报社会。"

让盲人们自立，这正是穆孟杰最大的幸福，也是最令他快乐的事情。

如今，穆孟杰日复一日辛辛苦苦地挣钱，切切实实抓好学校的教学管理，力争使每位进校来的盲生都学有所成。与此同时，他又有了一个更为宏大的梦想。他希望把孟杰盲人学校打造成全国盲人特教中心或培训基地，欢迎并接纳全国各地的盲人到这里来学习培训。同时，他希望自己有钱后，要为盲人创办一所养老院，让盲人们老了以后专门有个养老的地方。他的另一个设想是，组织盲人创建一个基金会，让有钱的盲人捐出一些钱存起来，去救济那些有困难的盲人，给他们治病，谁有困难都可以来找。

穆孟杰，一个普通的盲人，在过去的四十九年里，倾注了自己全部的精力和心血，顺利完成了成家立业和创办盲人学校这两件大事，圆了自己的人生梦想。

诗人戴望舒在《寻梦者》一诗中写道：

你去攀九年的冰山吧，

你去航九年的旱海吧，

…………

当你鬓发斑斑了的时候，

当你眼睛朦胧了的时候，

…………

于是一个梦静静地升上来了。

你的梦开出花来了，

你的梦开出娇妍的花来了，

在你已衰老了的时候。

　　如今的穆孟杰，年近半百就已满头花发。作为一个执着的寻梦者，在他并未衰老的时候，他的梦已经开出花来，开出了娇艳的、绚烂的花朵！

采访手记

做一个中国好人

　　"一个人，做一件好事不难，难的是一辈子只做好事，不做坏事。"穆孟杰用自己的半生，一直都在做一件大善事、大好事，他还将用自己的后半生，继续去做好这件事。甚至，他都已计划好了，要让自己的子女，把这件好事继续不断地做下去。

　　一辈子做好事，需要一种精神。这种精神便是：埋头苦干，忍辱负重，任劳任怨，无私利人，甘于奉献，勇于牺牲。

　　这是一种伟大的精神，是中华民族传承数千年、绵延不息的民族精神，是中国精神的重要内涵。中华民族之所以能够延续数千年而文明昌盛、文化兴旺，依靠的正是强大的中国精神的支撑。鲁迅先生说："从古以来，就有埋头苦干的人，有拼命硬干的人……这就是中国的脊梁。"正是他们，扛起了中华民族生生不息的精神大厦。

好人需要全社会的关心和爱护。好事也需要大家共同来成全。帮助人的人，同样需要别人的帮助。穆孟杰只是一个普通人。他一个人的能力再强、力量再大，终究还是有限的。一个好汉三个帮，众人拾柴火焰高。正是因为有不计其数的人们向穆孟杰伸出了援手，默默地支持他、帮助他，他才能做出更大的贡献，帮助更多的盲人走出生活和心灵的黑暗，走向光明。

穆孟杰是劳动模范，十几年来一直勤勤恳恳、兢兢业业地工作。他很累、很辛苦，也很不容易。我们的社会需要他这样的好人。一个健全的社会应该有决心、有能力保护好好人，鼓励和扶持善行，并且努力地去帮助好人，不让好人吃亏，不叫好人累趴下。穆孟杰是名残疾人，他从事善行更加不易。因此，我们的政府部门，我们的社会，对他更应倍加呵护和关照，为他的工作创造一种更加宽松愉快的氛围，从财力、物力和人力、精神等各个方面，更多地支持他、帮助他，帮助他实现更大的梦想。他的梦想，也正是成千上万盲人的梦想。

作家郁达夫说："一个没有英雄的民族是不幸的，一个有英雄却不知敬重爱惜的民族是不可救药的。"

我们每个人，在努力追求去做一个中国好人的同时，也应好好珍惜和爱护我们身边的每一位英雄、每一个好人。唯如此，我们的社会才能健康前行，我们的民族才能兴旺发达。

跋

为盲人插上圆梦的翅膀

人在出生时都是平等的，既无贵贱之分，亦无贫富之别。每个人都是赤条条地来到这个世界上的，将来也要赤条条地离开这个世界。

人生一世，草木一秋。人生，就是一个从出生到死亡、从摇篮到坟墓的过程，就是短短的几十年或上百年。因此，人们常说：人生如寄，岁月如梭。生命是短暂的，生命的长度是有限的，而生命的宽度和厚度，则可以依靠每个个体的努力，不断地得到延长和开拓。

穆孟杰是一位寻寻常常的盲人农民。命运似乎对他很不公，让他从小失去了光明，终生生活在黑暗里。但是，他没有沮丧，没有抱怨，更没有妄自菲薄、自暴自弃。他不相信命运不可改变，不相信盲人就该被人瞧不起、就该低人一等。

梦想有多高，生命就能走多远。

穆孟杰用自己的生命去同命运抗争，大胆地挑战残疾人生存和发展的极限。十三岁他就出门远行，四处流浪，拜师学艺。依靠自己坚忍顽强的努力，他掌握了谋生的技能和本领，并且获得了巨大的成功，创造了个人事业的辉煌，成为十里八乡受人景仰、被人敬重的名人。

然而，他的心更大，他的胸怀更为宽广。他立志发愿要为盲人办学，帮助成千上万与自己处境相同的残疾人。他要用自己的榜样，教育他们摆脱自卑，走出自闭，分享阳光和幸福，共享自立自强和人生成就的喜悦与快乐。他十几年如一日，兢兢业业地为着自己的这个梦想而奋斗。他的梦想，就是为许许多多的盲人插上成功的翅膀。

为此，穆孟杰可谓倾家荡产，代代相继，倾己所能。他用自己的生命之火，努力去点燃成百上千的盲人的生命；用自己高贵的心灵做灯，去照亮盲人们黑暗无光的生活。

这是怎样的一种人生！

这是怎样的一种选择！

说他是人间的盗火者普罗米修斯，说他是救苦救难的观世音菩萨，说他是当代的民间艺术家、慈善家、特殊教育家，似乎有一点儿夸饰。而穆孟杰本人向来都不喜欢作秀，不喜欢抛头露面，更不喜欢沽名钓誉。他只是脚踏实地、扎扎实实地在做事，在竭力帮助盲人，为许许多多的家庭分忧，为政府和社会解难。他有着可贵的担当和奉献精神，他生命的宽度和厚度因此得到了不断的拓展和伸延。他，无疑有着菩萨的心肠，盗火者的品行，济世济人的高尚情怀。

在我们身边，生活着八千五百万残疾人。他们只占全国总人口的百分之六，因此他们是人群中的少数，也是社会的弱势群体。但是，他们同我们健全人一样，拥有自己的尊严、自己的情感、自己的生活、自己的梦想。他们不是我们人类中的另类，更不是异端，他们是我们无法割弃的一部分。他们是残疾人，身体有残缺或障碍的特殊的人。残疾永远都是相对的。身体残疾的他们，或许反而会拥有更加发达的头脑、更加高贵的思想或品质。

而我们每一个健全人，在自己的一生中，其实也会有某些阶段处于"残疾"的境况。比如出生后的婴幼儿期，我们完全都是无助的"残疾人"，必须依靠父母和他人的悉心照料；当我们年迈衰老以后，我们也可能行走不便或者大脑退化，成为一个身体有残缺疾病的人。因此，我们谁也不要轻视残疾人，谁也不要对他们——我们人类的一部分、一个特殊的群体另眼相待。

我们应当像穆孟杰那样，用爱心、耐心、细心和热心，去善待身边的残疾人。在他们需要帮助的时候，向他们伸出援手；尽己所能，去鼓励和帮助每一位残疾人，给他们插上实现梦想的翅膀，帮助他们勇敢起飞，去搏击人生的万里长空！

在本书的采访创作过程中，得到了中共河北省委宣传部边建国、方竹学同志，河北教育出版社郝建国、高树海等同志，中共平乡县委宣传部、平乡县文明办有关同志和孟杰盲人学校多位师生的鼎力支持与热情帮助。穆孟杰老师在百忙之中多次接受作者的采访，穆华飞老师为作者提供了大量的文字及影像资料，协助核实了本书的有关信息。在此，谨一并致以诚挚谢意！

2013年6月—2013年12月　一稿于北京

2014年1月—2014年2月　二稿于北京